Onde de choc sur Gruissan

Du même auteur :

Le secret de Simon, Éditions Largevision, 2009.

Chasse à courre, Éditions Papier Libre, Polar en poche, 2012.

Ici, on rend toujours la monnaie, Éditions du Riffle, 2014.

Du sang dans les embruns, TDO éditions, 2015.

L'oeil de Samson, TDO éditions, 2015.

www.tdo-editions.fr
email : infos@tdo-editions.fr
ISBN : 978-2-36652-167-2

Couverture : Photo-montage TDO Éditions, à partir de crédits photographiques Chalets Fotolia © Paul Cardebat

Claude Depyl

Onde de choc sur Gruissan

Roman Policier

Dans la vie, il existe deux façons de se suicider :

soit on se tue, soit on continue à vivre.

L'auteur

Chapitre 1

Monsieur Placide est un homme tranquille et stoïque comme son singulier prénom le suggère. Aujourd'hui, pour la fin de matinée, il a accepté d'accompagner des amis du Grand Nord, du pays de la banquise, dans le massif tortueux de la Clape. C'est sa femme Babette qui, à force d'insister, lui a forcé la main car, au départ, il n'était pas partant pour balader ces citadins, ces franchimands[1] à travers la garrigue. Seulement, Babette a connu Francine, l'épouse, durant ses pérégrinations professionnelles en région parisienne. Elles ont continué à correspondre et à présent que l'heure de la retraite est venue, ses amis rôdent par le Languedoc à la recherche d'un petit paradis où se fixer. Placide espère qu'ils ne planteront pas leur tente dans les environs, car la Francine est une pie intarissable, au mécanisme détraqué. Il va les faire crapahuter, ces Vankercke, pour les dissuader de choisir Gruissan comme ultime port d'attache. À vrai dire, il a du mal à les

1. Occitan : Français du nord de la France à l'accent pointu. Péjoratif.

supporter, mais c'est un homme de devoir.

Le mari, René, a travaillé à la SNCF. Il se croit encore gaillard parce qu'il fait cent mètres à pied pour se rendre au bar-PMU du quartier et y jouer un Loto ou un tiercé. En vérité, il a la sous-ventrière qui perd de sa fermeté et c'est une brioche bien dodue qui le guette. Il va souffrir sur les chemins pierreux des combes. Il devrait compter les graviers des sentiers !

Ce couple au demeurant bien vivant, amateur de tables garnies, buveur de merlot qui tache le palais et les nappes, arrive tout droit de Lille, la capitale des Flandres. Les époux viennent passer les vacances de juillet dans le pays, en bons touristes épicuriens. Ils se seraient bien passés de ce périple en pinède. Aussi, en prévision, ils ont emporté un sac à dos bien garni en nourriture style pâtes de fruits, en liquide énergisant et vitaminé, comme s'ils allaient affronter l'Everest et rejoindre quelque monastère bouddhiste perché dans les hauteurs himalayennes. Ils songent peut-être à rencontrer des yaks sur le coffre de Pech-Redon ?

Un léger vent marin souffle sur les crêtes et caresse l'épaisse moustache de Placide. Ils vont démarrer du parking situé en bas du cimetière marin. Excellent pour tétaniser les mollets des sédentaires collés devant l'écran de télé ou de l'ordinateur ! Plus haut, telle une vigie bienveillante, Notre-Dame des Auzils les enveloppe de son regard de paix.

— Bon ! On attaque ! lance Placide trop heureux d'en montrer à ces compagnons de marche.

René secoue le harnachement qui lui tiraille le dos. Ah ! Cette Francine qui a voulu le charger de victuailles ! Vous parlez ! Jusqu'à des rousquilles catalanes ! Et pourquoi pas un gorgeon de muscat ! Voire une bière trappiste ! Cette évocation d'une bonne mousse belge le réjouit d'avance et il se met en route derrière son épouse qui avance hardiment vers les sommets.

La pente n'est pas rude pour atteindre le plateau, mais elle réclame de la prudence pour les randonneurs d'un jour. La chaleur, en cette fin de matinée, commence à poindre. Le ciel n'a pas cette limpidité, cet éclat que lui confère le vent du « nord », le cers. Des lambeaux de nuée ouateuse l'encombrent par moments. Les cigales entament leur symphonie estivale habituelle pendant que l'air ambiant se sature de parfums entêtants, d'essences subtiles qui vous pénètrent comme des intruses.

Le trio parvient sans trop de peine jusqu'au parvis de la chapelle. On ne s'est pas arrêté pour contempler les fameux cénotaphes.

— On verra ça au retour, a promis Placide qui se dit en son for intérieur que les Vankercke débouleront sur le cul au terme du voyage et n'auront qu'une hâte, rejoindre au plus vite un transat au bord de la plage pour y piquer un roupillon mémorable.

Il s'est juré toutefois de les conduire au terme de sa mission. Le duo nordiste se plante devant la table d'orientation dominant les plages avec, au loin, comme une colonie d'oiseaux de bois, les chalets se pressant au bord de l'eau. Puis, il se lance dans une visite détaillée de l'intérieur du bâtiment. René s'extasie devant les ex-voto peints au mur, reproductions de ceux volés par des amateurs d'art maritime. Il en profite pour boire un demi-litre de jus de fruit qui manque de l'étouffer :

— Ah ! Cette bibine chimique, ça vous crame l'estomac !

Placide ne s'attarde pas. Il n'est pas un adorateur de bondieuseries. Ça le débecte, les icônes ! Et puis, il l'a tellement visité le sanctuaire qu'il en connaît le moindre recoin. Il l'a fréquenté en un temps où c'était encore un lieu de pèlerinage, de recueillement et non un site conseillé par l'Office de Tourisme pour occuper les journées de vacanciers en goguette. On y venait entre Gruissanais et amis, pour les lundis de Pâques, de Pentecôte et à la fin août avant les vendanges. On échangeait les nouvelles du pays, les événements familiaux et on cassait la croûte en toute simplicité après les oraisons. Les jeunes s'attardaient un peu plus derrière les bosquets buissonnants, manière d'inaugurer le printemps.

Mais ce n'est pas le moment d'évoquer le vieux temps, il est révolu, dévalorisé. Ce fameux bon vieux temps, cette imposture, n'intéresse plus que les seniors, dinosaures convoités par les charlatans guérisseurs d'arthrose. Pour lui, le passé a un goût de vase. La pause a assez duré. Placide est assailli dans les jambes par des colonies de fourmis. Or il voit bien que les Vankercke font durer le plaisir en prenant des myriades de photos qui finiront sur une disquette que les héritiers indifférents enverront à la broyeuse. Sottise du temps des selfies ! Il fait signe à

Francine, élevée au rang de dame patronnesse, qu'il faut reprendre l'escalade.

— On te suit ! lui adresse-t-elle d'un coup de menton énergique.

Ils s'acheminent cahin-caha vers le plateau surplombant la commune et atteignent la garrigue de Figuières. On y respire à pleins poumons l'air salin mêlé de thym et de romarin. Les marcheurs occasionnels ont le nez dans le guidon. La pierraille leur tord les pieds. Ils n'ont pas les chaussures pour ce type de parcours, tout juste pour se pavaner sur la place du marché un samedi matin. Et ce n'est qu'un début, le plus dur reste à faire !

Ils parviennent en limite de la commune de Gruissan. Au-delà, c'est Narbonne qui étend son territoire. Sur la droite, on aperçoit les Gueites et, dressant sa masse imposante, Pech Redon, le seigneur de la Clape, celui qui domine les falaises alentour, qui défie le temps et se veut irréductible face à l'ambition des hommes. Les jambes tirent, les tendons ne sont plus aussi élastiques. Et ce soleil qui grimpe peu à peu dans l'horizon qui vous tape dans la nuque, impassible, indifférent à votre douleur. Nos touristes lillois commencent à flancher.

— Et si on buvait un coup ? halète René à l'endroit de Placide qui ricane sournoisement.

Il ne va pas les achever ! Ce n'est pas le but de la balade. Ils suent déjà assez les pauvres dans leur gilet de polaire ! Quelle idée de s'affubler de ces vêtements recyclés ! Il leur désigne un abri possible :

— D'accord ! Allons jusqu'au bord de cette friche, une

ancienne vigne, il y a de l'ombre.

Tous les trois se dirigent vers un escarpement embroussaillé, couvert en partie par des touffes de ronces et d'églantiers. Un figuier forme un portique naturel.

— Il y a beaucoup de mouches dans ce coin ! Ça grouille ! s'exclame Francine tout en battant l'air de son bob.

— En plus, ça sent la pourriture ! ajoute René écœuré.

Placide s'associe à leur remarque sans esbroufe. C'est vrai que ça ne sent pas la rose des bois. Plutôt une sale odeur de putréfaction. René fournit son explication de grand explorateur, habitué aux safaris de voyagistes :

— Un gibier mort ! Rien d'anormal dans ces terrains sauvages, et puis les bêtes meurent aussi ! Elles n'ont pas de cimetières aux rangées bien alignées comme nous.

Francine lance des cris d'orfraie et regrette déjà ses contrées nettoyées par les pluies. Son mari s'éloigne de la zone rebutante. Il craint les microbes, les virus, bref la peste et le choléra. Leur guide semble d'un naturel plus curieux, plus affranchi. Il se hasarde vers le secteur d'où émanent ces effluves nauséabonds. Il a un bâton de marche en noisetier et bat les fourrés avec vigueur. Des bruissements de rongeurs accompagnent ses frappes énergiques. Ce n'est pas à cinquante-sept ans que des prédateurs ou de la sauvagine vont l'effrayer. Il a été chasseur en son temps et en a éviscéré des prises. Jouer du coutelas pour les partages n'était pas un obstacle. Il se pince le nez et scrute les massifs de genêts et de genévriers.

On distingue comme des vêtements en lambeaux. Une

robe d'un vert émeraude, et tout autour des os, oui des os d'un squelette humain, encore garni de poches de chair, d'une chair noirâtre, nécrosée.

— Ah ! Les pourceaux l'ont bouffé, macarèl ! Ils se sont régalés, les monstres ! s'écrie-t-il de sa voix au timbre guttural.

Il abandonne les lieux malsains et rejoint ses compagnons qui sont en train de dévorer leurs provisions. René l'interpelle gaiement :

— On t'a entendu crier, alors, tu as trouvé un cadavre de bestiole ?

— Si l'on veut, répond l'autre d'un ton équivoque.

— Allez ! ne nous fait pas languir.

— Un cadavre sûrement, celui d'une bonne femme. Elle n'a pas été entièrement consommée par les sangliers et autres lécheurs de dépouilles.

Francine arrête de mastiquer, les mâchoires paralysées. Elle, d'ordinaire si loquace, y compris pour le malheur d'autrui, a le bec cloué, au sens propre du terme. Il est rigidifié. La salive peine à humidifier la langue. René résiste à l'émotion. Il en a vu d'autres sur les voies de chemin de fer, de toutes espèces, de tous âges. Il en a photographié en mémoire du boyau, du viscère, de la marmelade sanguinolente. Il lui en fallait beaucoup pour qu'il détournât les yeux des morceaux de bidoche et en oubliait presque que c'était des êtres humains que les motrices avaient déchiquetés sur leur élan.

Mais cette fois, notre randonneur est bouleversé. Il croyait se détendre, profiter d'un petit galop entre les vignes et les pinèdes et voilà qu'il est plongé dans un drame. Comme si une telle tragédie pouvait se concevoir dans un si bel environnement, si charmant, si paisiblement rustique ? Non, c'est incongru une telle chose ! Il se tourne vers Placide déjà aux prises avec son portable.

— Tu appelles les gendarmes ?

— Oui.

Il le laisse faire. Son épouse revient à elle et absorbe une boisson vitaminée. Ça lui remontera le moral. Elles commencent bien leurs vacances dans ce trou perdu ! Ah ! Qu'on lui reparle du pays de la sieste, du pastis et du soleil en perpétuel cadeau. Ce soleil qui lui tape sur l'occiput et que ne peut tempérer son bob de synthétique acheté en grandes surfaces. Son front dégouline comme un rec[2] ! Elle est en nage et admet difficilement sa réaction puérile, cette réaction de chochotte. Elle en vient à regretter les brumes bienfaisantes, les ondées vivifiantes de ses terres natales.

Placide a eu l'adjudant Neumann à l'appareil. En direct. Il était posté au rond-point menant à la plage des Chalets, à deux pas de sa base opérationnelle. La brigade va arriver dès que possible. « Qu'ils ne bougent pas », a-t-il intimé d'une voix de stentor dans le combiné quitte à en faire sauter les soudures. Les Vankercke sont aux abois. Les voilà donc embringués dans une histoire policière ! Ils apprécient les imprévus, les surprises mais de là à se dévoyer dans des situations délicates !

2. Occitan : ruisseau.

— Dis René, qu'est-ce qu'il lui est arrivé à cette personne ? Un accident ? Un suicide ?

— Elle a dû se promener en solitaire et faire une mauvaise chute. Rien d'étonnant avec ces pierres qui vous cisaillent les orteils !

— Tu crois que notre présence est nécessaire ? Après tout, Placide l'a mise à jour et il connaît les gens du coin.

Son conjoint acquiesce. Ce n'est pas un corps en décomposition ayant servi de déjeuner à des habitants de ces espaces naturels qui va leur gâcher des congés mérités ! Ils n'ont pas côtoyé la personne de son vivant et ne seront donc d'aucun secours aux enquêteurs. D'ailleurs, ils vont avoir un sacré boulot les policiers pour mettre un nom sur cette carcasse rongée par la faune des destructeurs. Oui, pour une fois, Francine a raison. Autant décamper. Il interpelle son ami qui vient de prévenir Babette de leur déconvenue macabre :

— Nous envisagions de rentrer. La gendarmerie va arriver. Tu leur seras d'une plus grande utilité que nous. Tu es au courant des mœurs du pays…

— Et vous ne voulez pas vous mouiller dans une affaire qui peut avoir des rebondissements inattendus, je comprends. Le problème, c'est que j'ai avisé l'adjudant de votre présence ici. Vous devrez déposer comme témoins. Cela ne devrait pas nous retenir bien longtemps, je suppose.

Les deux époux font grise mine. On les connaît les dépositions avec la police ! Elles s'éternisent toujours. À moins que la proximité de l'heure du repas ne les sauve de cette galère ! Ils en prieraient presque Notre-Dame du Bon Secours, nichée là-haut dans son écrin de pins, eux les athées congénitaux.

Ils n'ont pas trop longtemps à attendre. La fourgonnette bleue des gendarmes arrive par le chemin de la Couleuvre. Elle grimpe la route sinueuse pour se rapprocher au plus près. L'adjudant Neumann en jaillit le premier, enfin le verbe jaillir est à nuancer, vu la masse imposante du militaire. À ses côtés, une adjointe, jeune femme d'une trentaine d'années. Il tend la main à Placide. Ils se connaissent en tant que pêcheurs occasionnels possédant un anneau au port Barberousse. Ils tremblent d'ailleurs sur l'avenir de leur appontement, la mairie a des visées de propriétaire.

— Alors, où est le cadavre ? lance-t-il aux Vankercke qui pataugent dans leurs petits souliers.

Francine en prise avec des gargouillis ventraux bafouille :

— Là, derrière ce tunnel de broussailles ! Mais je n'y vais pas ! C'est horrible et ça dégage une odeur pestilentielle.

« Madame a les narines délicates », imagine immédiatement le gendarme. Il fait un signe discret à sa collègue qui lui emboîte le pas. Ils contournent un roncier d'envergure dont les tiges basses leur griffent les pantalons.

— C'est vrai que ça cocotte, fatche de con[3] ! se permet-il avec un accent lorrain à couper au couteau et à

3. Occitan : face de c.

injurier les puristes occitans.

Ils parviennent à la dépouille cachée dans un linceul de feuillages et de branches brisées. Neumann se masque le visage. Pas la peine de s'attarder. Ce n'est plus de son ressort. Tout ce qu'il peut faire, c'est laisser un de ses hommes sur place pour éviter toute destruction de preuves.

— Ça sent pas bon, tout ça ! prononce son adjointe friande de mystères criminels.

— Au sens propre comme au sens figuré, lui renvoie l'adjudant avec humeur.

— Déployez-moi des rubans *gendarmerie zone interdite* pour éloigner les curieux. J'espère qu'aucun clébard errant ne viendra rôder jusqu'ici pour se payer un gueuleton !

— À mon avis, c'est déjà fait, chef ! Regardez ces os broyés. Ils ont dû se régaler les molosses !

— Bon, ça va ! Je vais interroger les témoins.

Neumann rejoint le trio. Les Vankercke se sont réfugiés à l'ombre d'un chêne kermès rabougri. Ils ont l'air de prendre ça avec philosophie. Ils ont sifflé leurs bouteilles et ont retrouvé des forces. Le marin écrase de sa chaleur immobile le relief en creux des garrigues et des parcelles de vigne gagnées sur le roc calcaire.

On frôle l'étuve et Francine songe à un plongeon dans les eaux de la plage, plage qu'ils n'auraient jamais dû quitter ce matin. Ah ! Cette Babette et ce Placide avec leurs manies de randonneur invétéré. Marcher, d'accord, lorsqu'on a un but précis, une destination concrète, mais là courir les sous-bois, les ravins, pour quoi faire ? Pour respirer l'air ? Comme s'il était différent ? Pour se faire des guibolles de jeune ? Non, on ne l'y reprendra pas de sitôt. Une baignade, les joues giflées par la brise marine, les vaguelettes vous inondant les oreilles, voilà ce à quoi elle aspire désormais. La vadrouille dans ces caunes[4] sauvages attendra. Le contact du sable granuleux, rafraîchi par les ressacs de l'eau, vaut bien mieux que ces virées dans la brousse qui vous causent des tendinites tenaces ! Ils ne sont pas venus pour effectuer un raid de baroudeur mais pour se reposer, se la couler douce.

Placide se contente de retracer leur itinéraire et de narrer la découverte de ces restes humains. Les gendarmes prennent des notes succinctes qu'ils compileront dans leurs futurs rapports. Le couple des touristes n'apporte rien de plus aux constatations de leur guide. Ils ont à peine approché le cadavre bien entamé et sont bien incapables de dire s'il s'agit d'un homme ou d'une femme. Tout prêche en faveur d'une femme à cause de la robe ou du moins du semblant de robe déchirée qui se trouve près des reliefs osseux.

— On dirait une charogne dépecée par des félins en pleine savane, s'autorise René qui se rappelle un safari au Kenya organisé par le comité d'entreprise.

— Très poétique, place Neumann qui se cantonne d'ordinaire dans le prosaïque.

Le destinataire du compliment larvé sourit. Ça lui a

4. Caunes : de l'occitan cauna : creux, cavité, caverne.

échappé. Il ne peut quand même pas arborer une mine de deuil pour une morte inconnue, une morte qui peut-être s'est suicidée pour des motifs futiles, et qui a clos son parcours terrestre en catimini, au sein de la nature. Elle aura choisi d'en finir au beau milieu de ce décor magnifique. Il valait mieux cela que de s'empoisonner dans un cagibi, pas vrai ?

— Pouvons-nous partir ? s'empresse-t-il de demander, aiguillonné par sa femme.

— Vous le pouvez, admet l'adjudant. Au stade actuel, la parole est donnée aux laboratoires de la gendarmerie ou du SRPJ. Les juges en décideront. Il faut bien identifier ce mort ou cette morte.

Le couple Vankercke acquiesce. Ils n'ont qu'une hâte : se barrer ! Le militaire continue :

— Je ne sais pas d'ailleurs s'il sera possible de reconstituer le squelette dans son intégralité. Il manque des éléments.

— Emportés par les bestioles ! en conclut Francine gavée de situations morbides.

René rattache son sac à dos qui s'est considérablement allégé. Pendant les préparatifs de départ, Placide avertit Babette pour qu'elle vienne les récupérer en voiture devant le château de Ricardelle. Il les a menés là où il avait l'intention de les mener. Alors ce n'est plus la peine d'en rajouter et de continuer une balade sans saveur, excepté le piment de fait-divers. Ils reprennent donc tranquillement leur chemin pendant que les gendarmes téléphonent deci de-là.

À présent, le soleil plombe à la verticale. Midi est dépassé. Le moindre insecte qui possède une voix de choriste y va de son couplet et rassasie les oreilles des promeneurs. Francine se laisse charmer par ces gazouillis et ces stridulations. Ce concerto la griserait presque, elle si peu encline aux séductions de la nature. C'est une fille de la ville, des quartiers sombres et lépreux. Et là, elle découvre une sérénité insolite, inattendue. René l'observe et attribue sa mine béate aux aliments boostés en vitamines qu'elle n'a cessé d'ingurgiter. Lui traîne la semelle. De vieux cors récalcitrants lui dévorent les orteils. Les chaussures neuves qu'il vient d'acheter chez Décathlon lui mordent la peau. Il espère arriver intact dans leur appartement. Il ne manquerait plus que ça ! Finir estropié dès le début des congés.

Placide trotte d'un pas régulier, comme branché sur un métronome. De temps à autre, ses bacchantes frisottent sous les coulis du vent qui se glisse entre les vallons rocailleux. Sa pensée a du mal à se détacher de cette masse osseuse tapie dans les fourrés. La chasse au criminel est ouverte.

***

Constantin jette un coup d'œil mal assuré dans la rue. Ses paupières ne sont pas totalement décollées. Le sommeil les lie encore. Pourtant, il est quasiment neuf heures. Bon, il faut se réveiller et se secouer un bon coup. C'est son dernier jour de congé-maladie. Le toubib l'a arrêté deux semaines. Heureusement, sinon c'était la Bérézina au bureau. Il tente quelques étirements pour dynamiser ses muscles. Ils en ont bien besoin les pauvres ! Il a une fâcheuse tendance à les oublier et à les plonger dans une gangue graisseuse qui risque de les engluer. Lui qui a pratiqué de nombreux sports, certes en dilettante, mais a foulé les terrains engazonnés, se déforme peu à peu. Ce ne sont pas les brèves de comptoir ou les repas plantureux qui vous amaigrissent ! Il s'évertue donc à effectuer quelques mouvements dérisoires, titillant à peine les abdominaux, de peur de les briser, comme s'ils étaient en porcelaine. La séance de gym est brève, dérisoire pour un type de son âge qui a dépassé la trentaine et acquis une mentalité d'embourgeoisée.

La faute à qui, cette dégringolade en enfer ? À cette enquête cruelle qui l'a amenée à faire emprisonner celle qu'il aimait[5] ? Rien que cela ! De bourreau des cœurs, il est devenu bourreau tout court. Catherine Roques, une perle brune, une friandise délicieuse fondante, sucrée, qui termina sa vie en cellule. Oui, termina. Car elle n'a pas supporté l'humiliation de la détention. Pourtant, il lui rendait visite régulièrement. Au début, après sa condamnation aux Assises, elle refusait ces rencontres. Et puis, elle a accepté. Du bout des lèvres, pour la simple distraction, pour l'échange d'idées. Ils évoquaient leurs goûts respectifs pour la poésie, cet étrange et inexplicable style d'écriture rythmée, encodée, légiférée, qu'ils

5. Voir *Du sang dans les Embruns*, Éditions TDO.

prisaient tous les deux.

Bien entendu, elle avait écopé de dix années d'incarcération. Une fraction de vie importante, un pan de jeunesse majeur, celui des folies, de la pleine santé, de l'accomplissement des rêves, de l'assouvissement des utopies. Elle avait l'air de s'y faire, de s'y plier. L'existence en Centrale n'a rien d'enthousiasmant. C'est la routine mécanique, les bavardages réduits au minimum, le claquement des serrures, le cliquetis des clefs. Le manque de chaleur, la promiscuité avec des cas spéciaux, avec des asociaux irréductibles, avec des dérangés. Elle discutait avec le personnel pénitentiaire subissant le même régime toute la journée et qui s'en évade en fin de service. Elle ne parlait pas de ruminations, de dépression.

Constantin lui essayait de la tirer vers le futur, de la faire espérer. Elle avait une mauvaise passe à vivre. Elle payait sa dette à la société pour le crime de Fuentès, Fuentès le maquereau et l'assassin de son père. Le juge d'application des peines allègerait certainement son temps de prison. Il lui suffisait de se tenir à carreau, de résister. Bref, il l'accompagnait du mieux qu'il pouvait.

Et puis, un matin de février, alors que des flocons anémiés tombaient sur Narbonne, un collègue du Tarn l'avait averti sans ménagement :

— Ta protégée s'est pendue.

Il n'avait rien ajouté de plus. Grégorio avait cherché à approfondir. On ne se pend pas avec des bandes de tissu nouées les unes aux autres sans donner des raisons, sans justifier son geste. Surtout quand on est dans la fleur de l'âge et qu'on ne présente pas des signes de folie même légère. Elle avait laissé en effet une sorte de testament. Le motif ne souffrait pas d'équivoque : la solitude du prisonnier. Les heures qui ne défilent pas assez vite, le temps précieux qui s'écoule imperturbable, insensible à la détresse. Le manque d'écho dans sa famille, sa honte d'avoir généré une meurtrière. Sa mère aux abonnés absents qui venait la voir à reculons. La privation angoissante de liberté, de celle qui vous permet de courir à travers les champs, les vignes, les sentes des marais, de celle qui vous pénètre à foison par les pores de la peau, par les narines, qui vous étourdit par les yeux comme un bain de jouvence. Cette libre disposition du corps, de son corps, au beau milieu des espaces merveilleux offerts par la nature. Plus d'étang de l'Ayrolle, plus de canaux aux haies de joncs, plus de balades à cheval vers la Robine. Ou alors dans un avenir indéterminé.

Constantin ne l'avait pas perçue, cette soif d'échapper à la prison, à ses rites, à ses limites. Il avait reçu la nouvelle comme un coup de massue en pleine face, comme un boxeur frappé avant le gong de départ. Il croyait avoir la couenne endurcie et pourtant il avait craqué. Progressivement, par à-coups. Il avait délaissé le boulot, avait refusé de s'occuper des cas litigieux mettant en cause des femmes. Peu à peu, il s'était replié sur lui, envahi par la déception, en proie au pessimisme, au nihilisme le plus farouche.

Enfin, il avait franchi le pas. Il avait commencé à toucher de la bouteille. D'abord pour penser à autre chose, pour s'enivrer et planer au-dessus du malheur. Puis pour l'amour des breuvages. Un rempart contre la désolation. Son entourage n'appréciait pas ce nouveau comportement et ses parents le sermonnaient, mais rien à faire, il s'enfonçait dans cette ornière. N'avait-il pas dégotté un compagnon de beuverie en la personne de Jacquot, un imbibé de première qui clamait haut et fort qu'il était en train de reconstruire l'ancien mur de Berlin, rien qu'en cubitainers de muscat de la coopérative de Gruissan ?

Le commissaire Da Silva de Narbonne l'avait convoqué, un beau matin, à jeun, et lui avait tenu le discours suivant :

— Ça ne peut plus durer ainsi Grégorio ! Vous si prometteur, vous êtes descendu au plus bas dans l'estime de vos camarades. Regardez-vous ! Une vraie lavette ! Tout cela pour un amour de fantaisie !

Côté psychologie, son supérieur avait sans nul doute des progrès à faire, mais était-ce ce qu'il cherchait en le sermonnant âprement ? Il avait poursuivi d'un seul trait :

— De deux choses l'une, ou vous prenez un congé pour vous remettre et revenir tel que nous vous avons connu ou…

— Ou je prends mes cliques et mes claques et je débarrasse la maison par la porte de livraison.

— Et, par la même occasion, vous mettez fin à une carrière qui s'annonçait éminente.

— Je comprends, avait-il fait, assommé par les propos.

— Dites-vous bien que beaucoup parmi nous ont connu des périodes difficiles de deuil, d'angoisse, de cauchemar au petit jour. Il n'y a qu'une seule façon efficace pour éviter le laisser-aller : le travail, le travail à outrance quitte à s'y étourdir.

En bon soldat, il avait donc obtempéré et consulté. La Faculté de Médecine lui avait prescrit des anxiolytiques qu'il avait avalés deux jours et jetés aux toilettes dès le troisième. Il s'était mis à l'eau pure et avait confié ses collections d'alcool à ses parents. Il s'était appliqué un régime sévère avec de longues nuits de repos, pour se vider la cervelle de ses fantasmes et autres délires de soûlographe. La boxe, le noble art, l'avait tenté, mais il en était resté au stade de la seule inscription pour le moment, se réservant le droit de s'entraîner lorsque le moral serait meilleur. Il se contentait de faire du jogging en bord de mer, sur les plages encore désertées. Son congé s'achevait début juillet. La forme était revenue grâce à son opiniâtreté. Il s'était interdit tout retour en arrière, toute pensée vagabonde vers des souvenirs cruels. La méthode Coué pour enterrer une seconde fois Catherine. Pour s'en délivrer.

Les bruits familiers de la rue le rassurent. Il est là, bien vivant, tonique. Il a recouvré une envie de rentrer dans le chou, de s'ouvrir un passage dans le néant de l'existence. Du passé faisons table rase ! Dans tous les domaines. Il se réconforte avec un gros bol de chocolat et des biscottes couvertes d'un centimètre de miel des Corbières. « Elles font du bon boulot les abeilles du pays ! Elles en connaissent un rayon ! » Ça le met en train ces vannes de potache.

Puis, dans la foulée, il passe à la douche. Un mauvais moment. L'eau fraîche au saut du lit n'est pas sa minute favorite. Question de métabolisme. Il sait ce qu'il va faire aujourd'hui. Avant de rentrer au bureau demain, il va se payer une promenade aux chalets de Gruissan. Il ira peut-être faire une pause casse-croûte au Grand Soleil et risquer l'excommunication médicale en avalant une bière, la première depuis un bon mois. Pourvu qu'il n'y ait pas d'espions dans le bar !

Il se sent fébrile à l'idée de marcher seul le long du bord de mer, en lorgnant les corps voluptueux des sirènes de juillet s'offrant goulûment aux rayons du soleil. Il se sent jeune, plein d'appétit, alors foin de pudibonderie ! Il y a si longtemps qu'il n'a pas dragué. Une éternité ! Si ça continue, il sera bon pour les thés dansants style bal à papa. Oui ! Il doit se lancer pour effacer l'image obsédante qui l'a hanté. Tant pis s'il se déconsidère. Il n'est pas châtré quand même ! Il se prépare donc à l'aventure. L'attirail estival est sorti de la naphtaline : bermudas et chemise arachnéenne. Un ultime regard inquiet vers l'implacable miroir avant de quitter l'appartement.

— C'n'est pas brillant, mon gars ! Il faudra beaucoup de compréhension à celle qui t'acceptera ! Tu es blanc comme une louffe[6]. Tu es bon pour la cure de bronzage !

Il descend les escaliers de l'immeuble à toute allure en manquant de renverser une locataire qui grimpait les bras chargés de sacs à provisions.

6. Occitan lofa : vesse ou vesse-de-loup.

— Faites attention, bon sang ! grogne-t-elle. Vous n'êtes pas tout seul.

— Mille pardons, madame Germaine.

Il file vers sa voiture qui piaffe d'impatience dans le garage et rejoint rapidement la route des plages. Il y a de l'encombrement sur l'asphalte. Mieux vaut prendre son mal en patience en admirant le paysage grandiose des sommets pyrénéens encore immaculés d'une fine fourrure de neige, et oublier les ralentissements, les hésitations des conducteurs trop prudents. Il baisse les vitres et l'air suave du marin s'engouffre en sifflant dans l'habitacle. Dire que c'est son ultime jour de repos intégral avant le retour au commissariat ! Est-il guéri de ses tourments sentimentaux ? La chape de plomb dont il a revêtu l'issue tragique suffira-t-elle à le distraire ? Et si son rétablissement actuel n'était qu'un leurre, qu'un prélude à un effondrement complet ?

Il s'était fait une fausse opinion de lui-même. Il s'imaginait plus insensible, plus coriace et il s'est vu fragile, chétif. Cette image le blesse. Le lion n'a donc plus de crocs ? Dès demain, il va le vérifier in situ. Les collègues de travail ne vont pas s'attarder sur ses errances d'ado et vont exiger de remonter la pente au trot. Le milieu des enquêteurs criminels ne se prête pas aux épanchements romantiques. On ne tisse pas de la dentelle dans les hôtels de police. Cette rudesse de façade évite sûrement de cultiver un narcissisme nocif. Le coup de brodequin dans le derrière est une thérapie qui a fait ses preuves.

L'arrivée dans Gruissan se fait au pas. C'est jour de

marché et les touristes se découvrent des talents de piétons. Le parking du Moulin est plein à craquer. La ruche automobile affiche complet. On stagne au Rond-point des vignerons. Constantin se fraye un passage entre le défilé de flâneurs. Il prend l'avenue Joseph Camp et attrape celle de la Jetée. Là c'est la fin de l'écran des immeubles. L'horizon s'affranchit des bâtisses du Vieux-Village. Sur la droite, c'est le chenal qui roule ses eaux vers les terres en lents remous gracieux. Les véliplanchistes échancrent la surface argentée des eaux et filent sur leurs frêles embarcations ailées. Les cyclistes et les piétons se croisent comme des fourmis dénudées sur le bas-côté de la route.

C'est la fin de matinée. Il choisit de se rendre vers les dernières allées d'accès à la plage. On y est moins entassé. Il dépasse la paillote des Cabines et se gare sur le parking à ras de la digue. Il se déshabille, puis sort du véhicule, armé d'une large et moelleuse serviette et d'un tube de crème de protection solaire. Sa peau est d'un blanc laiteux, de ce blanc de plâtre qui évoque l'albinos. En ce début juillet, la majorité des plagistes sont aussi tannés que lui. Des bipèdes-lavabos. Ce constat bannit son complexe. C'est rassurant d'appartenir à la tribu des pâlots. Hors de question de s'isoler sur cette vaste étendue. Ça serait l'échec programmé. Il jette un coup d'œil circulaire et aperçoit une silhouette allongée sous un parasol millimétrique. La femme ne lui offre que son dos mais il jauge l'étroitesse des hanches, le creux des reins tout en profondeur et se fie à son seul instinct. Son chef n'a-t-il pas vanté son flair de fin limier ? À lui d'en faire usage avec autant de brio pour les délinquants que pour la gent féminine.

Grégorio s'installe à quelques mètres de l'inconnue et étale son maigre paquetage. Il n'a pas omis un sac au dernier moment. Il aurait pu arriver avec un siège pliant, un MP3 et des écouteurs collés aux tympans, tout ça pour impressionner. Seulement, il n'a plus l'âge d'épater la galerie des lolitas de quinze ans. Il tape à présent chez les trentenaires ! Qu'en est-il d'ailleurs de ce corps couché sous ce semblant d'ombrelle. Est-elle morte victime d'une insolation ?

Il décide d'entamer la conversation hasardeuse. Il veut rompre avec l'inertie des jours précédents. Les tabous ? Lesquels ? Ceux d'apostropher une inconnue ? Mais les vacances n'existent-elles pas pour faire de nouvelles connaissances, pour casser la routine ? Est-il obligatoire de se fourvoyer dans les méandres de tricherie des sites de rencontre pour discuter de vive voix, en direct, avec quelqu'un du sexe opposé ? Quel risque encouru ? De se retrouver face à face avec une artiste du Botox et de la chirurgie esthétique ayant atteint un âge canonique ? Le scandale ? Les flics seraient-ils condamnés à draguer dans les commissariats, entre collègues ? Comme les agriculteurs ? À quand l'émission phare *Le bonheur est dans les cellules* ? Il en faut beaucoup plus en notre siècle pour effaroucher une femme qu'un discours d'approche des plus banals.

Il attend néanmoins et profite du soleil qui darde les épidermes de ses rayons ardents. Un véritable récital de cactus ! Un barbecue tempéré par l'humidité des flots qui charrient une fraîcheur apaisante. Des essaims d'enfants courent comme des dératés en se balançant des poignées de sable. Ces projections ont un effet inespéré puisque sa voisine décolle le dos de son lit d'éponge. Il ne s'est pas trompé. Elle est chouette, avec un visage avenant, nullement rébarbatif. Des cheveux d'un brun foncé surplombent un couple d'yeux en amande au dessin plein de langueur. Il y a de quoi frissonner. Elle le regarde avec autant d'intérêt qu'une cliente de poissonnerie détaillant les pinces d'un crustacé sur l'étal. Il a du pain sur la planche !

Il quitte sa position et se lève avec une souplesse calculée. Il ne s'illusionne pas. Il n'est pas capable d'en faire davantage, de singer les gymnastes sous peine de se payer un lumbago. Il tourne autour d'elle comme un oiseau de proie autour de sa future victime. Elle n'est pas dupe de ces circonvolutions. Indifférente, elle fouille dans un sac et en tire un magazine de mots fléchés.

« Oh ! Une intello ? Pourquoi pas ? ». Il ne sait comment entamer le dialogue. Pourtant, il serait idiot de rester planté là comme les flamants roses des étangs, sans devenir ridicule à souhait. Il ne va quand même pas attendre qu'elle remplisse toutes les cases des jeux pour tenter quelque chose. Agir, le maître mot fatal. Agir, intriguer sans apparaître comme le machiste de service, le cavaleur en crise de sevrage. Achtung ! Le siècle faussement libéral discrédite vite ceux qui enjambent les barrières. Partout les terrains sont minés. Certes, Constantin n'a cure des conventions répandues entre hommes et femmes. Lui se déclare poète et donc fait profession d'indépendance face aux défilés de consommateurs. Seulement, il a endossé la tunique de flic, une tunique de Nessus, et il doit en tenir compte dans chacun de ses actes. Elle se retourne soudain vers lui comme agacée par sa présence. La question surgit directe :

— Vous me draguez ?

— Non, je fais des relevés pour la météo marine ! répond-il du tac au tac.

Ça lui est sorti comme un tir de fusée. Elle s'esclaffe et les dents ivoirines de sa bouche resplendissent à la lumière crue du matin. Le regard brille comme mouillé d'allégresse. Il remarque qu'elle ne porte pas d'alliance. Une bonne chose, prometteuse. Comme lorsqu'un ciel lumineux remplace l'horizon nuageux de la veille. Il enchaîne :

— Je ne sais pas draguer. C'est un art qui réclame de gros talents de communication. Moi, je lutte contre la solitude.

— Ça sent la rengaine du pauvre bonhomme abandonné.

— Vous voyez, la sincérité ne paie jamais !

— Les femmes s'y connaissent en ruses, surtout !

— Ce sont les vacances, plaide-t-il, on peut bien se laisser aller au plaisir et se faire de nouvelles relations. C'est une période bénie pour ça.

— Je suis d'accord. On casse le train-train de l'année et on s'invente une vie parallèle pour l'été, une parenthèse. Encore faut-il en éprouver le besoin.

— Je suis peut-être cette parenthèse ?

— Vous essayez en tout cas, reconnaît-elle un peu chahutée.

— Avec succès ?

— Allons, vous pratiquez toujours le galop ? Il faut convaincre avant de conclure, on ne vous l'a jamais appris ?

— Vous parlez comme une technicienne du commerce !

— C'est en partie mon boulot !

— Et vous l'appliquez dans la vie courante ?

— Un bon principe est valable partout, dans toutes les circonstances de la vie.

— Je m'en servirai à l'occasion.

— Tolérer ce que l'autre dit est déjà une bonne tactique !

— Je fais ce que je peux, prononce-t-il d'un air faussement contrit.

Elle en rit en toute sincérité. Elle a pour principe d'apprécier ce qui dérange les habitudes, ce qui rompt avec le sérieux permanent imposé par la profession, par l'environnement. Elle aime le décalé, l'imprévu et là, elle est servie à domicile avec ce trentenaire en quête de compagnie. De prime abord, il n'a pas l'air du mauvais bougre. Après tout ? Il l'interpelle de façon neutre :

— Un bain, ça vous dit ?

— Dites donc ! Vous me prenez carrément au dépourvu. Je me suis enduite de crème pour des heures d'exposition !

— Ça serait dommage de la gaspiller, mais encore plus dommage de vous priver d'une baignade en duo.

— Avec un partenaire exceptionnel, je suppose ! Vous savez je ne suis pas une nageuse d'exception, je patauge.

— Je ne suis pas venu à Gruissan pour préparer les Jeux olympiques ! Je viens à peine d'arriver. Mon teint d'albâtre le prouve, non ?

— Ça, c'est évident, persifle-t-elle en souriant.

— Alors ? On se lance ?, mademoiselle…

— Oh ! Laissez ce truc ringard ! Appelez-moi Tata Margot !

Ne se moque-t-elle pas gentiment de lui ? Ça ne serait pas la première fois qu'il prendrait un « râteau » magistral ! Certaines femmes adorent cela, claquer le bec aux plus entreprenants en guise de bouquet final ! Elles en jubilent au bureau. Ça occupe les pauses-café trop prolongées. Il est impératif de raconter qu'on a des galants empressés. Le standing l'impose. Il prend ça à la plaisanterie :

— Une allusion à la reine Margot, sans doute ?

— Non. C'est ainsi que me surnomment mes neveux.

— Un diminutif de Marguerite ?

— C'est tout simplement Rita.

— Ce sont des plaisantins, vos neveux !

Rita, ça fait cinéma américain. Rita Hayworth. Ce prénom ou ce diminutif colle parfaitement à son look. Bravo, se dit-il, la glace est brisée, c'est l'essentiel. Paradoxalement, il commence à avoir la tête qui bourdonne avec cette température. L'azur n'est plus qu'un voile indistinct zébré de filaments blanchâtres qui maintiennent la chaleur en suspension dans l'air.

— Moi, c'est Constantin.

— Tiens, je n'avais pas retenu votre prénom.

— C'est-à-dire ?

— Vous êtes policier ou quelque chose comme ça, non ?

— Vous avez deviné ?

— Oh ! Il n'y a rien d'extraordinaire. Je vous ai repéré lors de l'enquête sur l'affaire Chabert[7], une affaire spéciale qui a touché la station balnéaire et certains quartiers de Narbonne.

Il assimile pourquoi cette jeune femme n'a pas hésité à lui adresser la parole. Le prestige de la police, de la plaque ! Lui qui se croyait malicieux ! Il est confondu par une touriste du pays parmi des milliers d'estivants. C'en est donc fini de son anonymat dans la commune ? Il ne pourrait plus évoluer en toute liberté, s'adresser au premier quidam venu, sans générer une réflexion, un commentaire ? L'horizon de sa vie privée s'est donc raccourci avec cette enquête bien trop étriquée, bien trop localisée. Au fait, ce phénomène le dessert-il ?

— Rien ne vous empêche donc de piquer une tête dans la mer puisque vous avez un ange gardien à vos côtés ?

— Je préférerais un maître-nageur !

— Les anges ont des ailerons ! répond-il gaiement.

— Comme les requins !

7. Voir *Du sang dans les Embruns.*

— Juste !

Elle se redresse. Elle s'avère aussi grande que lui. Un joli brin de femme qu'on aimerait fréquenter le temps d'un été. Constantin montre la voie et se dirige vers le large. Il marche sur des charbons ardents au sens propre comme au sens figuré. Le sol lui brûle la plante des pieds. Ils parviennent au bord de l'eau et commencent à y entrer. Très lentement, car le contraste de température est saisissant. Au loin, on voit les vagues enfler, poussées par le vent d'est. En soirée, les rouleaux s'accentueront et viendront lécher le poste de surveillance. Espérons qu'ils ne se heurtent pas à un cadavre à la dérive, coincé dans un filet jeté par un criminel amateur !

Ils nagent à quelques mètres l'un de l'autre. Ils fendent les remous, y plongent tête la première. Dialoguer est impossible mais, entre deux remous tonitruants, il trouve le moyen d'évoquer les bienfaits des bains de mer, la beauté du site, bref la panoplie rebattue des platitudes à vous décourager les plus audacieuses. Le fait qu'elle le sache policier lui a scié les jambes. Fini les envolées lyriques, retour à la case départ. Dans ces cas précis, il a la fâcheuse tendance à se fermer comme une huître têtue.

Ils achèvent leur trempette de midi. Rita ne supporte pas les éclats aveuglants de l'eau et elle préfère s'en retourner vers la plage. Constantin ne peut que la suivre. Elle s'ébroue à l'aide de sa serviette. Des grains sablonneux volètent en rafales sur sa peau. Lui se contente de se frotter vigoureusement avec la paume des mains. Les rayons du soleil feront le reste. Elle rassemble ses affaires sans se préoccuper de lui. Il l'interroge illico :

— Vous partez ?

— Oui. Pourquoi ?

— Nous aurions pu aller boire quelque chose.

— Merci. J'ai un repas à préparer au chalet.

— C'était de bon cœur. Un rafraîchissement n'a jamais engagé quelqu'un !

— Non, c'est ainsi. Je n'aime pas m'exhiber dans les bars. Nous nous reverrons bien une autre fois. À l'occasion d'un autre crime dans les environs.

Sur ce, elle empoigne son sac et lui tourne les talons sans même lui dédier un sourire ou lui serrer la main. Fiasco irrémédiable ! Et ce foutu métier, omniprésent, qui s'est introduit dans la conversation, drainant une odeur de mort avec lui ! Pourtant, il ne se balade pas en uniforme ! Décidément, ça ne sera pas une partie de plaisir que d'oublier Catherine. Il était plein de bonne volonté, d'abnégation. Il devait d'ailleurs être le seul des deux. Cette Rita lui a concédé quelques brasses par politesse, par condescendance.

Il marmonne entre ses dents des mots pour le rassurer, pour l'aider à vaincre la mouise. « Allons, pas de panique, Grégorio ! Elle ne t'a pas renvoyé dans tes vingt-deux ! L'espoir est permis. Et si tu allais t'en jeter un au Grand Soleil ? Tcharer[8] m'a donné une de ces soifs ! »

Il ramasse son maigre bagage de plagiste décontracté. Pas d'ovation pour son départ. Rien qu'une marche de

8. Occitan : discuter.

sénateur vers la douche de la digue. Elle est envahie par une tribu familiale fervente pratiquante de la politique nataliste. Il attend que les différentes branches généalogiques se soient aspergées pour se doucher en un clin d'œil. Il se sèche avant d'entrer dans sa voiture qui est une véritable étuve. Cap sur le restaurant des chalets !

Chapitre 2

Le technicien du Palais des Congrès fait signe au Secrétaire général Valentin Barthe placé en bout de tribune. Ce dernier tapote sa montre pour lui indiquer que la réunion touche à sa fin et qu'il ne pourra lui répondre que plus tard. Rien à faire, l'appariteur insiste et agite les bras comme un aliéné en crise. Agacé, Barthe quitte la table d'honneur et descend vers la porte d'entrée de l'amphithéâtre. L'employé lui délivre aussitôt son message :

— Il faut prévenir le maire. Immédiatement.

— Je ne peux pas ! Vous voyez bien qu'il est occupé. Il est sur le point de prendre la parole !

— Ordre de la gendarmerie !

— Que vient faire la maréchaussée là-dedans ?

— On a découvert un cadavre sur le territoire de la commune.

— Un vrai cadavre ? Où ça ?

— Vers Pech-Redon, dans la Clape.

— Bon, j'avertis de suite monsieur le maire, restez ici !

L'administrateur disparaît et revient peu de secondes

après avec Étienne Pajot, le premier magistrat. Celui-ci fulmine :

— Qu'est-ce que c'est que cette foutaise, Bernadou ? Vous n'avez pas saisi que je suis en plein Congrès, et il s'éternise ce fichu Congrès ! Un point à l'endroit, un point à l'envers !

— C'est un Congrès du Parti Socialiste ?

— Mais non, c'est pire.

— Sans blague ?

— Le congrès national du tricot français. Il y a des adeptes jusqu'ici à nos portes ! On ne peut les décevoir.

— Un rassemblement de tricoteuses passionnées, à première vue ! Seulement les gendarmes sont sur le pied de guerre et vous attendent sur le terrain pour le squelette.

— Comment un squelette ? Un squelette de quoi ? D'animal préhistorique ?

— De femme.

L'élu accuse le coup. L'affaire peut s'avérer d'importance :

— Ils ont besoin de moi ? Comme d'habitude. Le parapluie ! Pourtant, je ne suis pas Nostradamus, je ne vais pas l'identifier ni lui tenir compagnie ! En quoi ma présence serait-elle utile ? Je n'ai pas le don d'ubiquité, bon sang !

Barthe est songeur ce qui le fait tirer sur son appendice nasal. La nouvelle passe mal. Il pressent que Pajot va lui transférer le bébé et qu'il va devoir prendre en charge cette assemblée bavarde comme un régiment de perruches. Ah ! Cette manie de glaner le moindre événement à Gruissan ! La communication à grande échelle. Le Ker son prédécesseur l'avait annoncé sans précaution : « Ici on ne sieste pas ! On vit sur un volcan. La ville est une araignée qui attire en son sein beaucoup de manifestations médiatiques. Elle bouge, elle occupe l'espace. » Et il fallait bien se rendre aux arguments du chef de file : « Comment voulez-vous attirer les clients ? Par l'opération du Saint-Esprit ? »

Il émet une légère réticence :

— Vous nous affirmez que le cadavre a été découvert dans la Clape.

— Je vous répète mot à mot ce que l'adjudant Neumann m'a dit au téléphone, un point c'est tout !

— La Clape appartient conjointement à la ville de Narbonne vers Pech-Redon, susurre le Secrétaire.

Pajot retrouve d'un seul coup des couleurs. Il n'a pas envie d'être embringué dans une seconde affaire de meurtre durant son mandat. Des opposants malfaisants vont finir par lui imputer les tragédies ! Seulement, il ne peut se dérober et décide de se rendre sur les lieux. En simple touriste. Histoire de démontrer sa bonne volonté, et de repasser le bébé refroidi à ses collègues narbonnais qui se feront un plaisir de l'adopter. Échange de bons procédés. Lui a d'autres chats à fouetter. Il y a le vin d'honneur avec les manieuses d'aiguilles jusqu'à treize heures. Il le bâclera. Quant à l'après-midi, il est bloqué par une réunion avec des représentants des chalets. Du sérieux quoi ! Pas moyen d'esquiver. Ils sont à cran !

— Bon, je file ! Barthe, remplacez-moi, évoquez des événements graves qui réclament le concours du maire. Assurez-les de mon retour pour la clôture, et surtout ne vous mouillez pas. Nous ne pouvons dire amen à toutes les sollicitations. Alors parlez de la dotation dégressive de l'État, ça fait l'unanimité.

Le Secrétaire s'arme de courage. Après tout, il va s'exprimer devant un groupe d'au moins deux cents fanatiques du point jersey ou de la torsade. C'est une aubaine. Une étape vers son implantation dans le village et hors du village. Il s'assoit sur le siège encore tiède du maire. Un frisson le parcourt.

— Je vous laisse la parole, entonne la présidente de l'association.

Pajot a sauté dans son 4x4. Il raccroche l'avenue qui longe l'étang jusqu'aux ronds-points afin de sortir de la commune. Il a de la chance car il est à contre-courant des flots d'automobilistes. En face, les cohortes arrivent en rangs serrés, pare-chocs contre pare-chocs. Les murs de Narbonne et des cités qui l'entourent sont bouillants depuis plusieurs jours, depuis l'offensive de la canicule, et leurs habitants ne souhaitent qu'une chose, se réfugier sur les bords de la Grande Bleue.

Il dépasse le site verdoyant des Monges et emprunte le chemin de la couleuvre. Le véhicule des forces de l'ordre est visible à une centaine de mètres. Deux autres voitures sont stationnées sur le bas-côté. Des barrières ont été installées. Le gendarme Lacroix qui reconnaît l'élu lui dégage le passage.

Le substitut du Procureur Jacques Térébin est déjà sur place. Il est en tenue de jogging, sa nouvelle marotte. Il s'est découvert des aptitudes de grand sportif. Il ne jure que par son podomètre et la répercussion de l'effort physique sur le moral, sous-entendu l'intellect. Il sautille tout en serrant la main au maire. La seconde voiture appartient à Christine Lebel, la juge d'instruction, toujours enserrée dans un tailleur d'une élégance sans reproche. Elle se tient à une courte distance comme si toute promiscuité pouvait nuire à son statut d'indépendance.

Seul Neumann s'avance franchement vers Pajot. Les deux hommes ont souvent l'occasion de se rencontrer. Gruissan n'est pas exempte de problèmes de sécurité.

— Bienvenue monsieur le maire ! Des ennuis en perspective, et encore une fois en période estivale. C'est la poisse !

— Tut, tut ! Pas si vite adjudant !

Les oreilles de l'appareil judiciaire se tendent. Le premier magistrat local aurait donc une explication commode pour ce drame ? Ce serait inespéré et permettrait de regagner au plus vite le Palais pour s'occuper d'affaires bien plus urgentes. Après tout, on ne peut plus rien faire pour la morte ! Quelle idée aussi de venir se perdre dans cette jungle ! Le militaire s'inquiète :

— Comment ? Vous êtes au courant ?

— Non, rassurez-vous ! Je ne suis pas sûr d'être concerné par votre cadavre. Est-il réellement sur le territoire de ma commune ?

— Et sur lequel alors ? se rebelle Neumann sûr de son fait.

— Ne sommes-nous pas en limite de Narbonne ? Vérifiez vos cartes d'état-major, adjudant !

— Elle est peut-être moitié sur Gruissan, moitié sur Narbonne ? Une querelle de compétence qui va remonter jusqu'au Conseil d'État, se moque Térébin toujours aussi incisif. Allons, ne nous égarons pas. Constatons d'abord et nous jouerons les arpenteurs par la suite. Une localisation satellitaire suffira !

Pajot fait la moue. Il n'est pas équarrisseur, et aller humer de la viande emboucanée ne va pas être un régal. Hélas, la fonction exige qu'il s'associe aux constats initiaux. Il ne peut se défausser sans porter atteinte à son image de battant qu'il s'est forgé depuis des années. Autant foncer tête baissée et nez pincé !

Le quatuor s'éloigne des véhicules. Lentement, alignant son allure sur celle de la juge d'instruction qui porte des chaussures à hauts talons. Satanée victime qui aurait pu terminer son existence en beauté, sur un chemin goudronné et viable !

— Quelle barrière de ronces ! profère-t-elle face au mur végétal. Il faudra me le dégager au plus vite. Je vais m'égratigner les mollets dans ces barbelés !

— Oui, vous avez raison. Les labos eux aussi auront du mal à travailler dans ce labyrinthe.

— Pas question de débroussailler ! s'insurge Neumann respectueux des procédures et ennemi du je-m'en-foutisme. On nous le reprocherait. Ce sont les labos qui décideront en premier ressort.

La réflexion irrite le substitut. Toujours aussi catégorique et obtus, ce gendarme ! S'il croit qu'ils vont crapahuter dans ce massif épineux, il se goure notre baroudeur ! Mais il se retient, il ravale sa bile. On n'a jamais raison contre la base. Elle supporte l'édifice, la base ! Alors il se contente de dire :

— Si ce sont ces messieurs de la scientifique qui vont en décider, nous n'avons plus rien à faire ici. Nous reviendrons lorsque Montpellier les aura envoyés. Nous avons circonscrit le périmètre, observé les restes humains. À moins que madame le juge ou monsieur le maire ait quelque chose à ajouter ?

— Je souhaite quand même qu'on vérifie si ma commune est impliquée, réitère Pajot vindicatif.

— Vous craignez pour la réputation de la station ? Et la vindicte des commerçants, insinue Térébin en toute hypocrisie.

Les deux hommes ne passeront pas le réveillon de Noël ensemble. Ils ne sont pas du même bord. Des électrons incompatibles, des épidermes qui se repoussent. Mystère de la génétique.

— Oui et pourquoi pas ? On ne va pas pointer du doigt Gruissan pour une tragédie narbonnaise.

— Vous songez aux indiscrétions de la presse, n'est-ce pas ? modère le magistrat d'instruction.

— Parfaitement. La machine médiatique risque de s'emballer. Nul ne la maîtrise de nos jours. D'un scoop villageois, ils sont capables d'en faire un feuilleton national. Je n'imagine même pas les fâcheuses retombées sur l'ensemble de la ville… On m'a désigné pour protéger le citoyen, je ne tiens pas à le ruiner.

— Et son niveau de vie, fait Térébin d'une voix sépulcrale.

— Entre autres choses. Il y a déjà assez de chômage dans l'Aude pour éviter d'allonger les statistiques.

Neumann met fin au dialogue.

— On annonce les laboratoires vers quatorze heures.

— Bon, nous pouvons nous esquiver, soupire la juge.

— Je suppose que la P.J. va suivre, parachève le substitut. Nous allons donc nous retirer.

— Je retourne de suite au Palais des Congrès. J'y suis attendu, une affaire d'importance, ajoute le maire qui salue d'un geste l'aréopage en débandade et se met à trottiner vers son véhicule.

Il s'agit d'accélérer le mouvement. Il lui faut apparaître coûte que coûte pour le final, sinon il aura maille à partir avec les tricoteuses locales, une association influente, réservoir de voix et de bonnes volontés, qu'on ne peut décemment négliger. Il fait donc vrombir son engin et le propulse dans un dérapage contrôlé en espérant en son for intérieur que cet agglomérat d'ossements repose bel et bien chez son voisin narbonnais. Un cadeau toxique à un concurrent politique. Il escompte sur l'habileté et les connaissances juridiques de Barthe pour se débarrasser de ce traquenard.

Térébin a sauté dans sa Peugeot lustrée comme au jour de sa sortie d'usine et file jusqu'à Bonne Source.

Des membres de son club de remise en forme l'attendent pour un gueuleton végétarien. Quant à madame Lebel, elle repart paisiblement chez elle. Cette visite sur le terrain lui porte aux nerfs. Il s'agit sans doute d'un accident, une banale chute d'un randonneur épuisé. L'hypothèse du suicide ne l'effleure pas. On ne vient pas s'empoisonner dans une aire de chasse.

Neumann a appelé des collègues de son escadron. On va relever l'équipe en place qui a suffisamment joué les plantons. Il en faut pour tout le monde. Il a adressé des conseils et des consignes. Aux suivants de se débrouiller avec l'élite de la police montpelliéraine.

***

Le *grand Soleil* est bondé. C'est l'heure du rush. Les gosiers sont secs et les estomacs creux. Constantin aime cette ambiance de babillages, de gesticulations, de va-et-vient, de serveurs équilibristes aux bras chargés d'assiettes et de verres au bord de la chute fatale. Une atmosphère de chaos joyeux, d'effervescence théâtrale. On perçoit la liesse des tablées, l'euphorie des clients qui vont se rassasier le ventre et l'esprit. C'est la continuité logique du farniente sur le matelas du sable. Le plagiste abattu par les embruns iodés, par la danse monotone de la mer, arrive consentant pour s'asseoir et récupérer devant une solide assiette et une boisson fraîche. C'est si bon de glisser les pieds sous la table, de commander à un garçon complaisant, soucieux de vos moindres désirs, quand, tout au long de l'année, on se tape du rata avec des grimaces comme décor !

Grégorio attend quelques minutes qu'une place se libère. Il parvient à s'en dégotter une en plein milieu de la terrasse. Il est seul mais peu importe, il se colle à la rambarde qui offre une vue imprenable sur la plage. Les familles se rapatrient par grappes jusqu'aux chalets. Seuls les amoureux inconditionnels d'une bronzette rapide et intégrale restent prostrés sur leur serviette de bain. Les enfants traînent leurs bateaux gonflants, leurs planches, leur attirail d'architecte de châteaux de sable. Les adultes, véritables chameaux, portent les sacs, les chaises pliantes, les parasols bigarrés. Ce ne sont qu'avertissements, menaces envers les gosses les plus téméraires, les plus espiègles qui s'aventurent sur la voie où les automobilistes roulent à quelques mètres des piétons.

Une jeune fille vient s'enquérir du menu qu'il a choisi. Il donne dans la simplicité :

— Steak-frites.

— Un apéritif ?

Il hésite. La période des anxiolytiques n'est pas éloignée. Pourtant, il faut s'éclater, faire fi des avis médicaux qui restreindraient l'existence à la portion congrue, à une routine alimentaire insipide, à une uniformité sclérosante, à la mort des passions.

— Un pastis.

— Coupé d'eau ? fait la serveuse en verve.

— Je le noierai moi-même, lui répond-il sur le même ton enjoué.

Il est content de lui. Au fond, que demande le peuple ? Un bon repas, un soleil qui efface la noirceur du monde, des silhouettes de sirènes en deux-pièces déambulant sur la digue nimbées d'une enveloppe vaporeuse. L'été, c'est l'époque bénie où les femmes sortent de leur cocon, où elles resplendissent de beauté. On dirait qu'elles la réservent pour les vacances. Elles se métamorphosent, offrent leurs attraits secrets. C'est leur fête, leur zénith.

Constantin n'a pas touché à la poésie, son violon d'Ingres depuis le procès de Catherine. Que peut la poésie, cet assemblage méticuleux de mots, cette chanson virevoltante de lettres accolées les unes aux autres face au malheur ? Comme si la complainte de Rutebeuf pouvait vous rabibocher… Elle aurait plutôt tendance à vous enfoncer, à vous achever ! Néanmoins, il espère s'y remettre sous peu. Car cette addiction le vivifie, l'enthousiasme. Il se penche depuis peu sur les poètes grecs de l'Antiquité. Summum de la ringardise qu'il n'ose pas évoquer au travail ! Certains ont frôlé le conseil de discipline pour moins que ça !

Il s'est attaqué à la technique poétique. Pour l'amour du sujet. C'est le livre de Marguerite Yourcenar, la *Couronne et la Lyre*, qui l'a poussé vers ces auteurs disparus. Alors il a pioché dans les bouquins comme d'autres s'immergent dans Internet. À partir de là, il a voulu en savoir plus et s'est mis à étudier de plus près ce qu'il imaginait des écritures spontanées. Mal lui en a pris ! Il s'est enferré dans des notions les plus obscures, les plus rébarbatives comprenant enfin que rien n'est simple, sauf les apparences. Une avalanche de termes savants pour décrire ce qu'il croyait sorti tel quel du néant, à l'état quasiment brut. Spondée, dactyle, hexamètre, trochée sont venus terrasser sa bonne volonté. Jusqu'au *macron*, petite barre posée sur une voyelle pour en modifier le ton !

— Votre plat tout chaud !

Le voilà redescendu sur terre, viré du Parnasse ! Les nourritures terrestres le rappellent à l'ordre. Rêverie et poésie, un couple charmant qui ne doit pas faire oublier les attentes du tube digestif. Il balaie toutes ces réminiscences et enfonce sa fourchette dans la viande fumante.

Il a dévoré comme un ogre, puis a bu un café serré, histoire de se secouer un peu. Il a la peau en feu sous le tee-shirt, une peau d'écrevisse ébouillantée, de porcelet exposé trop longtemps au bain-vapeur. Il n'a qu'une hâte : rentrer chez lui, se couvrir d'une épaisse couche de crème adoucissante, voire d'un sac de glaçons. Il règle la note, abandonne un pourboire conséquent dans la sous-tasse du café, puis disparaît par l'escalier de façade.

Il grimpe dans son Alfa Roméo. Elle commence à avoir des heures de route mais elle lui plaît. Il lui est attaché d'une certaine façon. Elle lui rappelle des envies de fureur juvénile. Un temps où l'on pouvait encore appuyer sur le champignon sans finir au correctionnel, un temps où chauffard n'était pas encore synonyme de tueur.

Il est légèrement sonné, entre cette chaleur intense qui lui monte au visage, à la poitrine et le repas qui lui stagne sur le plexus. Il dépasse le casino et s'engage vers Narbonne. La circulation est exceptionnellement fluide. Seuls les accrocs aux grandes surfaces filent vers Carrefour et sa galerie. Il roule toutes vitres ouvertes. Tant mieux s'il chope une bonne angine, il en sera quitte pour un nouvel arrêt-maladie. On prend vite goût à l'inertie, à l'indolence. Et puis, à hauteur de Ricardelle, juste en face des vendeurs d'abricots et de melons, il aperçoit plusieurs voitures de gendarmerie. Il lui semble reconnaître Neumann et un autre gradé. Que font-ils donc en pleine brousse ? Une traque aux nudistes ? Un exploit à la sauce de Saint-Tropez ?

Constantin meurt d'envie d'aller les rencontrer. Ce serait une manière de se remettre dans le bain à la veille de son *retour aux affaires*. Il tourne au rond-point et emprunte le chemin de droite. Il s'est à peine avancé qu'un militaire dévale à fond de train, sifflet en bouche, pour lui interdire l'accès. Il ne bouge pas d'un iota. Une bavure est si vite arrivée en période d'état d'urgence !

— Veuillez reculer, s'il vous plaît ! La route est barrée jusqu'à nouvel ordre.

— Même pour la police ? demande-t-il goguenard.

Lacroix s'excuse :

— Avec ces pare-brise teintés, on n'y voit rien. Passez.

Constantin s'avance avec précaution. C'est qu'il y a une sacrée compagnie disséminée sur les lieux. Les labos de Montpellier ont investi la scène du drame. Alors, il n'y a pas de doute, c'est grave, car les labos ne se dérangent jamais pour un cas de salmonelle ou pour une gastroentérite ! Il leur faut du cadavre bien rigide ou à la rigueur du grièvement blessé. Il se sent soudain dopé par une éventuelle scène de crime. Adieu mal-être, instabilité mentale, perte de confiance, mélancolie ! Il se sent pousser des ailes d'albatros dans le dos. Il ne se rend même pas compte qu'il se présente torse quasiment nu, polo débraillé et bermudas en accordéon. Une tenue de camouflage de flic moderne. Il ne manque plus que les tongs réglementaires !

Il se dirige droit vers Franck Debusse, un lieutenant du SRPJ, missionné par le Directeur Labresseau. Ce dernier a reçu un coup de fil du cabinet de la juge d'instruction lui intimant de s'occuper de cet étrange cas. Pourtant, à son avis, les techniciens scientifiques suffisaient en un premier temps. Madame Lebel a cru bon d'entériner la revendication du maire qui voulait des professionnels efficaces. Elle comprend ses appréhensions. Il y a tant d'intérêts économiques en jeu.

Le secrétaire de mairie s'est adressé au Directeur pendant près d'une demi-heure pour contester la localisation du cadavre. Il a fait appel au cadastre, aux cartes de Cassini du XVIIIe siècle. Bref, il aurait retracé un atlas terrestre pour fourguer la patate chaude aux voisins exécrés de Narbonne. Barthe aurait été jusqu'à déménager la « carcasse » sur le territoire du voisin pour épargner à l'administration communale un fumet de scandale. Il a prévenu le policier :

— Monsieur le maire va dépêcher un géomètre des services techniques pour comparer les relevés. Nous n'endosserons pas les responsabilités des communes voisines !

Labresseau l'a renvoyé dans les cordes :

— Vous semblez oublier qu'il y a le destin d'un être humain en jeu, alors vos réticences sont quantité négligeable, voire déplacées. Cependant, si cela vous tracasse, venez donc avec un laser, un GPS pour faire le point. Nous, nous allons commencer notre boulot.

Il a reposé le combiné. Ah ! Ces querelles de clocher ! Il en avait ras le bol ! Chacun était focalisé sur sa paroisse, sur son électorat. On pouvait bien crever aux alentours du moment que ça se fasse en douceur et incognito. Que le long fleuve reste tranquille !

Constantin s'approche du Docteur Feuillard. Il s'attend à une mine renfrognée, à un visage aussi accueillant qu'une porte de morgue. Eh bien, il est comme deux ronds de flan. Elle lui adresse un large sourire, un sourire éblouissant, cumul de tous ceux qui auraient dû précéder. Il en est estomaqué. Elle va même jusqu'à lui tendre la main, une main chaleureuse, en pleine extension. Il se tourne vers Debusse qui lui fait un signe expliquant que le toubib attend un heureux événement. « Tiens, se dit Grégorio, elle a trouvé le père et l'enfant en simultané ! », car à sa connaissance, elle n'était pas ni mariée, ni pacsée. Ça lui est arrivé comme un germe d'épidémie ? Une seconde Annonciation ? Il garde cette pointe d'ironie pour des jours meilleurs.

Franck le met au courant :

— Tu n'es pas de service, on dirait ? J'ai contacté Da Silva, ton commissaire, qui n'a pas pu envoyer quelqu'un. Trop d'absentéisme, m'a-t-il dit flegmatique.

Un joyeux drille celui-là !

— Je réintègre demain. Ça va le soulager. Qu'y a-t-il dans ce magma de fourrés?

— Une morte.

— Récente ?

— Feuillard s'en tient pour l'instant à cinq ou six jours, avant approfondissement des indices.

— C'est certain ou c'est pifométrique ?

— Tu n'as qu'à la questionner !

La démarche n'est jamais simple et dénuée d'anicroches. En outre, il n'est pas en service commandé et le praticien n'est pas tenu légalement de l'informer de ses premières constatations. Il n'empêche qu'il transgresse ces obstacles et s'adresse à elle d'un ton amical :

— Vous avez progressé dans vos analyses préliminaires ?

— Comme vous y allez ! Il y a à peine trente minutes que nous sommes arrivés ! Nous ne sommes pas des surhommes !

Grégorio poursuit imperturbable :

— Un bref aperçu, peut-être ? Histoire de ne pas me laisser dans une ignorance crasse ?

— Bon ! Si vous me prenez par les sentiments ! Nous avons affaire à un corps de femme dont l'âge oscille entre quarante à cinquante ans. L'ossature, l'usure des articulations, la conformation générale aboutissent à cette conclusion approximative.

— L'examen des dents donnera plus de détails.

— Ah ! On ne vous a pas dit ?

— On aurait dû me dire quoi ?

— Le squelette n'a pas de crâne.

— Pas de tête, vous voulez dire ?

— En effet.

— Une femme sans tête !

Constantin se mord la langue. Attention aux gags vaseux qui mettraient Feuillard dans une colère noire.

— Hélas, oui ! déplore-t-elle. Nous sommes privés d'un élément déterminant pour l'établissement de nos diagnostics.

Il se veut plus empirique. Neumann lui apparaît disponible car, pour l'instant, il est cantonné dans la fourgonnette et peste comme un damné. Il a dû revenir en faction faute d'effectifs au poste du village. Des collègues qui rattrapaient des jours d'astreinte. Toujours les mêmes appelés au sacrifice. L'enquêteur conseille au gendarme d'instaurer un large périmètre de protection.

— Dans quel but ? ronchonne l'adjudant rendu susceptible par cette corvée supplémentaire.

— Le cadavre qu'ils sont en train d'ausculter est décapité.

— On l'a guillotiné, on lui a piqué la tête ?

— J'en ai bien peur !

— Les animaux ? Ça me paraît bien peu probable. Il n'y a pas de hyènes dans le patelin !

— Tout au moins pas des carnivores ! Bref, il va falloir organiser une battue, enfin une recherche ! Cette tête traîne peut-être aux alentours immédiats. Alors mobilisation générale !

— Quel malheur ! Ça revient à chercher une aiguille dans une botte de foin. Faut pas rêver, on n'est pas outillé pour passer la Clape au peigne fin. Nous avons besoin de renfort pour ratisser les pinèdes et même de chiens.

L'inspecteur prend les devants :

— Je téléphone de suite au commissariat. Da Silva entrera en contact avec la juge et le procureur pour les avertir de mettre en place la logistique. On a toujours le recours à l'armée comme ultime solution, s'il le faut ! Les parachutistes en feront leur affaire.

— Tout ce branle-bas de combat pour une tête égarée. Allez savoir jusqu'où elle peut avoir atterri ! se désole le gendarme.

Constantin revient vers le médecin légiste. Elle a donné l'ordre de déblayer l'aire embroussaillée. Des assistants passent une sorte de taille-haies à batterie dans les branches qui forment un dôme de verdure. Elle se met à la disposition du policier :

— Vous n'êtes pas comblé par mes explications ?

— À part le fait morbide que la victime est privée de sa tête…

— Je n'ai pas assez d'éléments pour préciser le jour du décès. Loin de là ! Une autopsie doit être effectuée.

— Sur si peu d'organes ?

— Nos laborantins font des miracles, vous ne le saviez pas, Grégorio ?

Il n'en revient pas qu'elle prononce son patronyme. Oui, les miracles existent donc, les miracles à hauteur d'homme. Il n'en doute plus lui l'agnostique convaincu.

Ce misérable cadavre démantelé, décharné prouve par contre qu'il n'y a aucun maître de l'Univers doté de moralité. Un maître physicien, pourquoi pas ? Sans déontologie alors.

— Sur quoi vont-ils se rabattre ? Les bestioles se sont fait un festin du corps.

— Il n'y pas que les amateurs de viande qui s'en sont mis plein la panse.

— Qui d'autre au banquet ?

— Les insectes, lieutenant ! Ce qu'on appelle en jargon l'entomofaune.

— Rien que le nom m'effraye.

— Et parmi ces diverses familles, nous ciblons les diptères nécrophages.

— Les mangeurs de morts.

— Oui, nos futurs locataires.

— Vous me donnez la chair de poule !

— Retenez-vous, ils adorent les gallinacés ! ironise le toubib complètement dans son sujet.

Ces réparties lui rappellent les plaisanteries de carabins. Enfin ceux qui se destinaient à la médecine légale, et ils ne couraient pas les amphis ceux qui avaient l'intention de disséquer leurs prochains décédés dans d'affreuses circonstances. L'écrasante majorité avait plutôt choisi de les ressusciter !

Il la sollicite à nouveau :

— Ça se passe comment avec ces hôtes, ces asticots parasites ?

— Ce sont des alliés précieux.

— C'est-à-dire ? Ils enregistrent les conversations des criminels ?

— Non, mais en déterminant leur âge et en comparant leur évolution depuis leur éclosion jusqu'à leur ramassage, on va pouvoir fixer un jour pour la ponte et à partir de là la fin de vie de la victime.

— Quel écart entre la ponte et le décès ?

— Trois jours environ. Ce délai correspond au départ de la putréfaction.

— Bien, ce calcul scientifique n'est-il pas faussé par les conditions climatiques ? Ça fait quasiment cinq jours que nous bénéficions d'une température caniculaire.

— C'est sûr. Il y a beaucoup d'aléas qui perturbent notre travail. Nos échelles de référence en tiennent compte.

— Selon vous, le corps a-t-il été transporté jusqu'ici ou la personne s'est-elle effondrée ?

— Si je m'en tiens à un coup d'œil superficiel, il me semble que le corps a été transporté. Seulement, il reste si peu de peau sur les muscles que je n'en mettrais pas la main au feu.

— Qu'est-ce qui vous fait penser à un déplacement ?

— À ce que nous appelons les lividités.

— Pas très gai, ça non plus !

— Une morgue n'est pas un salon de thé, monsieur l'inspecteur.

— C'est certain.

— Lorsque le corps ne bouge pas, les résidus sanguins, les tissus s'agglomèrent aux endroits où il repose. Si on le promène, le sang circule et ces poches disparaissent ou s'atténuent.

— Et en l'espèce ?

— Il y en a très peu, mais attention ! Les parties saines sont rares, nos amis prédateurs ont fait le ménage.

Constantin enregistre toutes ces données scientifiques. Il en est friand. Le point noir demeure l'absence de boîte crânienne, et là toutes les hypothèses deviennent envisageables, jusqu'aux plus farfelues. A-t-elle été emmenée par quelque carnassier jusqu'à son repaire ? Du genre lynx ou chien sauvage ? Par un passionné morbide collectionneur d'occiputs ? Un ésotériste à la recherche désespéré *des treize crânes de cristal*, ces crânes millénaires sud-américains dont la réunion bouleversera le monde ? Ou alors un assassin l'a-t-il séparée sciemment pour la déposer dans un autre lieu ? Et lequel ?

Il regrette de s'être vautré sur le sable. Son épiderme doit être couvert de pustules tant il chauffe. Or il ne peut décemment tomber le polo devant les autorités. Même en congé-maladie, il représente la police ! Non, il va rentrer peinard chez lui, se tortiller sous le pommeau d'une douche froide, s'enduire comme prévu d'un badigeon contre les brûlures solaires. Il enclenchera son CD favori, *Stabat Mater* de Pergolèse, et contactera Da Silva. Un commissaire empreint de réalisme qui, par ces temps de fournaise, se terre dans un bureau convenablement ventilé.

Il salue avec déférence le praticien ainsi que les gendarmes. Il éprouve quand même une envie irrésistible de s'approcher du linceul végétal. Cassou, un technicien déménageur, joue des coudes pour entasser les tiges de ronces.

— Vous ramassez des mûres ? lui dit-il pour plaisanter.

L'autre relève la tête et sourit :

— Bonjour Constantin, déjà en quête du meurtrier ?

— Oh là ! pas si vite ! Ce n'est pas folichon cette barbaque, avoue le policier avec un soupçon de dégoût.

— Pas folichon, non ! Inouï que personne ne l'ait repérée ! L'odeur devait empester tout le secteur et cela depuis un certain temps.

— C'est pour ça qu'ils faisaient un détour !

Cassou relance la conversation :

— Regardez cette pauvre femme ! Finir ainsi, dépecée par des bêtes sauvages. Dans l'état où elle se trouve, si amputée, si difforme, elle n'aura pas droit à une sépulture correcte. Éventuellement une crémation en bonne et due forme.

— Le tas de cendres sera bien maigre. L'être humain ramené à quelques grammes de poussière ! Triste destinée, balance Grégorio pensif.

En vérité, il est absorbé par des réflexions intérieures. Il a horreur des énigmes durables, celles qui résistent au bon sens. Bizarre en effet qu'aucun promeneur, qu'aucun randonneur n'ait poussé la curiosité jusqu'à accéder à cet endroit. Évidemment, les amoureux ne se roulent pas dans les épines de ronces, mais il y a des vadrouilleurs, des fureteurs qui cherchent fortune dans les buissons les plus inhospitaliers, des chasseurs de cagarots[9], des cueilleurs de plantes à tisanes. Eh bien, non ! aucun témoin, aucun observateur, aucun voyeur piégé ! Uniquement de vertueux marcheurs ne déviant pas d'une semelle des sentiers balisés ! D'excellents citoyens de bonnes mœurs.

Il se peut également que l'on ait apporté le corps au dernier moment et qu'il ait commencé à se putréfier ailleurs. On l'aurait déchargé là pour s'en débarrasser. Comme un sac d'immondices. Qui avait intérêt à se délester du corps d'une femme ? Un mari trompé ? Un amant éconduit et jaloux ?

Le lieutenant se sent à la fois ragaillardi par les perspectives qui s'ouvrent et très dubitatif sur sa propre capacité à éclairer les zones d'ombre à venir. Il sort à peine de convalescence et ne dispose pas de tous ses moyens psychologiques. Pourtant, l'euphorie prend possession de lui. Un sentiment illusoire de puissance, de regain d'énergie l'envahit un peu trop facilement. Il s'estime transfiguré. Ne roucoulait-il pas comme un paon quelques heures auparavant devant une donzelle à la chute de reins sublime ? Oui, il est guéri des affres des mauvais jours.

Il quitte le groupe et s'assoit dans sa voiture. Il a les lombaires en compote. Jouer les Casanova gruissannais dans une posture de jeune premier n'a rien arrangé. Avant de reprendre la route, il s'octroie une courte pause romanesque. À sa gauche la départementale se sature

9. Occitan : escargots.

de véhicules. Le soir tombe et c'est le grand retour vers l'intérieur des terres gorgées de chaud. Il fait un effort pour se remémorer un extrait d'un poème de Baudelaire adapté à ces circonstances, un poème qui aurait certainement fait plaisir au toubib.

Ô vers! noirs compagnons sans oreilles et sans yeux.
Voyez venir à vous un mort libre et joyeux !
Philosophes viveurs, fils de la pourriture…

Il met en route et descend lentement vers le rond-point de Ricardelle pour rallier la colonne des vacanciers.

***

Il y a un attroupement impressionnant au pied des falaises. Une bonne vingtaine de gendarmes et de militaires recrutés dans les postes voisins, secondés par des chiens renifleurs impatients de se lancer à l'assaut des buttes emmitouflées de vert, une poignée de réservistes trop heureux d'endosser à nouveau le treillis et d'enfiler les rangers puant la graisse de phoque. Un vert sombre ce matin, un vert malachite, car le marin s'est désagrégé en une myriade de nuées. Une fine bruine dégringole du ciel comme une écharpe argentée. L'excursion pédestre ne s'annonce pas de tout repos.

Debusse représente seul le SRPJ. Son chef Labresseau a préféré la quiète atmosphère des bureaux de Montpellier. Ça ne lui disait rien qui vaille de courir la brousse pour une simple tête. Alors il a conforté son adjoint en tant qu'enquêteur exclusif de la PJ. D'autres autorités ont tenu à participer à cette battue pacifique. Le représentant du ministère public, Térébin, est arrivé très tôt. Il arbore un ensemble composé d'un jogging moulant et d'une paire de baskets fluo qui a le mérite d'être géolocalisable jusqu'en Australie. Il ne craint pas l'humidité tout engoncé dans ses collants filiformes.

Le maire Pajot et son secrétaire Barthe ont décliné l'offre. Ils sont penchés sur les planisphères du monde pour attribuer la dépouille aux Narbonnais et prient ardemment pour que la tête soit retrouvée sur la commune limitrophe. Une réunion est prévue en ce sens avec la presse en mairie. Il faut à tout prix minimiser l'événement, le réduire à un accident de la vie courante, trivial, et non pas à un fait-divers romanesque.

La juge d'instruction a confié la responsabilité de l'opération à Térébin. Elle a pénétré dans son bureau en boitillant :

— Je ne vais pas pouvoir me joindre à la troupe, j'ai les chevilles en capilotade.

— C'est sûr que le chemin n'est pas dallé, a rétorqué le substitut mécontent de jouer les chevaliers servants.

— De toute façon, de deux choses l'une : ou cette boîte crânienne a roulé dans les environs immédiats, ce qui signifierait qu'elle a été séparée en concomitance de la colonne vertébrale, ou elle ne se trouve pas dans les parages et nous sommes plongés dans un mystère insondable.

— L'idéal réside dans la première hypothèse. Cela

nous épargnerait ces va-et-vient usants.

— Bon, je puis compter sur votre dévouement et votre engouement pour les équipées bucoliques ?

— Vous le pouvez, madame Lebel.

Neumann est également présent au sein de la brigade cynophile. Brigade est un bien grand mot car elle se résume à deux chiens Springer anglais. De bons auxiliaires pour renifler les stups et le gibier.

— Faudra faire avec ces deux toutous, a prévenu l'adjudant qui croyait peut-être se voir adjoindre des renforts canins de la SPA.

Les maîtres-chiens venus tout droit de Montpellier n'apprécient pas trop. Ils auraient préféré se sublimer sur les routes et procéder à des fouilles de véhicules. Ils sont sûrs de leurs animaux. Térébin se concerte avec Debusse et Neumann. En chef d'état-major, il improvise un plan de recherche :

— Nous pourrions déployer les hommes en deux groupes qui se croiseraient. Nous ne sommes pas assez nombreux pour nous étaler sur cinq cents mètres. Le premier groupe part vers le haut de la colline. Le second part de Ricardelle vers Notre-Dame des Auzils.

Les militaires roumèguent[10]. Qui est ce civil qui entend leur apprendre leur métier ? Il se prend pour un instructeur ? Neumann n'a pas l'âme flexible du diplomate. Il reprend d'un ton péremptoire :

— L'habitude dans ce genre de situation est d'arpenter

10. Occitan : râler, se plaindre.

tout en largeur, en latéralité, comme une pince de crabe, ensuite de refaire éventuellement le même chemin en sens inverse.

— Un peu comme lorsqu'on peint un plafond !

— Voilà ! La comparaison est juste. On balaie le terrain sur les deux faces.

Térébin n'a pas envie de se mettre à dos la maréchaussée. S'ils se croient les plus forts, les pots de yaourt, qu'ils y aillent franco. On verra le résultat à l'arrivée.

— Bien ! On peut appareiller ? s'empresse-t-il de dire pour couper court au débat sur les méthodes de ratissage de la Clape.

— En avant toutes ! crie Neumann à l'ensemble des participants qui s'étalent aussitôt en éventail.

L'intendance a suivi. On a déchargé des bâtons de marche, des coupe-ronces et quelques croissants emmanchés de bois. On avait même emporté une machette ! L'herbe qui stagne dans les combes est drue et vivace et les *chasseurs de têtes* devront la malmener. Durant leur lente progression, ils fouilleront et taperont mécaniquement dans les mottes, dans les buissons.

La pluie augmente et va rendre beaucoup plus difficile la progression sur les garrigues encailloutées. Il n'y a que sous la voûte des pins sylvestres ou des pins parasols que l'on pourra vraiment souffler et observer en détail. Les hommes sortent leur K-way avant d'être transpercés par les averses provenant de la mer. Les gouttes tombent en gros projectiles et résonnent sur le sol pierreux. Le chemin de croix vers l'antique chapelle n'en est qu'à son début.

Chapitre 3

Barthe le secrétaire a mis son costume Cerruti, acheté sur Internet. Un site ultra-chic et à petit prix. Bien entendu, ce n'est pas la collection de l'année, ce n'est pas non plus de la laine peignée italienne, non, du bon vieux polyester et viscose, mais qui fera la différence ? Elle est comme ça la société, non ? Du moment que ça a l'air, c'est que cela en est ! Il veut en jeter, il veut briller. Il a été nommé dans ce village d'un peu plus de trois mille âmes, un village à fort potentiel, à grande renommée, bref une grande cité balnéaire et touristique. Ses collègues de l'intérieur, confinés dans des métropoles brouillardeuses, peuvent l'envier. De son bureau ou du moins de certains bureaux, on aperçoit les bassins, voire les abords du chenal. Ne parlons même pas des mâts de bateaux de Barberousse ! Il lui suffit d'ouvrir les fenêtres pour entendre leur chant mélodieux, ces cliquetis métalliques joyeux, fruits d'une bataille incessante contre les assauts du vent.

Certes, il y a ce vent. Jamais fatigué, toujours éveillé, ne vous laissant pas une minute de sérénité, sauf lorsqu'il change de direction. Alors là oui, quand l'air fait des caprices, quand il a des lubies, il arrête enfin ses rodomontades, baisse la voix, prend un nouvel élan et vire de bord, histoire de vous désarçonner et de vous entraîner vers de nouveaux tumultes. Inutile de vous escrimer pour déjauger avec votre petit rafiot. Il vous rive au port, à l'embarcadère. Ce matin, le vent a capoté, il a été enfagotté dans une masse nuageuse et draine des volutes gorgées d'eau. Une eau grise, dépressive. La mer est d'acier, d'un acier mat, exsangue de son feu.

Ce matin, donc, il y a eu une réunion au sommet. Le maire Étienne Pajot prend très au sérieux cette menace de scandale. Les autorités judiciaires ont tranché au plus facile. Le cadavre sera Gruissannais, quoiqu'il en coûte à la station et à son commerce. Tant pis si elle en est éprouvée, réprouvée, tant pis si cette imputation malheureuse et arbitraire frappe la notoriété de la perle de la Méditerranée. Narbonne-Plage, Saint-Pierre, Fleury en récolteront les fruits. La commune a déjà subi une crise de ce type. Ce serait un désastre d'y replonger. Un maire averti en vaut deux.

Barthe fait donc le point sur la situation actuelle. L'auditoire comprend le chef de cabinet Dufrère, le responsable de la communication Donadieu et Maurel le chef de la Police municipale.

— Actuellement des équipes parcourent la zone concernée pour mettre la main sur cette tête qui se dérobe.

— Une tête bien compromettante ! s'indigne Maurel.

On ne sait même pas si la victime est de Gruissan !

— Qu'est-ce que ça change ? riposte Donadieu. Le touriste ne fait pas le distinguo. Pour lui une tête est une tête !

L'autre ne rend pas les armes :

— Ça change beaucoup de choses au contraire.

— Lesquelles, s'il vous plaît ? intervient le maire intéressé.

— Si la victime est étrangère au pays, nous pouvons traiter l'affaire comme disons… une incongruité, enfin quelque chose d'anormal qui ne nous concerne pas. Un fait marginal. Un parachutage. Ce corps aurait pu atterrir n'importe où. Ici comme à Valras-Plage ou à Vias ! Ça nous déresponsabilise. La presse prendra la suite. Ni vu, ni connu.

— Cette femme ne serait pas originaire de notre commune ? poursuit l'élu.

— Ah ! Là, je ne peux rien affirmer. Dans le village, personne ne nous a encore saisis d'une quelconque disparition.

— C'est un bon point Maurel. Seulement, si cette femme a un lien proche ou lointain avec nous, que pouvons-nous faire ?

On bredouille autour de la table, on se regarde de biais. Dur de se mouiller, de prétendre trouver la solution idéale pour contrer le mauvais sort qui s'acharne sur leur cité. Le maire ne peut que s'en remettre à Donadieu. Drôle de personnage celui-là ! Un transfuge du nord de la Loire, émigré, venu picorer la richesse du Sud et profiter d'un soleil généreux. Il a dû l'intégrer pour des raisons amicales. Il fait amplement l'affaire d'ailleurs. Ce n'est pas un cheval de Troie de l'opposition, enfin d'une future opposition, car pour le moment Pajot fait cavalier seul. Il y a bien quelques notes discordantes, des roquets qui aboient mais qui n'ont pas appris à mordre comme lui. Le chef de la communication est formel :

— Pour le moment, nous maîtrisons la situation. Les journaux du coin n'ont pas été mis au courant de cette malencontreuse découverte qui nous empoisonne. La police a fait barrage pour les besoins de l'enquête. À mon avis, la première chose à vérifier, c'est de faire un tour du village pour savoir si personne ne s'est volatilisé. Car, si actuellement on n'a rien signalé officiellement, cela ne signifie pas que rien ne se passe. Il y a tant d'indifférence entre les gens.

— Plus simplement, Donadieu, nous ne sommes pas à la Sorbonne ! grogne Pajot.

— On ne communique plus.

— D'accord ! Vous faites votre publicité, je le conçois, mais vous oubliez que de nombreux immeubles sont occupés par des résidents secondaires et que nous sommes en juillet. Un tel contrôle serait plus aisé en hiver, là c'est insurmontable. Contentons-nous strictement des Gruissanais vivant ici en permanence. Et, n'oubliez pas : soyez discrets. Pas de clairon, n'est-ce pas Maurel !

— Affirmatif, monsieur le maire.

— Nous ne devons pas traînailler. Nous devons évacuer cette sinistre affaire le plus rapidement possible. Je n'ai pas que ça à faire. Ce matin, je reçois un consortium marin en quête de nouveaux anneaux. Il s'adresse à nous, car nous sommes un des rares réservoirs disponibles pour ancrer des bateaux de plaisance. Le Conservatoire du littoral bloque pas mal de secteurs.

— Nous allons devenir un vaste garage, vous ne croyez pas ? fait Dufrère.

— On va engranger des recettes, coupe le secrétaire général. C'est le principal.

— Vous avez la presse à recevoir également, ajoute le chef de cabinet pas convaincu.

— Je sais. Je dois les persuader de ne pas trop en faire.

Le maire consulte sa montre :

— Ils doivent être dans le hall d'attente. Rien d'autre, messieurs ?

Les responsables quittent la salle. Seul Barthe s'incruste.

— Vous avez besoin de moi ? tente-t-il avec componction.

Pajot est catégorique. Il n'a pas besoin d'une lanterne pour être éclairé. Il se réserve les affaires délicates. Chacun sa spécialité. Un administratif n'est pas un élu du peuple.

— Non, vous pouvez disposer. Donnez un coup de fil à Neumann pour sonder la température des prospecteurs là-haut. Pourvu que leur battue réussisse !

Barthe part à regret. Son Cerruti n'aura servi qu'à épater des bureaucrates blasés. Il s'accapare tout ce Pajot ! Lui aurait apprécié de discuter avec les journalistes. Un coup d'air frais dans la citadelle de la mairie. Tant pis !

Il va appeler l'expédition de la Clape. Encore heureux qu'on ne l'ait pas forcé à se promener sous la flotte et en godillots ! Avec cette sauce qui déferle contre les murs de l'hôtel de ville, ils doivent patauger dans la gadoue, là-haut ! Une vraie sinécure ! Une station thermale avec bain de boue ! Gruissan-les-Bains.

Massol est arrivé le premier. Un rédacteur, radical de sensibilité, radical de comportement. Il représente *La Dépêche du Midi*. À ses côtés, Davergne son collègue de *L'Indépendant*, professionnel innovant, d'un tempérament plus libre, plus moderne. Ces deux-là dépendent d'un même groupe de presse, mais agissent en parfaite autonomie rédactionnelle. Le maire les prie d'entrer dans son bureau. Une vaste pièce bourrée de dossiers en instance placée sous l'autorité d'un Jaurès majestueux. Rien de flamboyant. Un antre de travail qui respire la convivialité, la fonctionnalité.

— Asseyez-vous, s'il vous plaît.

Les deux hommes prennent place. Ils sortent aussitôt leur carnet de notes. Ils s'attendent à des révélations ordinaires sur des projets mirifiques qui accroîtront le prestige de du village et de son conseil municipal. Ils ont l'habitude de ces déclarations périodiques qui emplissent leurs colonnes et font bouillir leur marmite.

— À cette heure-ci, vous devez savoir qu'on a trouvé un corps ou plutôt un squelette dans la Clape, vers Pech-Redon.

— Oui, on nous l'a appris tôt ce matin, répond Davergne. Pourquoi ce retard inattendu ?

— Un problème administratif, rien de bien grave. Non, l'important pour la commune est de ne pas être pénalisé par une nouvelle affaire criminelle. Nous en avons eu un sadoul[11] avec les crimes des saisons passées. On en a même fait un roman policier à succès !

— Et tu ne veux pas que ça recommence, l'interrompt Massol. Tu voudrais que la presse mette cet événement scabreux en sourdine.

Les deux hommes se tutoient. La vie ne se résume pas aux manifestations publiques. Les idéaux, les solidarités privées, les communautés d'esprit existent et permettent de transcender le quotidien. Des coulisses que fréquentent les affamés de savoir et où sautent les distinctions et les hiérarchies artificielles.

— Que nous fassions de la rétention d'information pour être précis, ajoute crûment son confrère.

— Je ne vous en demande pas tant. Vous agirez en toute indépendance ! Je vous invite seulement à penser aux effets négatifs sur la prospérité gruissannaise. Ce n'est pas Chicago ! Nous sommes victimes d'un hasard têtu.

— Tu veux donc qu'on ne s'étale pas outre mesure sur cet incident. Qu'on le minimise, qu'on le renvoie en page régionale, sans titre affriolant du style : *Le mystère de la Clape* ! Je comprends bien, hélas c'est délicat, explique Massol. Nous avons la concurrence des réseaux sociaux.

— Nous ne pouvons pas nous priver de centaines

11. Occitan: trop-plein, saturation.

de lecteurs. Surtout en cette période de difficultés économiques pour nos entreprises. Un crime, un malheur insolite, amènent un sacré lectorat, surenchérit Davergne plus expansif.

— Vous êtes du métier. Vous savez pertinemment comment on traite l'info. Tout a de l'importance. L'emplacement à la une ou en bas de page, les caractères d'impression, le vocabulaire employé, l'usage de cliché ou non. Je préférerais qu'on réduise les reportages au strict minimum.

— Étienne, s'aventure Massol, tu sais que je ne suis pas pour tirer sur les ambulances, j'ai la prétention d'être moral, d'avoir une déontologie du refus de pression. J'agirai en fonction de ma ligne de conduite et de notre amitié. C'est la moindre des choses.

Davergne est moins disert à ce stade de l'entretien. Il n'aime pas ces confrontations à propos amortis. Il a l'impression que ses deux interlocuteurs fraternisent sur son dos pour l'amener à les suivre. Alors que lui songe au papier exaltant qu'il pourrait pondre, au feuilleton prolifique qu'il pourrait prolonger, à l'addiction des lecteurs qu'il engendrerait. Il reste muet, cloué sur son siège. Le maire le regarde, muet lui aussi. Son collègue Massol plus expérimenté imagine les scrupules qui doivent le ronger. Le journaliste ne peut demeurer ainsi, le bec dans l'eau, pétrifié dans une bulle de réflexion intensive. Il n'ose pas couper les ponts avec la commune. Ce serait rompre avec d'autres instances de collectivités et se retrouver ostracisé. Il estime très rapidement le ratio coût/avantage et se prononce :

— Je ne peux rien vous promettre. Nous sommes chapeautés par Perpignan. Je plaiderai en votre sens, à condition que la suite ne nous réserve pas des coups de théâtre.

— Je vous l'accorde et je m'en remets au Ciel pour que cela n'arrive pas. Avant de nous quitter, je vais vous faire part du projet d'installation d'éoliennes en mer…

***

À midi, les recherches prennent fin. Neumann a envoyé un coup de corne de brume pour stopper la folle équipée. Les membres de l'expédition sont devenus de véritables éponges. La pluie n'a pas cessé de tout le matin. Elle a aspergé avec rage et méthode les crapahuteurs audacieux. Les chiens n'ont plus la force de japper. Les sols glissaient, provoquaient des dérapages. On traînait la patte, le groupe se dispersait peu à peu. Ça frisait la débandade ! Le crâne est introuvable sous ce déluge digne de Noé. Il serait autant introuvable par temps sec. Aucun des explorateurs n'a aperçu la moindre trace, le moindre débris d'os.

Térébin grelotte dans sa tenue de jogger urbain. La mine est grise, les bajoues s'affaissent. La conclusion est affligeante :

— Il faut en convenir : la tête n'est pas ici ou n'est plus ici, peu importe.

— Votre supposition signifie qu'on l'a décollée du

reste du corps, volontairement, l'interrompt Debusse tout en s'essuyant les cheveux à grands coups de plaid de voiture. Il y aurait donc un assassinat !

— Pourquoi ? reprend le substitut, vous pensez que la femme a déposé sa tête à un autre endroit et puis est venue ici, dans ces cages de ronces, s'allonger pour mourir. Je l'affirme, c'est un crime, de toute évidence. Il n'y a pas d'autres hypothèses défendables.

— Tant que nous n'aurons pas rattrapé cette tête disparue, il restera un doute.

— Je vous l'accorde, mais rien ne nous empêche d'amorcer la machine comme s'il s'agissait d'un assassinat pur et simple.

— Il est quand même matériellement ardu de commencer une enquête approfondie sans cet élément tangible, à savoir cette tête. Elle nous renseignerait beaucoup.

Térébin le substitut n'est pas du genre à supporter la contradiction. Il a l'avantage des diplômes, des études. Il y a un moment dans la vie où cette accumulation de peaux d'âne doit prévaloir. Les gens ne savent pas rester à leur place, à leur niveau de compétence et adorent pousser l'avantage, générer la compétition là où elle n'a pas lieu d'être. Pour eux, la hiérarchie est foncièrement injuste. Le mot lui-même les fait hérisser. Debusse est de ceux-là. Le magistrat en est convaincu :

— Vous oubliez que les labos marseillais vont faire parler le squelette.

Cet agencement d'os en débâcle serait donc ventriloque ? Il s'abstient de tout commentaire fielleux. L'autre pérore :

— L'ADN, mon cher ! La carte d'identité génétique va nous fournir des éléments irrécusables. Encore quelques jours d'attente pour en avoir la démonstration éclatante. Le cadavre aura un nom.

— Vous êtes optimiste, monsieur Térébin. Encore faut-il que cet ADN aux vertus miraculeuses ait été répertorié dans un fichier en notre possession ! L'ADN n'est pas le rhésus sanguin. Non, nous devons agir autrement si nous voulons progresser.

— Je vous écoute, si vous avez un début de solution… plus rapide.

— Du côté de la PJ, nous allons lister les disparitions récentes de femmes situées dans le créneau d'âge décrit par le docteur Feuillard. Nous avons aussi le morceau de tissu, un vestige de robe. Nous allons le diffuser dans la presse ou les médias. Le SRPJ décidera des modalités pratiques.

— Ne faites pas d'esclandre autour de la commune de Gruissan. Situer la péripétie d'une façon indistincte dans le massif de la Clape. Citez un lieu-dit. Ça devrait largement suffire.

— Nous aviserons. Nous ne pouvons pas continuellement rester dans l'abstraction.

— Oui, mais ce n'est pas parce que vous pointerez du doigt cette station que les témoignages vont affluer au commissariat. Je suis d'accord pour la robe, pour le listage des disparues. Je suis plus réticent pour mentionner la ville. Le terme géologique de Clape que les sites de randonneurs utilisent pour les relevés convient pour les gens du pays. La morte se moque bien de la commune d'accueil. Nous marchons sur des œufs, admettez-le. Alors pas la peine d'en rajouter.

— Et sur de la pierraille ! ironise l'inspecteur.

— Vous me comprenez parfaitement. Il n'est pas nécessaire d'associer un modeste village touristique à un crime insolite que le temps effacera en quelques jours. Trouvons par les moyens les plus classiques la propriétaire de la tête en vadrouille. Le scandale n'apporterait rien de positif.

Neumann en a soupé. Ses bottes font des chuintements désagréables. Il n'a pas envie de choper la crève et de se priver de séances sur la plage. Il est un coutumier des bains en fin de soirée, lorsque la masse des estivants déserte les lieux pour aller se restaurer ou prendre un apéritif en tribu. Il a pris l'initiative de renvoyer ses collègues dans leurs casernes respectives. L'échéance de midi est midi passé. La pluie donne des signes de fatigue. Enfin ! juste au moment où ils quittent le terrain des opérations, trempés comme des canards. Il s'approche comme il peut de Térébin et de Debusse :

— Je crois qu'on peut évacuer les lieux. La tête ne donne pas signe de vie ! Pardon, elle n'est pas dans ce secteur et nous ne pouvons pas traverser l'intégralité de la Clape jusqu'à Narbonne-Plage…

Franck opine du chef :

— Vous avez raison. Ce serait une démarche débile et infructueuse. Faisons une croix sur cette procédure.

— Nous repartons sur Gruissan, déclare l'adjudant rassuré.

C'est le signal du départ. Chacun aspire à rejoindre ses pénates, au sec. On ne s'attarde pas en échanges stériles.

***

Le commissaire Da Silva évolue en chemisette dans les locaux. Il a retrouvé un peu de son punch légendaire. Un vieux routier ce policier, qui a grimpé les échelons savonnés du métier, concours interne après concours interne. Il a connu toutes les réformes et a su s'adapter à tous les régimes, à toutes les régions. Il termine sa carrière à Narbonne. Pourquoi pas Narbonne ? La ville n'a pas la renommée de la Côte d'Azur, pourtant l'endroit a un certain charme, celui de la simplicité, de l'authenticité. Au moins, on ne paie pas son café des centaines d'euros comme au Sénéquier de Saint-Tropez. Les bistrots des quais de la Robine ont autant d'attrait et ne vous ruinent pas. La mer vous attend à deux pas. Une mer capricieuse, il est vrai, un brin retors, comme l'autochtone.

Le standard l'a prévenu de la visite d'un énième témoin qui aurait vu ou entr'aperçu la victime de la Clape. Des chapelets de farfelus ont accaparé les inspecteurs des heures entières pour n'aboutir qu'à des déclarations fantaisistes et des pertes de temps. Aujourd'hui c'est un nommé Galibert qui s'annonce. Le commissaire n'a pas l'intention de le recevoir. Il mandate son adjoint Grégorio qui revient à peine de vacances. Gorgé de repos, il peut bien se taper les litanies verbeuses, les bavardages extravagants de citoyens en quête de célébrité.

Le témoin est censé arriver vers les neuf heures. Constantin récupère en sourdine. Il a mal dormi. Ses pensées divaguaient pendant qu'il s'entortillait dans les draps. Tantôt vers Catherine, tantôt vers Rita. Dans son sommeil, les deux silhouettes se superposaient à l'envi, pendant que lui nageait en haut fond et buvait un bouillon saumuré.

Il s'est réveillé en sursaut au bord de l'asphyxie. Depuis deux jours, il sue sang et eau entre ces murs. Les collègues ont entassé à son intention des rapports de procédure, des tas de documents émanant d'oisifs du ministère. La pyramide de paperasse gît sur sa table de travail. Il a trié, élagué dans ce fouillis indescriptible. Des compilations de volubiles planqués qui s'en donnent à cœur joie à Paris ! Il n'aspire qu'à une chose, partir à l'extérieur, sur n'importe quelle scène de crime ou de délit. En plein air ! Il ne souffre plus de cet espace confiné et de ces monceaux de pages noircies de vide. Les nerfs défaillants, sans doute !

Il vient à peine d'avaler un café à la machine du rez-de-chaussée que ledit Galibert se pointe allègrement. L'homme qui le scrute approche de la quarantaine, une quarantaine qu'il entretient avec un soin méticuleux. Le cheveu se veut brun, tout en étant parsemé de filaments gris. La chevelure qui ondule semble brillantinée, quasi lustrée. L'œil brille aussi comme s'il était trempé dans le même gel. Constantin le prie de le suivre dans son bureau exigu. Il pousse des dossiers gênants et se lance sans la moindre conviction :

— Ainsi vous avez des informations à nous fournir sur le cadavre gisant dans la Clape ?

— En effet, lieutenant.

Ainsi donc, ce brave citoyen connaît les grades de la police, grades calqués sur ceux de l'Armée par un ministre qui devait avoir fait Saint-Cyr.

— Racontez-moi. Qu'est-ce qui vous a mis sur la voie ?

— La robe que j'ai vue dans *L'Indépendant du Midi.*

— Vous parlez de cet échantillon de robe photographié par nos services et reproduit gracieusement par la presse locale ?

— Oui, c'est ça.

— Vous êtes certain qu'il s'agit du même vêtement ?

— Il n'y a pas d'erreur possible. Ces couleurs excentriques ! Mon Dieu, quelle robe affreuse ! Une vraie tenue pour le carnaval de Limoux !

— Bref, vous l'aviez repérée sur le dos de quelqu'un.

— Tout à fait.

— Nous allons passer aux présentations. Comment vous nommez-vous ?

— Je m'appelle André Galibert et j'exerce la profession de coiffeur à la plage.

— De quelle plage, s'il vous plaît ?

Le bonhomme s'effarouche :

— Celle des chalets, voyons ! Je pensais qu'on vous l'avait précisé.

— C'est dans votre salon que vous avez remarqué

cette toilette baroque ?

— Oui parfaitement. Cet accoutrement m'a littéralement sauté aux yeux.

— Pourtant, vous devez en voir de toutes sortes.

— Vous avez raison. Ça frise parfois l'indécence, mais ça fait partie du métier. Après tout, ce sont les vacances ! Je ne suis pas là pour brusquer la clientèle.

— Vous pouvez me décrire la personne qui portait ce drôle de vêtement ?

— Je suis venu pour cela. Dès que j'ai vu la texture du tissu, mon sang n'a fait qu'un tour. J'ai noté le numéro de téléphone à contacter et j'ai foncé sur mon smartphone.

— Elle ressemblait à quoi ? s'impatiente le policier.

— Une blonde, très bronzée. Des yeux clairs qui vous défiguraient avec hardiesse.

— Un âge approximatif ?

— Là, vous me mettez dans l'embarras, vers la cinquantaine peut-être, enfin, une femme mûre. J'estime l'âge à l'état de vigueur des cheveux. Un vieux réflexe.

— Elle vous a parlé d'elle ? Des raisons de sa venue à Gruissan ? De sa profession ?

Galibert a les yeux qui pétillent. Bien sûr qu'il la revoit cette amazone séduisante, moulée dans cette horrible robe de souk, digne d'un épouvantail champêtre. Elle devait l'avoir achetée en dépannage sur le marché. Un antique fond de *peilles*[12] en liquidation. Il essaie de se souvenir de leur conversation. Une gageure pour lui ! Il

12. Occitan : vieux chiffon.

dialogue tout au long de l'été avec des clientes de tous horizons et il y en a tellement qui se répandent dans son officine. On se demande même si elles viennent pour leur coiffure ou pour vider le trop-plein des soucis du moment. On commence avec les people, les enfants, on passe à la belle-mère pour achever par les *hommes*, sachant qu'aucune de leurs critiques ne transpirera hors des murs du salon. Salon, comme salon de thé ?

Les paroles glissent sur la blouse immaculée de l'orfèvre en cheveux. Les ciseaux volètent comme des oiseaux de métal et leur chant régulier anesthésie les têtes encastrées sous les casques tièdes. Les dames s'abandonnent à cette douce langueur et se livrent. C'est si bon, si détendant de se lâcher sans crainte, de disperser des flots de verbe, qui s'évanouiront en fumée. Cela a des allures de confessionnal parfois, sauf que le pêcheur se déballonne sans attendre d'absolution salvatrice.

— Elle a parlé du milieu des journalistes et des écrivains. C'est trouble dans mon esprit.

— Menait-elle une enquête ?

— Elle n'a pas été jusqu'à se confier là-dessus.

— Vous a-t-elle questionné sur le site ? Sur les habitants ? Sur la politique municipale ?

— Je n'ai rien retenu de particulier. J'avais d'autres clientes à contenter. Une chose peut-être : elle faisait suivre un sac, un grand sac, d'où dépassait un classeur à anneaux rempli de feuilles intercalaires. Un véritable arsenal, un monument qu'elle surveillait à distance.

— Elle ne vous a pas parlé de sa ville d'origine ? Était-elle étrangère à l'Aude ?

— Comment le savoir ? Sûr qu'elle n'avait pas l'accent du coin, mais il y a tant de gens avec l'accent pointu par ici. Ah ! Non, je me trompe, elle a évoqué Paris, ça me revient ! Oui, « Comme ça me repose de Paris ! », a-t-elle dit à un moment. J'en suis certain. C'était d'une énorme banalité, seulement ça m'a marqué. Elle n'a pas été jusqu'à me donner son adresse. Dommage d'ailleurs, car elle avait l'air très agréable. Malheureusement le coiffeur s'occupe en priorité des chevelures et de rien d'autre. Peu importe la personnalité qui gigote sous la coiffure, sous les mèches. Par précaution d'ailleurs, je confie l'entretien des bulbes, le shampoingnage et les massages capillaires à une assistante. Moi, je décolore, je sèche, je taille, je crée des formes. La mode, c'est mon domaine. La préparation est celle des apprentis.

— Vous n'avez rien à ajouter, monsieur Galibert ?

— Non, je crois vous avoir tout dit.

— Vous signerez votre déposition chez un collègue. Vous nous faites faire un grand pas, à condition qu'il n'y ait pas confusion sur la personne.

— Je l'ai compris en lisant le journal.

— Vous avez lu entre les lignes.

— Il ne fallait pas être fufute ! Ce mort vous posait des problèmes. Pourtant à la télé, les reportages prétendent qu'un simple cheveu suffit pour identifier une personne. Un simple cheveu ! Inouï pour moi, qui en manipule des touffes !

— Je vais vous faire partager une indiscrétion.

— Je suis tout ouïe.

— Le cadavre a été trouvé privé de sa tête.

— Vous voulez dire qu'on l'a décapitée ? Ce n'est pas vrai ! C'est insensé ! J'en suis estabousi[13] !

— Vous saisissez maintenant l'intérêt de votre témoignage ?

— Totalement, monsieur l'inspecteur. Quel dommage !, je lui avais réussi un brushing d'enfer !

***

Les quatre véhicules se garent dans le village de Villarzel-Cabardès. Ils sont une dizaine de randonneurs de Carcassonne, de Montlegun plus précisément, qui ont la ferme intention d'entreprendre une marche de découverte aux abords de ce village excentré. Le responsable Virgile Dampierre a révisé son visorando.com afin d'éviter les mauvaises surprises et ménager les jarrets de sa troupe. Aujourd'hui, l'objectif est de cheminer entre les vignes du Minervois et les sentiers sillonnant les escarpements, à la recherche de tombes wisigothiques du VIe siècle. On s'instruit à tout âge.

Il n'y a pas de grand dénivelé selon les cartes. C'est une balade estivale de décompression, de convivialité. Les promeneurs, d'un âge certain, pourront se raconter pendant le trajet. Ils s'épancheront en pleine nature, le long des sentiers abrités, au sommet de tertres boisés de pins

13. Occitan : stupéfié, abasourdi.

cajolés par le vent, avec pour seul écho des pépiements d'oiseaux. Les lieux ne sont guère fréquentés en cette période d'intense chaleur, mais nos marcheurs ne craignent pas le coup de soleil. Ils en seraient plutôt friands, et puis l'heure est matinale. La fraîcheur relative de la nuit colle encore aux feuilles des arbres, aux pampres, aux écorces. Une vapeur déliquescente s'exhale des terres argileuses. La bruine drue des jours derniers s'évapore dès que la température s'élève. Le temps idéal pour flâner.

Dampierre est posté en tête. Une habitude. Il donne le « la », comme un chef d'orchestre. Il ne se presse pas. Les genoux le font souffrir. Ah ! Le sourd complot ourdi par la vieillesse. Derrière, ça babille, ça rigole, ça refait le monde. Le gazouillis chaleureux, la messe d'humanité insouciante se faufilent entre les masses feuillues. On dépasse la propriété des Oums Nord, les vignes sont verdoyantes, les grappes attrapent des couleurs sous les coups de boutoir du soleil. Elles ont le grain en fièvre, écarlate, violacé. La pulpe commence à s'attendrir. C'est un magnifique spectacle que cette lente métamorphose.

Le groupe se dirige cahin-caha vers le Moural des morts, une petite butte où des archéologues curieux et persévérants ont déniché plus de quarante tombes. Des tombes d'adultes et d'enfants, toutes étrangement tournées vers l'Est. Pourquoi avoir choisi l'Orient ? Ce bel orient, cet orient magique qui n'est qu'un point à sa naissance et qui finit en se diffusant par donner la Lumière au monde, en écartant l'obscurité et les peurs. Un peu comme la condition de l'homme, être infime, qui recherche les lois de l'infini céleste. Ce lever du jour signifiant que nous sommes encore en vie, que nous allons participer à la grande fête humaine. Cet orient, cette aube, que guettent des milliards d'êtres humains tous les matins, qui amène peut-être plus de chaleur, plus de tendresse, davantage de connaissance à approfondir. Ces Barbares enterraient-ils leurs morts pour cela ?

Dampierre rêve à ces temps lointains où le pays était sous le joug des Goths. Comment une modeste bourgade comme Villarzel, esseulée dans ce vaste Minervois, pouvait-elle accueillir des hordes guerrières ? Que de mystères béants ! On contourne une ultime bosse et voilà le cimetière niché sous les pins tordus par les vents déchaînés. Les sarcophages gisent à même le sol, éventrés, en proie aux éléments. Des longs, des courts. Ils sont épars entre les herbes hautes, craquantes sous les pieds. Ces dernières demeures de grès dorment à l'ombre depuis des siècles. Elles sont ouvertes pour la plupart. Certaines d'entre elles sont surmontées d'un triangle facial. D'autres donnent l'impression d'être closes pour l'éternité avec leur locataire, mais ce n'est qu'une illusion car elles sont vides. Les squelettes ont été retirés et envoyés à Montpellier. Quant au « mobilier », il a été récupéré par les propriétaires successifs ou stocké au musée du village.

Dampierre déploie son historique. Il a bossé sur le sujet :

— Les Wisigoths ou Goths de l'Ouest sont un peuple germain venant de la mer Noire et qui s'est installé en Dacie, province romaine équivalente à la Roumanie. Puis vers 414, ils ont émigré vers l'Aquitaine et l'Hispanie. Ils ne récupérèrent le Languedoc qu'après avoir été battus par Clovis.

Un cri interrompt ce monologue savant :

— Ahhhh… Mon Dieu !

Les assistants entendent cette clameur déchirante qui a l'effet d'une bombe. Des oiseaux cachés dans les fourrés s'envolent en piaillant. Une randonneuse s'évanouit et tombe lourdement sur les aiguilles de pin. Dampierre arrête son exposé et se dirige droit sur la femme étendue à proximité d'une tombe entr'ouverte. La compagnie entoure la victime qui revient à elle. Elle ne peut retenir ses larmes et balbutie :

— Je n'aurais pas dû me baisser pour regarder à l'intérieur ! Bien fait ! Je suis punie de ma curiosité !

— Qu'y a-t-il Rose ? s'emporte le chef des excursionnistes.

— Là, sous la dalle ! Regardez vous-même ! C'est démentiel.

— Je ne vois rien de spécial ! Vous hallucinez ou quoi ?

— Non. Soulevez légèrement, vous en tomberez le cul par terre !

— Il m'en faut bien plus.

Il se penche et tente de bouger la plaque de pierre qui recouvre la tombe. Un compagnon de marche le seconde. Ils reculent d'un bond, horrifiés. Deux têtes les regardent de façon insolite comme si elles leur reprochaient d'être dérangées par des intrus.

— Vous croyez que ce sont des Wisigoths ? commente

Rose toujours paniquée.

— Reprenez vos esprits. Daniel, donne-lui un coup de trois-six[14] pour la ranimer. Je vais appeler la gendarmerie de Conques. Ils se débrouilleront.

Les membres du club s'éloignent de ce lieu morbide. Ils ne sont pas venus jusqu'ici pour admirer des têtes coupées. C'est un spectacle ragoûtant, détestable qui donne des haut-le-cœur à de nombreuses âmes fragiles. Dampierre a eu les gendarmes de Conques au téléphone et on lui a promis d'arriver au plus vite. Il en profite pour contacter la mairie, mais personne ne répond au standard du secrétariat.

La communauté se rassemble un peu plus loin, à ras d'une vigne. De là, on a une vue lointaine sur l'Alaric, cette éminence surplombant l'Est carcassonnais. Alaric ! Encore une référence aux Wisigoths. Décidément, l'initiateur de cette sortie a tapé dans le mille. Il voulait donner dans les nécropoles. On est servi. Tout frais. Car nul n'est dupe : les frimousses décrépites qu'ils ont effleurées du regard ne sont pas des hures de sangliers. Ce sont bel et bien des bouilles de cadavres récents. Des têtes seules sans leurs supports. Une de femme et une d'homme. Une de blonde, une de brun. Tristan et Yseut, Roméo et Juliette tranchés net sous la guillotine. On se lance dans les explications les plus débridées, les plus explosives. Les imaginations vont grand train et amortissent le choc

14. Alcool de marc distillé de 90°. Vient de l'expression : Trois mesures d'alcool, trois mesures d'eau. On coupait ces 90°aux 3/6ème pour obtenir un alcool de 45° ou une fine à 35°.

émotif. Elles sont si bien disposées, associées dans le repos. On dirait qu'elles sont en cire. Elles luisent comme parcheminées. L'air des collines sans doute ? Les produits chimiques des vignes ? Toutes les hypothèses y passent avant l'arrivée des gendarmes.

Ils se pointent enfin. Ils sont accueillis par Virgile qui leur résume la situation. Il n'a rien vu, rien entendu avant le cri de détresse de Rose. Celle-ci s'est remise de sa chute. Le trois-six lui a remonté le moral et les hormones.

— C'est vous qui avez fouillé la tombe alors ? la sollicite un gros moustachu en uniforme comme si elle avait tripoté les coffres de la Banque de France.

La réponse, portée par un remugle alcoolisé, fuse comme une flèche de sarbacane :

— Pourquoi ? C'est interdit ? Ce n'est pas signalé !

Le doute s'insinue dans les consciences. Il y a tellement d'interdits dans la société qu'on a l'impression de marcher constamment sur des œufs. Le militaire baisse d'un ton et se fait plus conciliant :

— Non, la destruction ou le déplacement sont interdits. La curiosité n'est pas un délit.

— Je me suis contentée de zieuter sous cette satanée dalle de malheur. Mon fils me le dit toujours : « Tu fourres ton nez partout. Il t'arrivera des histoires », et elles sont arrivées.

— N'exagérons pas, madame ! Vous n'avez rien commis de répréhensible. N'importe qui aurait pu découvrir ça ! Vous serez convoquée pour confirmer votre récit qui est on ne peut plus clair. Le travail le plus important nous revient à présent. À nous de faire ! Vous pouvez reprendre votre excursion.

— Ça nous a coupé le sifflet, lui renvoie Dampierre affecté par la tragédie.

— Merci, complète Rose.

Ils regagnent le reste de la troupe qui se tient à l'écart en vertu du sacro-saint principe de précaution, principe à appliquer en toutes circonstances et encore plus lorsque règne l'odeur de la mort. Les avis des excursionnistes sont partagés. Une minorité timorée invoque l'heure tardive, le repas de midi imminent, l'ébranlement provoqué par cet épisode macabre, bref des alibis hypocrites, mais l'entrain, l'optimisme, l'indifférence finissent par l'emporter et la bande se remet gaiement en route. Les derniers réticents se font prier pour la forme et emboîtent le pas. C'est tout juste si nos choristes ne fredonnent pas un air de défilé martial sur les sentiers poussiéreux.

Les gendarmes téléphonent à différentes antennes. L'IRCGN[15] va envoyer des bonshommes pour décortiquer les indices et les mettre sous lamelle. Ils ont prévenu le Procureur de la République de Carcassonne qui donnera les conseils en conséquence. Un OPJ se libère pour venir les rejoindre sur le site. Vraiment original ce crime, ici, en pleine campagne, sous des frondaisons sereines ! Aller déposer des têtes dans des tombes séculaires, il faut avoir un mental de surréaliste pour opérer de la sorte. Et surtout choisir Villarzel, ce coin oublié des circuits

15. Institut de Recherche en Criminalistique de la Gendarmerie Nationale.

touristiques, comme lieu de forfaiture. Ça ne peut être qu'un habitué des lieux, un autochtone ravagé ou un voisin. Crime qui va enchanter les médias ! Mad Max chez les Wisigoths ! Le siècle s'ennuie tant dans les cités modernes. Un peu de piment rouge sang n'est pas pour déplaire.

***

Étienne Pajot est aux portes de la mairie. Il a du mal à intégrer l'édifice car à chaque fois qu'il le veut, il est arrêté dans son élan par quelque piéton laborieux qui lui quémande un service ou une explication. Un nouveau Plan d'Urbanisme est à l'étude et les convoitises s'exacerbent. Les détenteurs de terrains en friche ou peu rentables, les chefs de famille sans héritier repreneur voudraient bien que leur parcelle soit déclarée constructible. D'autres encore s'inquiètent des dispositions sur les permis de construire. Ils envisageaient des aménagements décoratifs. Seront-ils autorisés ou bannis ? Les artisans souhaitent aussi de la souplesse dans la rigueur. Bref, le maire est tiraillé entre toutes ces recommandations contradictoires. Il faut ménager la chèvre et le chou, sachant que la chèvre ingurgitera le chou au final.

Ces haltes forcées ne font qu'exaspérer sa colère. Il parvient quand même à atteindre le hall de l'hôtel de ville. Des badauds cherchent des renseignements auprès de l'hôtesse d'accueil. Des vacanciers en short et tongs consultent l'exposition sur Jaurès. L'instruction populaire. Il dépasse la meute qui s'écarte avec regret et investit le secrétariat où trône Lydia.

— Rien d'urgentissime ?

— J'ai posé le courrier sur votre bureau. Un coup de téléphone de monsieur Térébin du tribunal de Narbonne. Il attend votre appel.

— Très bien. Convoquez-moi Dufrère, qu'il me rejoigne. Monsieur Barthe n'est pas là aujourd'hui ?

— Non. Il est en formation à Perpignan.

— Formation de quoi, rappelez-moi ?

— Le management participatif.

— D'accord. Le serpent de mer. Normal pour une commune maritime.

Il intègre son repaire, s'affale sur son siège et pousse un ouf de soulagement. Enfin ! Il se coupe des soucis, des sollicitations, des interpellations pas toujours amènes. Il se sent bien dans cette bulle capitonnée à l'abri des tempêtes. Dufrère interrompt cette pause en frappant à la porte :

— Entrez !

Le chef de Cabinet s'assoit machinalement, en assistant bien dressé. Il ne fait que courir de bureau en bureau tout au long de la sainte journée. La vie communale relève de l'apiculture. Les abeilles y bourdonnent sans interruption. Certaines piquent, d'autres y partagent du miel.

— Vous avez lu ?

— Non. De quoi s'agit-il ?

— Davergne nous a entubés !

L'expression surprend son interlocuteur. Il n'est pas habitué à ces débordements de la part de Pajot Il faut que ça soit grave pour justifier cette escalade verbale.

— Oui, notre rédacteur indépendant a débridé sa plume. Voyez ce titre ronflant : *Le mystère sanglant de la Clape.* Avec cette première page fracassante, les télés vont débarquer. Heureusement qu'il n'a pas pu faire de cliché ! Il se prend pour Rouletabille, ma parole !

— Qui l'a renseigné sur le stade de la procédure ?

— Qui vouliez-vous que ça soit ? Les gendarmes, les marcheurs, les flics de Narbonne. Il y a tant de possibilités, tant de malveillants susceptibles de me dégommer ! Le mot secret disparaîtra du Larousse à cette allure.

— Je vois qu'il s'étend sur l'échec de la battue, sur le témoignage de Galibert, notre figaro local. Ce dernier aurait reconnu la victime ?

— Il le prétend. Une femme journaliste, soi-disant ! Allez savoir ! C'est un terroir d'imaginatifs. Des à-peu-près qui remplissent les colonnes et excitent l'esprit de lecteurs amateurs de fables. Davergne a enfumé son concurrent Massol. Le dieu du tirage a encore frappé !

— Monsieur le maire, pourquoi ne pas tirer profit de ce fameux mystère qu'on nous attribue régulièrement ? Après tout, il n'est pas élucidé.

— Qu'entendez-vous par là ?

— En profiter pour dresser un panorama de Gruissan et de ses paysages variés et propices aux aventures. Une contrée d'étangs, de pinèdes, de grottes, de légendes maritimes. Un territoire vaste, qui court du niveau de la mer jusqu'au sommet de Pech-Redon. Une multitude de mondes disparates, incontrôlables, qui ne peuvent que recéler des secrets. Il faut accréditer l'idée qu'une telle richesse de reliefs, qu'une telle superficie de quarante-trois kilomètres carrés, associées à une forte fréquentation, entraînent nécessairement des accidents imprévisibles, je dirais même inévitables.

— Accident ! Voilà l'optique qu'il faut décliner à tout prix. J'adhère à votre proposition pour atténuer l'impact et mettre en exergue le mot accident. Pourtant Dufrère, entre nous, tout concorde pour que ça soit un crime.

— Vous n'en savez encore rien, monsieur le maire.

— Attendez ! Je veux en avoir le cœur net. J'appelle le substitut. Il me mettra au courant des derniers rebondissements.

Pajot compose le numéro du Palais et au bout d'une minute entre en relation avec Térébin :

— ... Ah ! Ainsi on a exhumé une tête de femme près de Carcassonne. Dites-moi, quel voyage, quelle épopée ! Vous pensez qu'il y a un rapport avec notre squelette ? Selon vous, c'est le chaînon manquant. Très bien. Les laboratoires vont s'évertuer à recoller les morceaux... Très bien. Mais alors, l'enquête concerne-t-elle désormais Gruissan ou ce Villarzel ? Bref, le corps prédomine-t-il sur la tête ? Ah ! C'est une question de volume, de proportion, de critère quantitatif... La tête n'est qu'une pièce détachée de la morte, une pièce itinérante, si je peux me permettre... Donc le SRPJ de Montpellier poursuit les investigations en liaison avec le commissariat de Narbonne... Une seconde avant de raccrocher… Vous me parliez d'une seconde tête, une tête d'homme qui accompagnait celle de notre journaliste supposée… ça serait donc, cette fois, une tête sans corps… Nous ne nous en sortons pas… Les gendarmes du secteur vont ratisser les bois… Souhaitez leur bonne chance.

Chapitre 4

— Nous voilà de nouveau réunis, les enfants !

Le lieutenant Mortier s'adresse ainsi à son collègue Franck Debusse et à Constantin Grégorio, le Narbonnais. Ils ont réinvesti le chalet qu'on leur avait dédié lors d'une précédente enquête. La mairie, dans sa folle générosité, leur a affecté ce local inoccupé en guise de base opérationnelle, avec l'espoir que cela accélérera la conclusion de l'affaire. C'est samedi. Les deux membres du SRPJ partiront en fin d'après-midi vers leur domicile de la banlieue de Montpellier. Pour l'instant, ils font place nette, ils aménagent, ils dépoussièrent.

Constantin se bat avec les volets qui résistent depuis qu'il a voulu les écarter. Les gonds sont passablement rongés par les pluies salées et les tourbillons de sable décapant. Ils grincent et des morceaux de rouille se détachent et s'éparpillent sur la terrasse. L'ensemble mériterait un bon coup de peinture. Puis, il se met en quête d'un aspirateur pour nettoyer le plancher. Les agents d'entretien sont réquisitionnés durant l'été pour cause de congé annuel ! Pas touche ! La saleté n'a qu'à se mettre au diapason.

Stan Mortier vérifie si l'électricité fonctionne et si les quelques prises vissées aux cloisons d'isorel ne sont pas dangereuses. Il branche l'ordi portable et son imprimante, puis pousse un ouf de soulagement :

— C'est bon ! L'état-major a pris ses quartiers de juillet. On va pouvoir entrer dans le vif du sujet.

— De la sujette ! parodie Debusse espiègle.

— Si on faisait le point sur l'avancée des faits ? J'ai sous la patte le rapport des gendarmes de Conques. Ils n'ont pas traîné.

— Et celui du Docteur Feuillard ? Il tarde celui-là, non ?

— Notre légiste disposait de bien peu d'éléments. Elle va faire la jonction avec l'Institut de Recherche Criminelle de la gendarmerie de Pontoise.

— Nous ne sommes pas arrivés !

— Tut, tut ! Notre toubib est très convaincant, très pugnace. Elle saura faire activer le mouvement, crois-moi ! Elle n'est pas du genre à s'en laisser compter.

— Allons sur la terrasse. L'air est doux à dix heures.

— Avant je m'enverrais bien un café et pas du calaminé ! propose Constantin en balançant une pelletée dans un sac-poubelle.

— D'accord ! fait Mortier, mais tu nous le prépares et fissa ! On n'est pas ici pour se dorer la pilule aux frais de l'État.

Debusse s'esclaffe. Il est bien loin l'État, sous les ors élyséens ou sous les néons de la Place Beauvau. Il ne prend pas des insultes, des caillasses sur le dos, des fusées dans la face, des cartouches dans le buffet. Il peut bien leur payer un café lyophilisé !

— Alors barman, ça grouille !

— Que veux-tu ? Avec une cafetière du temps de Christophe Colomb !

Ils sont enfin en place, à moitié allongés sur des transats aux toiles fanées. Stan procède à un tour d'horizon :

— Les services d'identification ont turbiné. Entre les clichés dévoilés dans la presse locale et parisienne, on a pu établir les coordonnées de la victime de la Clape. Il s'agit de Clotilde Forestier, habitant rue de Fleurus dans le sixième arrondissement à Paris. Cette précision corrobore la déclaration du coiffeur de la plage.

— Elle faisait quoi dans le quartier ? Elle était en vacances ? intervient le lieutenant narbonnais.

— Je continue mon laïus préliminaire si ça ne te dérange pas.

— Mais faites donc, très cher !

— Elle avait juste 49 ans depuis mars. Elle est journaliste à temps partiel et écrivain.

— Dans quel style de littérature ?

— Pas dans l'eau de rose, rassure-toi Constantin. Plutôt dans l'investigation économique, bref dans les trafics et les scandales financiers.

— Et elle vadrouillait dans la Clape à la recherche d'inspiration pour un article ?

— Nous n'en sommes pas encore là.

— Aucun proche ne se souciait de son absence, c'est délirant !

— Elle est divorcée et n'avait pas nécessairement un nouveau compagnon. Tout le monde n'a pas l'esprit grégaire, Grégorio !

— Aucun enfant ?

— Je n'ai rien dans le rapport là-dessus. Les investigations viennent à peine de démarrer. Supposons qu'elle accomplissait un reportage spécifique sur l'économie locale. Durant ces échappées, les liens avec son entourage étaient coupés ou distendus pour quelques jours.

— Elle travaillait sur commande ou à son gré ?

— Vu l'anthologie jointe, je suppose qu'elle rédigeait à son bon gré. Des rédactionnels pour des magazines nationaux ou régionaux entre deux essais parus en librairie.

— Des revues engagées ?

— Paris ne m'a rien indiqué, Constantin. Les infos arrivent au compte-gouttes. Elle agissait comme les autres acteurs de la profession, en entassant les documents, qu'elle passait au crible à son retour chez elle et, en dernière phase, elle les insérait dans différentes expériences littéraires. Cela lui permettait de broder et d'écrire plusieurs articles. Une façon intelligente de diversifier ses revenus.

— Elle a publié beaucoup d'essais ?

— Cinq, apparemment.

— Sous son vrai nom ?

— Non, sous le pseudo de Camille Lauther.

— Ils se sont vendus ?

— On m'a signalé à hauteur de 20.000 exemplaires.

— Ce n'étaient pas des best-sellers !

— Sans doute, ce n'était pas le Goncourt, mais elle en a écoulé. Dans l'édition, ils sont considérés comme des succès.

— Elle avait donc une certaine audience et était potentiellement dangereuse ?

— Dangereuse est un mot excessif et trop galvaudé. Ses écrits pointaient du doigt et faisaient mal. Elle a d'ailleurs été attaquée en justice par une banque suisse et un groupe pharmaceutique.

— Pour quelles raisons ?

— Données falsifiées et diffamation.

Grégorio siffle entre ses lèvres. Une petite bûcheuse qui s'en prenait à des colosses. Il fait part de son scepticisme :

— Quel rapport avec la côte audoise ? Et ce bled de Villarzel ? Elle n'était pas archéologue à la recherche du trésor d'Alaric, le souverain wisigoth pilleur de Rome ! Ce n'était pas son champ d'investigation. Donnait-elle dans les affaires de mœurs à la marge ? Car dans le cadre de ces enquêtes, elle avait l'occasion de pénétrer dans la vie intime de ses cibles. De là à indisposer un de ces sondés…

— Quelle imagination enflammée ! dit Debusse avec humour. On court vers le feuilleton politico-sentimental à toute allure !

— Moque-toi, répond Constantin hilare. Nous verrons bien au fur et à mesure de nos recherches si je me suis fourvoyé.

— En attendant, nous devons rentabiliser notre présence ici, rappelle Mortier.

— L'essentiel se trouve à Paris, non ? Elle exerçait pour des médias de la capitale et était peut-être en mission pour l'un d'eux. Cette situation m'horripile…

— En quoi, s'il te plaît ?

— De dépendre des caprices des collègues parisiens. Je me sens paralysé ici, confiné dans ce chalet.

— Tu pousses un peu loin ton analyse de blanc-bec narbonnais ! C'est indéniable qu'une partie de l'explication se règle là-haut, mais c'est bien ici que le corps a été ramassé et non dans les fourrés du Bois de Boulogne ! Ici, elle interrogeait des gens du cru, elle contactait bien des Gruissannais, elle logeait bien quelque part, elle achetait des journaux. Il nous faut assiéger le village et ses environs. Les services nous ont fait parvenir des portraits récents de madame Forestier. Exploitons-les à outrance. Hôtels, résidences estivales, commerces, casino, administrations, tout doit y passer sans tabou. On arrivera bien à débusquer un bavard qui a la langue trop pendue.

— Le rayon d'action est vaste, en conclut Debusse dont le quadrillage est la spécialité.

— Ça te dégourdira les jambes !

Grégorio emporte des photos de la défunte. Quel gâchis ! Une femme si classe qui a eu le tort de croiser la route d'un tueur, d'un renégat du genre humain. Il s'adresse à Mortier :

— Dis-moi, qu'en est-il de l'autre tête ? Les collègues ont progressé ou quoi ?

— J'ai eu un tuyau de Térébin, à prendre avec des pincettes.

— Vas-y, accouche ! Tu nous fais languir !

— Le visage a subi des microtraumatismes, de menues blessures. Les toubibs n'ont pas voulu trop le manipuler pour une réparation potable. Ils reconstituent d'abord le déroulement des événements. Le faciès de l'individu demeure donc trop amoché pour être diffusé dans la presse locale.

— Térébin t'a donné une hypothèse, c'est bien ça, poursuit l'inspecteur narbonnais.

— Oui.

— Laquelle ?

— Un avocat carcassonnais croit y reconnaître un de ses confrères du barreau.

— Pas possible ! Et comment a-t-il pu examiner la tête ? Elle n'a pas été exposée sous les Halles quand même ?

— Non, c'est beaucoup plus simple. Il rendait visite à un cadavre, tout frais celui-là, dans le cadre d'une nouvelle affaire, et les médecins de l'hôpital lui ont montré la tête trouvée la veille à Villarzel. Elle était en partance pour l'Institut Médico-légal.

— Quel tourisme morbide, dis-moi !

— Ce premier point de vue n'est pas irréfutable. Un avocat, fut-il bâtonnier, n'est pas un expert en médecine légale.

— C'est sûr. Le commissariat du chef-lieu va vérifier in situ. Ils vont convoquer le bâtonnier pour qu'il examine cette tête de plus près. Ce ne sont que des préliminaires qui réclament des confirmations sérieuses. Toutefois, ça devrait suffire. Ils ne vont pas faire défiler le tribunal entier quand même !

— Un vrai tête-à-tête entre auxiliaires de justice ! Un rendez-vous au sommet crucial pour nous, complète Franck mi-figue mi-raisin.

Stan énumère des déductions basiques :

— La cohabitation sous le plancher d'une dalle antique réclame une fine explication de textes. Comment interpréter cette étrange promiscuité ? Ces deux êtres étaient-ils des amis, des amants, des relations proches ou des inconnus que le hasard a jetés dans un caisson de grès enfoui dans un sous-bois ?

Constantin prend le relais. Rien ne vaut cette épreuve de mise en commun. C'est comme une famille d'atomes antagonistes se bousculant les uns contre les autres et qui finissent par créer une étincelle aveuglante :

— Avocat et journaliste agissent souvent en parallèle. L'avocat recueille des éléments superflus qu'il garde par-devers lui, qu'il dissimule à la justice, dans la mesure où leur divulgation n'influe pas sur l'issue du procès. Le rôle de la journaliste est de lui faire cracher ces non-dits pour nourrir son propre propos. Ces révélations confidentielles permettent parfois de relancer de nouvelles enquêtes sur des acteurs jamais cités. Ce duo n'est pas extraordinaire ni inconvenant.

— Si toutefois l'homme appartient bien au barreau, proteste Mortier. Si c'est le cas, cela voudrait dire qu'ils ont été trop loin, qu'ils ont sauté sur des mines posées par leur gibier.

— Sauf s'il s'agit d'histoires de literie, d'adultère quoi ! corrige Debusse toujours réaliste. On ne peut écarter cette supposition. Un couple assassiné me fait immédiatement soupçonner un crime passionnel, un règlement de comptes entre jaloux et émancipés. Un réflexe.

— Un réflexe de cocu potentiel ! plaisante Grégorio toujours aussi libéral en matière de mœurs. Arrête d'introduire du sentiment dans une banale affaire d'exécution sommaire. Une vengeance de mari trompé ne va pas jusqu'à découper une femme et à la promener pour le plaisir à travers un département ! Non, ici nous sommes dans le domaine du symbole, dans l'avertissement, la mise en garde.

Franck ne se vexe pas. Il apprécie la démarche logique de son partenaire. Il sait qu'on n'interrompt pas un policier qui s'imprègne des faits pour en extraire une vérité plausible. Il a également appris que le rire et la moquerie stimulent les neurones passifs et libèrent des parties de cerveau inactivées. L'esprit de sérieux annihile les facultés d'imagination, d'intuition. La rigolade est un exutoire providentiel. À la Criminelle, on doit savoir encaisser les railleries professionnelles des collègues. Si on n'en est pas capable, il vaut mieux se réfugier ad vitam aeternam dans un bureau hermétiquement clos.

— Avant de se pencher sur l'identité de la seconde victime, nous prospecterons comme je vous l'ai dit dans Gruissan et les hameaux satellites. J'avertis Neumann pour que son peloton se mette à notre service le temps de quelques heures. J'en référerai au procureur pour qu'il le couvre en accord avec le juge d'instruction. Je n'ai pas envie d'avoir des anicroches avec les militaires. Par la suite, Da Silva nous déléguera des hommes.

Ils quittent le chalet. Des files nonchalantes de plagistes se suivent à intervalles réguliers. Une caravane humaine à moitié nue qui déambule comme un immense mollusque jusqu'à la digue et qui se déverse sur le sable. Longue procession chamarrée, caquetante. L'ambiance marine ou l'esprit de relâchement des vacances agissent sur les cordes vocales. La parole n'ose plus s'interrompre, elle se débite de façon discontinue, de peur d'être muselée comme au quotidien, entre les murs du travail ou des conventions.

Sur la place Gibert, samedi est jour de marché. Aujourd'hui, on ne s'écrase pas encore les pieds comme au mois d'août. Les « écoles » ne sont pas toutes en congés. On a encore droit à une aimable atmosphère villageoise, à un échange courtois avant la bourrasque touristique. Les camelots ont le loisir d'aiguiser leurs arguments pour la ruée estivale. Les terrasses ne vous refoulent pas faute de place. La boulangerie ne subit pas encore de queue rébarbative. Un vent timide balaie la place et rafraîchit l'atmosphère. Les cintres tournoient, les drapeaux de la mairie claquent en rafale. Le bouquiniste surveille ses livres dont les pages auraient tendance à battre des ailes.

Les policiers de la Criminelle se sont partagé les secteurs du village. Debusse va se coltiner les agences immobilières, les responsables de résidences. Mortier est chargé des commerces, des cafés, des lieux de tourisme.

Constantin a choisi le village, le vieux village celui qui se love en colimaçon autour de l'étang. Il ne sait pas très bien par où commencer. Alors il erre au hasard entre les stands, en escomptant buter contre quelqu'un de connaissance, contre un intermédiaire à même de lui fournir des indications précieuses. Il n'est pas un inconnu pour les habitués, l'épisode Rita lui a démontré. Les faits-divers des saisons précédentes, la mort du candidat Espinasse, ses pérégrinations entre les camping-cars lui ont conféré une espèce de notoriété[16]. Certes, il n'est pas connu comme le loup blanc, seulement il ne peut plus passer inaperçu.

Il a emporté une dizaine de reproductions de la victime dans un dossier. L'enquêteur va d'abord au plus simple en les soumettant à la sagacité des policiers communaux. Ceux-ci parcourent le terrain du matin au soir et sont au fait des moindres mésaventures de leurs concitoyens. Il pénètre dans leur local de la rue Gimié, un local fraîchement repeint. Eh bien, rien à faire ! Les photos étalées sur leur comptoir d'accueil ne les inspirent pas. Inconnue au bataillon. Aujourd'hui, ils se concentrent sur la recette des places de maraîchers et autres commerçants ambulants. Rien d'autre ne les distraira. Ils ne veulent pas mélanger les recherches et souhaitent préserver celle commandée par le maire.

Dépité, le policier quitte le bunker et continue sa balade. Il se dit que cette Parisienne au bon teint a dû

16. Voir *Du sang dans les Embruns.*

succomber aux attraits des poissonniers des Halles de la place. Les touristes en goguette sont fanatiques des produits locaux quitte à se faire arnaquer. C'est si aisé ! Comment certifier l'origine d'une marchandise ? Il faudrait installer un scanner sur les marchés de France et de Navarre. Sa supputation ne tient que si la journaliste a séjourné à Gruissan et qu'elle a confectionné elle-même ses repas en bonne petite gastronome. Si elle a été hébergée dans un hôtel ou si elle a fréquenté uniquement les restaurants du port, tout cet audacieux échafaudage s'écroule de toute sa hauteur.

Il arrive aux abords de la halle. C'est le moment fébrile de la matinée. Les poissons alignés au cordeau offrent l'argent de leurs écailles aux regards des chalands. Les marchands les saisissent de leurs gants à cotte de mailles comme si leurs proies allaient bondir en un ultime soubresaut dans le chenal et se sauver à grands coups de nageoires vers la haute mer. Les estivants se pourlèchent déjà les babines devant cet étalage où huîtres et moules composent des monticules rocailleux. Ils sont une bonne dizaine à vendre leur pêche. L'enquêteur patiente un moment et profite d'une accalmie pour soumettre ses clichés. Peine perdue ! Là aussi c'est Waterloo ! Nul n'a vu cette cliente potentielle. On lui répond sans emphase tout en emballant la marchandise :

— Il y a un tel remue-ménage ! Comment voulez-vous retenir une bobine dans la foule ? On ne peut rien pour vous.

— Des Parigots ! Il y en a autant que des aiguilles, des

orphies quoi, à la surface de l'eau par vent du sud !

Constantin mise de tout son cœur sur l'efficacité de Mortier. Les commerçants et autres hôteliers l'aideront dans la mesure du possible. Et encore ? Il y un tel mouvement de population en saison. Le village se transforme en ville. Il faudrait que cette Forestier ait eu des rapports continus avec des prestataires et surtout qu'elle soit demeurée plusieurs jours ici. Sinon, il leur faudra compter sur la mémoire éléphantesque d'un vacancier physionomiste ou voyeur pour la suivre à titre posthume.

— Alors inspecteur, à la recherche d'un coupable ?

Grégorio se retourne. C'est Barthe qui l'apostrophe de la sorte.

— Je ne m'attendais pas à vous croiser ici ! fait Grégorio.

— Nous sortons de la mairie. Une réunion de dernière minute.

— Il est vrai que l'hôtel de ville est au beau milieu du marché !

Le chef de l'administration est méconnaissable, car il a abandonné son allure de steward pour arborer la tenue standard du touriste méditerranéen. Short et sandales percées. Il balade ses guiboles couleur de mur de labo entre les étals. Le secrétaire s'est coiffé d'un Panama de contrebande qui lui donne un air d'ancien colonial, propriétaire de cannes à sucre. Il est en compagnie d'un individu à l'air bourru, âgé d'une cinquantaine d'années, ne bombant pas du torse, mais des abdominaux, abdominaux attaqués par une armée de bourrelets impitoyables. Sa chemise flotte, déboutonnée pendant qu'un pendentif criard, lesté d'une croix décore le large poitrail cuivré.

La Providence viendrait-elle à son secours grâce à ces deux interlocuteurs arrivés à brûle-pourpoint ? Il leur sourit avec courtoisie et entame le dialogue tout en les tirant vers un endroit plus au calme :

— Bonjour messieurs, ça fait un bail qu'on ne s'était vus.

— Lors de mon intronisation, je crois ! fait le secrétaire. Notre village est très calme, très pacifique. Vous n'avez guère l'occasion d'y exercer vos talents. Le crime n'est pas une spécialité locale. On se querelle, on s'invective, mais ça ne va pas plus loin. Il y a trop de parentés.

— C'est vrai ! Vos archives récentes évoquent à peine un cadavre enterré sous un chalet, il y a des années de cela. Excepté les affaires des saisons récentes.

— Vous pinaillez, inspecteur. Le responsable de cette tragédie n'appartient pas à la commune !

— Il n'y paie pas ses impôts alors ? ironise le policier. Mais pour l'instant, je vous l'accorde, monsieur le secrétaire.

Celui-ci s'écarte discrètement pour présenter son voisin :

— Ah ! Vous connaissez le chef des services techniques, monsieur Puech ?

— Nous nous sommes sans doute entrevus.

— Vous enquêtez sur le marché ? s'enquiert Barthe intrigué par le manège de Grégorio dont le regard tournoie comme un feu follet.

Il se méfie. Avec la P.J., il y a toujours anguille sous

roche. Elle ne se déplace qu'à bon escient. Et lui, tour de contrôle des services administratifs, souvent maintenue à tort dans l'ombre, n'aime pas être tenu à l'écart des événements, quels qu'ils soient, y compris les plus insignifiants. Un petit grain peut engendrer une tempête est son postulat favori. Il faut bien jouer au marin à Gruissan pour faire couleur locale !

Constantin n'a rien à dédaigner. Ses interlocuteurs sont sympathiques et coopératifs. Il étale son catalogue de photos sous leurs yeux :

— Une disparition ? commence Puech.

— D'une certaine façon, oui.

— Est-ce la femme qu'on a trouvée dans les bois ? s'inquiète le secrétaire émotionné. Un sacré canon !

— Elle me dit quelque chose ! poursuit le responsable technique très attentif. Attendez !, ça me revient. Elle nous a envahis au moins deux matinées. Une vraie sangsue.

— Dans quel but ?

— Elle a consulté des feuillets du cadastre et les règles d'urbanisme.

— C'est tout ?

— Elle a regardé de près les possessions du Conservatoire du littoral. Nous lui avons signalé qu'elles étaient en libre accès sur Internet.

— Ça fait beaucoup tout ça pour une seule personne ! Elle n'a pas fourni d'explication technique à propos de cette consultation ? Un dépôt de permis, l'achat d'une parcelle, une vue d'ensemble des projets de la commune ou de particuliers, que sais-je ?

— Non. Elle n'a pas fait de profession de foi à visée électorale, glisse le secrétaire en appuyant sa saillie d'un clin d'œil complice.

Puech reprend :

— J'interrogerai lundi les employés de l'accueil. En général, les usagers se débrouillent seuls une fois le document en mains. Nous les aidons que s'ils en font la demande. Les croquis sont suffisamment explicites.

— A-t-elle emporté des duplicatas, des extraits ? insiste Grégorio qui ne veut rien négliger.

— Je n'en sais bougrement rien. Vous me prenez au dépourvu. Je vous transmettrai les informations.

— Comment vous est-elle apparue ? Je parle du comportement, bien entendu.

— Comme une personne qui savait ce qu'elle voulait. Assez directive au demeurant. Ce n'était pas une novice, c'est certain. Elle maniait le vocabulaire et le registre comme une pro confirmée.

— En dépit de son expérience supposée, cette femme vous a phagocytés deux matinées ?

— Oui, c'est ainsi car elle transcrivait énormément de notes. Elle sortait pour fumer, pour boire un café. Un vrai poème. Sans oublier qu'elle était fréquemment interrompue par des appels de portable. D'ailleurs, ça agaçait le bureau, ces coups de fil à la chaîne. Après tout, nous ne sommes pas une cabine publique !

— Vous pourriez déterminer ces jours de visite ?

— Ici, ce sera impossible. De plus, nous ne tenons pas

de listes de visiteurs sauf lorsqu'ils sollicitent un rendez-vous particulier.

— Ce qui n'a pas été le cas cette fois-là !

— Non. Elle n'avait peut-être pas envie de divulguer l'objet de son travail.

— C'est possible. Elle ne voulait pas éventer le contenu d'un de ses futurs ouvrages ou reportages, présume le policier.

— J'établirai des recoupements avec les collègues du service, enfin nous ferons de notre mieux. Je vous tiens au courant, cependant, ne criez pas victoire ! en termine Puech avec sagesse.

— Vous voyez, inspecteur, vous n'êtes pas venu pour rien arpenter les allées de notre marché ! glose Barthe la mine enjouée. Ici, c'est comme un supermarché, on y trouve de tout, y compris ce dont on n'a pas besoin.

Cette atmosphère de mystères stimule l'administrateur. La dimension morbide est tombée à plat, comme il l'avait prédit. L'été tout s'arrange. Les humeurs s'affadissent. Les contraires se neutralisent sous le soleil et le farniente. Les titres ronflants des médias n'ont pas excité les foules alanguies par la canicule. On a loué sur la côte pour se délasser, pour « profiter », alors les accidents, les faits-divers sanguinolents sont remisés au placard jusqu'à la rentrée. Pour l'instant, on s'allonge sur sa serviette, on compte les grains de sable. On se prélasse au soleil pour rivaliser avec ces geckos aux extrémités palmées qui hantent le dessous des chalets.

Constantin remercie le duo pour sa contribution et

les deux hommes s'en repartent par la rue Jules Ferry pour une tournée de reconnaissance. « Plein d'imprévus, cette promenade de loisir ! », se dit-il. La victime s'est donc rendue aux services techniques de Gruissan pour étudier des plans. Rien ne dit qu'elle n'a pas été en faire de même à Narbonne et dans les environs. Ça serait étonnant qu'elle ait fait de même à Villarzel ! Le prix du mètre carré n'est pas identique. La spéculation n'atteint pas les mêmes sommets. Moins de gloutons dans l'arrière-pays audois. C'est bon pour les anachorètes, les ermites !

Il n'en demeure pas moins que l'affaire est encore bien obscure. Le fait qu'on ait réuni une paire de crânes signifie-t-il que ces deux morts étaient des intimes ? Debusse en est persuadé. Le fruit de l'expérience, de la routine aussi ? Ou simplement des collaborateurs, voire des complices ? Des complices d'un complot ? Contre quel ennemi ? Ou les deux à la fois ! Amants et fomenteurs d'embrouille, de patchaque[17] ? Gruissan était-il le départ de ses investigations ? Une simple étape ou le terminal ?

L'esprit déductif se heurte à des murs successifs. La suite des perquisitions parisiennes dégagera sans nul doute les perspectives. Car Clotilde Forestier a bien été obligée de s'expliquer avec quelqu'un du pourquoi de son voyage dans l'Aude. Elle est divorcée d'accord, mais elle possède des parents, des amis, des collègues, des éditeurs. Nul n'est véritablement seul sur terre. À moins de vivre dans les sommets au pays des mouflons.

17. Occitan : mauvaise affaire, tromperie.

Grégorio se laisserait volontiers bercer par le ronron du marché. Ces étalages de fruits aux peaux vernissées, de légumes aux couleurs vives ont de quoi fasciner le badaud. Les vêtements d'été à bas prix titillent les porte-monnaie réticents. On s'estime riche subitement en fouillant dans ces trésors exotiques. Brefs plaisirs d'une saison, la plus délicieuse de l'année. Il a autant envie d'enquêter que de se pendre. Lassé de flâner, il décide de s'arrêter à une terrasse de café. Il s'arrange pour trouver une place en retrait de la cohue.

Un serveur, d'un âge canonique, sans doute le patron lui-même, passe un coup de serviette sèche pour éponger les cercles humides constellant la table :

— Vous prendrez quoi ?

Le policier hésite. Il a fait vœu de sobriété et il a tenu quelques semaines. Le seul résultat patent a été un appétit démesuré pour les sucreries. De quoi attraper le diabète et se piquer à l'insuline du matin au soir ! Il a bien essayé de s'inscrire dans un club de fitness pour tonifier ses muscles qui avaient une tendance néfaste à s'entrelarder de mauvaise graisse. Il a sué sur les tapis roulants et sous la fonte des haltères et n'y a gagné que des courbatures. La musique des ahanements d'obèses inquiets ou de donzelles obsédées par leur taille de guêpe ne l'a pas converti aux joies du sport de salle.

— Vous m'apporterez une bière fraîche, s'il vous plaît.

Il appuie sur le *s'il vous plaît* oublié par le tenancier. La veste de lin l'encombre car le thermomètre commence à chauffer sous la toile. Une simple chemise à manches courtes aurait été la tenue adéquate. Mauvais réflexe ! Il vient à peine de commander sa boisson qu'on lui tapote sur l'épaule droite. Il fait volte-face et tombe nez à nez avec le visage pétillant de Rita. Ça le désarçonne et il en balbutie, emprunté :

— Moi qui ne viens jamais dans ce bistrot, j'ai la chance de vous y rencontrer ! Ça relève de la coïncidence miraculeuse.

— Toujours aussi original ! réplique-t-elle. Les coïncidences, c'est la base de votre boulot, n'est-ce pas ? On peut vous accompagner ?

— Bien sûr ! Je ne suis pas goujat à ce point.

— Je me suis déjà fait servir un verre de muscat. Je vais le chercher.

Elle s'esquive vers le fond de la terrasse. Constantin se demande dans quel registre il va bien pouvoir se lancer. Il est censé prospecter le village et le voilà attablé pour conter fleurette. « La fille du bord de mer » revient en zigzaguant entre les obstacles. Le déhanché est lascif, le ventre tremblote sous le chemisier. Prude s'abstenir. Il se montre aussi galant que possible :

— Installez-vous.

— C'est fait. Je vous ai aperçu et comme je ne suis pas bégueule, je vous ai abordé.

— Vous avez bien fait.

— Vous êtes de repos ?

— Hélas non !

— Vous êtes en filature d'une vendeuse de miel ou d'ail ?

— Vous aimez le sarcasme, non ?

— J'aime égratigner.

— Une façon d'intéresser, d'aguicher.

— Peut-être.

— Vous n'avez pas été trop troublée par mon offensive de l'autre jour ?

— Pourquoi ? Parce que vous êtes de la police ? Non, pas particulièrement. De toute façon, les paroles s'envolent. Une conversation n'a jamais tué personne !

— J'aurais pu être un sadique, un impulsif.

— Ce n'était pas le cas. Vous avez une gueule de timide.

— Elle vous a rassurée, cette gueule ?

— C'est le mot juste.

— J'ai donc joui d'un a priori favorable. Merci Rita.

— Il n'y a pas de quoi. Sainte Rita est venue à votre secours.

— Elle est venue ou elle a volé à mon secours ?

— De chercheur d'âme sœur ? Elle a eu pitié plutôt. Vous aviez tant l'air désœuvré dans votre short de bain d'après-guerre !

— Oh ! C'est ma tournée ce matin, fait-il joyeusement. Vous ne me ménagez pas.

— Vous avez voulu m'accoster, alors il faut assumer la suite.

— Je ne vous en veux pas. Après tout, ce short date, ajoute-t-il en s'esclaffant. J'attends les soldes de fin d'été et je vous promets j'en achèterai un nouveau.

— Vous serez sortable.

— Je n'étais quand même pas la cible de tous les regards de la côte !

— Qui sait ?

— Vous me flattez, achève-t-il avec filouterie.

Ils se taisent. Ce bref dialogue, ce court duel d'humour les a rapprochés. Ça ne prête pas à conséquence. Cette causerie a permis au-delà des mots de dévoiler un peu de leur personnalité car l'usage immodéré de l'humour a cette vertu. Ils ont décapé, ils ont fait tomber les faux-semblants, les postures. L'inspecteur savoure cet instant avec délice. Le monde extérieur, ce brouhaha qui les entoure a bel et bien disparu. Rita a raflé son attention. Il ne sait toujours rien sur elle, mais qu'importe, sa présence narquoise balaie des semaines de repli sur soi, de rumination destructrice. Il ingurgite sa bière goutte à goutte et dépose le verre :

— Rien ne vaut la compagnie pour goûter les bons moments de la vie.

— Vous le croyez vraiment ? répond-elle sceptique. Le malheur aussi existe en compagnie.

— Il est moins dur à supporter à deux.

— C'est une invitation au partage ? Je suis vaccinée, vous savez. J'ai même eu les piqûres de rappel.

— Vous êtes mariée ? questionne-t-il aussitôt.

— Pourquoi cette question ? Vous craignez le coup de bâton du mari ?

— Non, pas du tout, rétorque-t-il très viril. J'apprécie les situations claires. J'ai eu assez de problèmes sentimentaux, ces derniers temps. Je viens à peine de m'en débarrasser. Et croyez-moi, ils s'accrochent aux basques.

— Je ne passe pas au travers non plus ! À la différence que j'y suis encore en plein dedans. Je m'y noie.

— Je vous plains. Vous allez divorcer ?

— Oh ! Comme vous êtes indiscret, inspecteur Clouseau. Devant le juge ? Officiellement ? Je ne sais pas.

— Je vais aller plus loin dans l'indiscrétion…

— La déformation professionnelle.

— Sans doute. Vous êtes séparés de fait ?

— On peut le dire. Chacun court de son côté. Nous cohabitons par commodité. Il n'y a pas de haine, pas de rancœur. Le mécanisme est usé. La pièce était à changer et la machine entière a suivi le même sort, c'est tout !

Grégorio écoute. C'est son métier, c'est vrai, qui veut ça. Il entend de ces destins en berne, de ces mariages brisés ou à la dérive. Une banalité entre les murs du commissariat. Il passe outre, car la sensiblerie n'est pas son fort. Il prend de suite ses distances avec les drames, il les objective. Il ne s'en dépêtrerait pas sinon. Ah ! S'il devait épouser les querelles conjugales des usagers, le suicide en ligne de mire !

Rita met fin au silence qui s'est instauré :

— Cela vous refroidit, n'est-ce pas ?

Elle le prend au dépourvu. Il a déjà tant souffert avec Catherine et n'entend pas aller de Charybde en Sylla. C'est exaltant l'aventure amoureuse mais il y a des revers à la médaille du plaisir et ils piquent atrocement. Il s'avance avec précaution sur ce terrain mouvant :

— Ce n'est pas très encourageant de marcher sur les

plates-bandes de quelqu'un d'autre, ni de jouer l'homme de rechange.

— Vous êtes bien sérieux ! Voyez les choses au premier degré. À fleur de peau.

— Vous avez raison. Je suis sans doute victime de vieux préjugés. Je vais contenter votre inconscient.

— Comment ? interroge-t-elle impatiente.

— En vous posant directement une deuxième question, celle qui fâche : chasse gardée ou chasse ouverte ?

— Pour un gibier à chair fine !

Elle applaudit des deux mains en riant aux éclats. Comme ce marivaudage lui plaît, la détend ! Il y a si longtemps qu'elle a souscrit au jeu de l'amour et du hasard ! Des lustres. Comment concilier travail et liberté ? Le foyer, les enfants, les parents grèvent votre temps, ce temps qui s'écoule imperturbable. Si elle se laissait aller à son instinct, elle clamerait qu'elle est seule, indépendante dans ses choix, qu'elle est maîtresse de ses faits et gestes. Constantin n'est pas le premier homme qui tourne autour d'elle et heureusement d'ailleurs, sinon elle en tirerait un complexe ! Nous sommes dans un siècle individualiste et elle a bien le droit de s'émanciper. Certes, les liens conjugaux ne sont pas rompus, elle n'a pas osé quitter le domicile familial. Son fils est encore bien jeune pour voler de ses propres ailes et pour encaisser une séparation radicale et irréversible. Alors, ils ont inventé un *modus vivendi*, un mode de vie bâti sur l'hypocrisie au nom de l'intérêt commun.

Son époux Philippe a une amie, une femme de vingt-sept ans célibataire qui se croit un avenir dans le mannequinat. Réussira-t-elle ou n'est-ce qu'un fantasme infantile ? Selon Rita, elle n'est bonne que pour les inaugurations de foires aux comportes ! Elle n'est pas très objective. On le serait à moins ! Il pense gagner une seconde adolescence au bras de la jouvencelle aux talons en gratte-ciel. Ça ne durera qu'un temps, c'est de l'éphémère, mais pour l'instant il a choisi, il a rayé sa femme de son horizon. Il fait le matador pour les vachettes et découche certains jours de la semaine. Bref, c'est la débandade et Rita jongle avec des explications foireuses auprès de son fils qui ne comprend rien à ces bouleversements.

Elle doit donner une réponse à son interlocuteur. Une réponse pas trop engageante, pas trop contraignante. Il n'attend rien d'autre, suppose-t-elle. Ce n'est pas une publication de ban ! Rien que des propos de vacances, de relâchement dans une ambiance festive et qui ne doivent pas sceller un destin. On badine avec l'amour ! On frôle le feu en évitant la brûlure. Que lui rapporteraient une passion soudaine, un coup de cœur sauvage, un coup de foudre incendiaire ? Elle ne croit plus guère à un second amour. Moins de fraîcheur, moins d'innocence disponible. À son âge, la vie a un goût de blasé, de déjà vu, de déjà ressenti. Et de ça, elle ne veut pas. Par respect pour le partenaire et pour elle-même. Elle n'entend pas se contenter d'émotions en demi-mesure.

Pourtant, malgré les aléas, les déboires, elle se jette à l'eau. Pourquoi avec ce Constantin, alors qu'elle a boudé d'autres prétendants, d'autres solliciteurs ? Ça tambourinait à la porte de son cœur. Mystère. Mystère, oh combien exquis et insidieux ! Parce qu'elle sait qu'elle pourra rompre le charme à tout instant sans avoir de comptes à rendre, de justifications à fournir. Il est comme elle. Il n'aime pas se justifier, signer des contrats à long terme. Elle y va :

— Restons dans la comparaison : chasse ouverte pour un fin limier.

— Il ne me reste plus qu'à approvisionner mon râtelier d'armes !

— Vous voilà fixé. C'est un défi qui n'est pas gagné.

— Un grand pas de franchi quand même !

Elle se défausse un tantinet :

— Nous aurons l'occasion d'en reparler sur la plage.

— C'est que je n'y viens plus. J'ai repris le travail avec des horaires rigides.

— Comme moi !

— J'ai un cabinet de kiné à Narbonne. Je ne peux pas envoyer balader les patients.

— Une profession libérale !

— Qui donne peu de liberté. Heureusement, je suis en association, ce qui me permet de prendre des vacances.

Elle met fin à cette incursion dans sa vie intime :

— Vous êtes sur une nouvelle affaire ? Un vol de tomates dans un jardin ?

— Non, c'est plus dramatique. Vous n'avez pas lu les journaux ?

— C'est le black-out depuis que je suis là.

— Vous ne rentrez pas tous les soirs chez vous ?

— Non. Que faites-vous du dépaysement ? J'ai loué un chalet vers la rangée 8.

— Vous y séjournez seule ?

— Rassurez-vous, la cougar a un rejeton. Mon fils Alain est un fan de planche à voile et il s'éclate ici dans l'étang près du chenal. Seulement, il a besoin de sa maman pour tenir le ménage. Ça ne nous empêchera pas de nous rencontrer. Alors, racontez-moi cette sombre affaire qui vous préoccupe et vous pousse à rôder jusqu'au marché ?

Il ouvre pour la nième fois son dossier renfermant les clichés de la morte.

— C'est pour elle que nous courons le village.

Rita se penche et observe de près. Elle murmure ébranlée :

Est-ce une victime ?

— Oui. Une journaliste Clotilde Forestier. On l'a retrouvée en piteux état dans les pinèdes. Je vous fais grâce des détails, c'est monstrueux.

— Je sais, j'ai lu la presse. C'est abominable. Elle était en reportage ?

— Elle enquêtait sur les placements fonciers, l'achat de terres par des groupes financiers.

— Vous pourriez vous renseigner auprès de mon mari, il exerce l'activité de marchand de biens. L'agence Media-Europa sur le port, à proximité des Menhirs. Elle aurait pu lui rendre visite. Certes, il n'est pas le seul sur la place mais il a de nombreux contacts.

— Pourquoi pas ? Au point où j'en suis. Est-il à son agence le samedi ?

— Ça m'étonnerait ! Il doit être en croisière avec sa mignonne ! Vous ne perdez pas de temps, dites-moi !

— Je ne veux pas rentrer bredouille. Vous avez son numéro de portable ?

— Non. Il me l'a refusé. Vous devinez pourquoi.

— C'est dommage.

— Ce n'est que partie remise, vous lui sauterez dessus lundi matin. Passez-le à la casserole ! J'en jubile déjà. Il sera tellement K.O. du week-end avec sa furie qu'il vous avouera tout jusqu'au moindre détail.

— Vous êtes une vraie tigresse dans votre genre !

— Non, d'abord une femme blessée.

— Les plus dangereuses. Il vous obsède beaucoup.

— Pour le reste, ça me passera.

— Belle promesse.

Elle change de conversation en une pirouette :

— Nous voilà plongés en pleine intrigue. Qu'est-il arrivé à la victime ? Dites-moi tout.

— On a retrouvé son cadavre en deux endroits distants de soixante kilomètres.

— Mon Dieu ! Et vous m'annoncez ça en toute décontraction ! Une femme si élégante, si imposante. Quel malheur !

— Qui relativise nos petits bobos. Heureusement que j'ai appris à ne pas m'impliquer dans les drames des autres. Il y a de quoi se flinguer.

— Vous êtes un petit bluffeur, non ? Ou je me trompe ?

Constantin sursaute. Elle lui a coupé le sifflet de façon abrupte. Où veut-elle en venir avec ces propos incisifs ?

Elle lui apparaît bien rentre-dedans ! Non seulement elle l'aide à faire progresser leur enquête, mais en plus elle le houspille sur le plan personnel.

— Vous êtes dur avec moi.

— Non, je ne suis pas du style sado, mais à force de côtoyer des patients de différentes origines et psychologies, je sais discerner un peu de leur caractère.

— Vous me faites peur !

— Vous plaisantez ! Je pressens tout bonnement que vous vous impliquez dans les dossiers les plus chauds, les plus dévastateurs. Vous plaquez à la vie des gens. Ce n'est pas pour rien que vous avez souffert dans vos relations. C'est aussi pour cette raison que je vous traite de menteur. La sensibilité n'est pas un défaut.

L'hypersensibilité certainement. Le dilemme des policiers est de savoir maintenir une frontière infranchissable entre vie privée et vie professionnelle. Et j'ai commis la bêtise de mêler les eux.

— L'amour a été créé pour transgresser.

— Vous transgressez ?

— Je transgresserai peut-être ! Le destin tranche seul. Cela dépend du contexte, des opportunités. Les femmes sont dans les starting-blocks pour chevaucher avec le Prince charmant. Encore faut-il qu'il soit princier et charmant.

— Ce qui fait beaucoup pour un seul homme ! résume Grégorio philosophe. Dites-moi, il est quasiment l'heure de manger.

— Comment déjà ? Et je n'ai pas acheté une seule

provision ! C'est votre faute ! Aussi, je vais devoir vous quitter et filer.

— Je ne vous rappelais pas l'heure pour vos commissions. Ça vous dirait un déjeuner dans un restaurant gruissannais ?

Rita retient son souffle. Elle n'aime pas être entraînée malgré elle. Elle adore jouer les aventurières, les risque-tout. En façade. Là, son interlocuteur lui inspire confiance, mais elle a encore un devoir de réserve. Elle ne peut se permettre une compromission. Certes, son époux ne se prive de rien et ne craint pas la visite d'un huissier au petit matin. Il y a un consensus mou en sa faveur. Elle ne connaît pas sa réaction s'il apprenait qu'elle se livre à l'adultère. Au fond d'elle, inconsciemment, elle escompte sur de la jalousie, sur un regain d'affection. Elle hésite.

C'est si facile de dire oui et de se retrouver en galère. Surtout que notre bonhomme est fragile. Ce n'est pas bien difficile de le voir, pas besoin d'un prix Nobel de psychanalyse. Elle a déjà donné en faveur de la gent masculine et ne veut plus endosser le rôle de mère Teresa. Une mère Teresa délivrée du vœu de chasteté. Il lui reste un fond de pudeur, de peur, en vérité. Repartir à zéro est toujours une épreuve dans n'importe quel domaine. Elle est donc là debout, figée, droite comme la statue de la fontaine du Griffoul, face à la terrasse où s'entassent les clients mobilisés pour l'apéritif. Des regards commencent à converger vers elle. Elle détonne dans le paysage !

Constantin ne sait pas comment interpréter cette valse-hésitation. Le serveur est venu encaisser son dû. Il a levé un sourcil désapprobateur vers Rita. Elle stationne en stand-by et le patron voudrait bien qu'elle libère la place. Le chiffre d'affaires avant tout ! Elle ouvre enfin la bouche :

— Ne perdons pas de temps ! Gruissan vaut bien un repas !

Chapitre 5

Le commissaire divisionnaire Labresseau, Directeur du SRPJ, s'est pointé très tôt dans les chalets de Gruissan. C'est un homme de l'aurore dont les idées jaillissent avec le lever du soleil. Il est arrivé en trombe au petit matin avec la voiture de service, content de se replonger dans l'atmosphère relaxante de la station balnéaire. Cette excursion le distrait de la Grande-Motte et du bétonnage pyramidal. Il a du temps devant lui et en profite pour aller boire un café sur la place des commerces. L'air est frisquet. Les vents sont assagis. Le policier se promène un bon quart d'heure sur la digue encore décorée de monticules de sable. Il attend l'arrivée de ses lieutenants.

Il est à peine neuf heures. Le quartier hiberne comme en décembre. Au royaume des *cabanes,* on pratique la grasse matinée comme sport national, hormis chez les lève-tôt qui ont une horloge imprimée sur le cortex cérébral. Son équipe finit par le rejoindre. Ils se saluent discrètement et Constantin, concierge dévoué, ouvre la porte d'entrée du chalet.

— Ça empeste la fumée dans cette bicoque ! embraye Labresseau en s'adressant à Mortier dont la réputation de fumeur d'envergure n'est plus à faire. « Un défaut qui vous coûtera la vie ! » lui répète-t-il souvent. « Pas plus qu'une descente dans les cités », répond l'autre illico.

Stan le contredit :

— Ce n'est pas le tabac que vous sentez aujourd'hui. Vous savez bien que je suis devenu adepte du vapotage !

— Eh bien, votre drogue n'est pas inodore. Elle dégage.

— Possible, j'ai choisi un parfum tabac du désert.

— Pour faire couleur locale au milieu des dunes ! ironise Debusse.

Le commissaire coupe le dialogue :

— Bien, l'intermède fumette étant clos, passons aux choses essentielles pour lesquelles nous sommes réunis. Où en sommes-nous exactement dans ce fourbi ? Quels progrès depuis samedi ?

Mortier, un peu égratigné, intervient le premier :

— Nous avons réussi à localiser la résidence où logeait la victime.

— Elle se situe où ?

— Au nouveau port, près de la capitainerie.

— L'immeuble s'appelle comment ?

— La Tartane.

— Vous êtes sûr ? Ça n'est pas la tartine ou la sardane ?

— Une tartane est un bateau méditerranéen, monsieur le Directeur, corrige l'inspecteur ulcéré.

— Ah ! Excusez-moi d'être francilien ! Elle y séjournait depuis combien de jours dans ou plutôt sur cette tartane ?

— Quatre jours. Cependant, elle avait loué pour une semaine entière.

— Vous avez visité les lieux ?

— Un rapide coup d'œil avant les labos.

— Rien d'insolite ?

— Des revues, des classeurs. Un véritable bureau opérationnel.

— Pas de corps d'avocat caché sous le lit ?

— R.A.S. de ce côté-là.

Constantin rompt avec son mutisme. Ce n'est pas la pleine forme pour lui.

— Les gendarmes de Conques n'ont pas encore retrouvé le corps qui s'ajuste à la tête d'homme. On n'en viendra jamais à bout de ce meccano !

Le Directeur prend leur défense :

— Ils ont fait chou blanc comme ceux de Gruissan pour Clotilde Forestier. Quelle idée de mourir dans un bois avec un nom pareil ! Ils ont ratissé large et tout ça pour que dalle ! En plus, le relief n'est pas des plus commodes d'accès. Ils ont dû marner dur dans la broussaille. Un délateur bidon les a même envoyés vers la montagne d'Alaric, autour du château de Miramont.

— À la recherche du trésor d'Alaric II ! Ont-ils creusé ? fait Debusse railleur.

— Nous nous passerons de vos réflexions intempestives ! Ils ont surtout perdu leur temps, un temps précieux. Il est là le résultat final. Une mobilisation pour du beurre. Nous avons d'abord eu un corps sans tête et à présent nous avons une tête sans corps. Une histoire sans queue, ni tête ! s'emporte le patron farouche cartésien.

Stan Mortier met un diapason à cette crise de confiance :

— Nous avons une certitude sur l'identité de la seconde victime, n'est-ce pas ?

— Nous sommes sur le point d'aboutir, ce n'est pas trop tôt. Les présomptions concordent. Le week-end n'a pas permis de rencontrer les témoins, mais dès cet après-midi nous avons rendez-vous avec le bâtonnier de l'Ordre.

— Aucune réclamation d'épouse ? De parent ? Pas d'appel téléphonique ?

— Peut-être. Nous apprendrons tout cela sur place.

Franck enfonce le clou :

— Le Docteur Feuillard n'a toujours pas fourni son rapport d'expertise ?

— Si, détrompez-vous, j'ai eu les conclusions hier matin sur mon bureau. Elle bosse même le dimanche notre légiste préférée !

— Du piquant ?

— Provenant de la morgue, vous rêvez ? Du morbide comme à l'ordinaire.

— La tête a-t-elle été décollée longtemps après le décès ?

— Non, ça a été du simultané. Traumatisme crânien suivi d'un coup de ciseau.

— Elle a pu en déduire une catégorie d'instrument ? Hache, scie ?

— Vu la nature des blessures, des chairs meurtries, elle a opté pour une sorte de hachette, très aiguisée.

— Un hachoir de boucher ?

— De boucher sûrement. Pour le tranchoir, nous patienterons jusqu'à l'arrestation et la confrontation pour en savoir plus.

— Nous en sommes réduits à poireauter puisque nous n'avons pas récupéré d'arme aux environs immédiats des crimes. L'exécuteur n'a fait que déposer les colis.

— Oui, mon cher Debusse. Le tueur a gardé son instrument de mort, sans doute pour s'en resservir !

— Vous songez à un tueur en série ?

— Un serial-killer ? Pas d'affolement ! Je me figure plutôt un criminel ciblant des personnes bien précises en liaison avec sa vie quotidienne. Un plan calculé et non une hécatombe arbitraire.

— Nous avons intérêt à le débusquer avant un massacre.

— C'est prioritaire. Nous ne pouvons nous résigner à l'impuissance. Voici donc le programme des festivités pour les heures qui viennent. Dès ce matin, j'aimerais que vous rencontriez le marchand de biens. Je n'en attends pas grand-chose, mais il est un fragment de notre toile d'araignée. Pour ma part, je me rends du côté des services techniques et de la gendarmerie. Rendez-vous ici vers midi. Impératif.

Le Directeur disparaît en un clin d'œil laissant ses hommes dubitatifs. Autour d'eux, les chaletains commencent à sortir de leurs tanières. On installe les petits-déjeuners sur les terrasses en prenant bien soin de s'exposer aux rayons du soleil balbutiant. L'astre rougeoyant a, pour certains, valeur de médicament, de panacée. Il guérirait tout. Le vent, à l'état d'embryon, prépare son apparition pour les abords de midi. Quelques nageurs chevronnés partent à pied vers la mer. L'appel du grand large. La fournaise est annoncée en leitmotiv par la météo. Des vaillants sortent leur V.T.C. pour courir dans la garrigue.

Debusse se met à taquiner Constantin :

— Dis-moi le week-end t'a lessivé ou quoi ? Tu as une mine de déshérité. Pourtant, quand nous t'avons eu au téléphone samedi midi, tu paradais en charmante compagnie ! L'idylle aurait-elle tourné au fiasco ?

— Bah ! Ce n'est pas une idylle, un échange superficiel.

— Une gaminerie alors !

— Tu es d'une curiosité malsaine, Franck !

— Caractéristique du métier, mon vieux ! Mais si tu veux nous taire tes aventures malheureuses, tu es libre.

— Je ne saurais comment t'en remercier. Tu es un modèle de transparence et de tact ! Eh bien figure-toi que j'ai succombé à mon péché gourmand !

— Lequel ? persifle son partenaire pour blaguer.

— Comme tu le sais et le claironnes, j'étais accompagné et avais proposé d'aller nous restaurer aux Salins.

— À la Cambuse du saunier ? Agréable destination.

— Bien joué !

— Et alors ? C'était plein ?

— Autant de dire que nous avons fait le pied de grue

un bon bout de temps. Ça fourmillait là-dedans ! Un vrai alevinage. Pour ne pas nous couper l'appétit, nous avons visité la galerie d'art *Pic'sel* juste à côté. Très chouettes ces photos et peintures naturalistes.

— Abrège, nous avons un interrogatoire à venir !

— Mais c'est toi, maudit pervers, qui veut connaître ma vie privée ! Nous avons pris place et commandé chacun un menu. Un super bouquet de crevettes fraîches ! Un régal !

— *L'amour est un bouquet de crevettes*, fredonne Debusse à la façon de Luis Mariano.

— Tu démystifierais la pureté !

— Tu as eu droit au loup grillé.

— Bien sûr !

— Veinard avec le chaperon rouge en prime ! C'est ce cocktail qui t'a bousillé le foie ? Rien que des ingrédients naturels ! L'addition peut-être ? Trop salée ?

— Non, je me suis laissé aller avec le vin blanc. Tu sais ce que c'est. On parle, on se raconte et on verse à ras bord. Comme j'en avais perdu l'habitude, ça m'a défoncé. Un dimanche avec une nausée à se taper la tête contre les murs.

— Tu étais bourré quoi ! Et ta petite amie ? Elle a pris ça comment ? Avec le sourire ?

— Elle ne m'a pas fait de réflexion.

— Elle aussi était dans un état second ! Vous avez eu de la chance de ne pas tomber sur l'adjudant Neumann. Vous étiez bons pour la cellule de dégrisement.

— Bon ! Le quart d'heure de romantisme échevelé

étant clos, nous pouvons nous rendre à l'agence Media-Europa, enchaîne Mortier.

— Le nom de famille de ce gugusse, s'il te plaît ?

— Pujol.

— Comme la femme avec qui tu te baladais aux Salins.

Grégorio tombe des nues. Sans parachute. Mortier l'éclaire :

— Si tu avais bien regardé autour de toi, tu nous aurais aperçus. Nous aussi, nous avions les crocs, figure-toi ! Mais nous sommes moins patients et nous avons fini par nous esquiver. Il était plus de treize heures. Seulement, nous avons eu le temps de cuisiner le patron et il a été loquace.

— C'est-à-dire ?

— Un homme charmant, très au fait de la vie gruissannaise. Nous avons eu droit à un curriculum vitae des plus concis sur madame Pujol.

— Allez accouche !

— À première vue, c'est plutôt son mari qui fait le buzz dans le périmètre. Un noceur qui ne lésine pas sur les pourboires, dixit notre indicateur. Que veux-tu ? Gruissan est un village, pas une métropole.

— C'est tout ?

— Puis, nous nous sommes rabattus sur le Paparazzo où on nous a servi des moules sur mesure. Un délice.

Constantin claque la porte du chalet qui frémit de toutes ses membrures. Il n'en dit rien mais ces remarques sur ses errances sentimentales ont le don de l'exaspérer. Bien sûr, c'est un peu de sa faute. Il a tracé la voie avec ses relations tragiques avec Catherine. S'énamourer d'une criminelle n'est pas chose courante, ni estimée dans la Maison. Ça sent la confusion des genres, l'alliance des contraires. Il avait l'excuse de l'avoir connue avant son incarcération. Cette excuse n'était pas absolutoire. On aurait pu lui reprocher de ne pas l'avoir convertie au Bien. Ce souverain Bien que seuls les moralistes semblent avoir le privilège de côtoyer du matin au soir.

Les trois lieutenants se sont engouffrés dans leur Mégane et la voiture joue au slalom entre les chalets. Mortier a pris le volant. Comme à son habitude, il cogite. Ces deux meurtres lui bouffent les méninges. Certes, on va finir par cerner les victimes, leur domicile, leur parenté, leur mœurs, leur passé. Seulement, c'est la personnalité de l'auteur de ces décapitations qui le préoccupe. Il possède une solide tendance à la barbarie pour procéder à des découpages sanguinaires. Son cœur est de pierre. En a-t-il encore un ? Est-ce un illuminé, un drogué ? Et ce corps, ce second corps caché on ne sait où. Sous un dôme de rocaille peut-être ? Sous leur barbe ? Est-ce un puzzle macabre agencé par un esprit joueur ?

Le tueur nargue-t-il la police ou applique-t-il un plan tracé bien avant ? La considère-t-il comme impuissante, comme stérile, comme bouchée ? Bon nombre de meurtriers sous-estiment fréquemment les policiers, les traitent comme des êtres bien moins intelligents qu'eux. Leurs premiers succès les grisent. C'est souvent ce complexe qui les conduit à commettre une malencontreuse erreur qui les propulse dans les bras de leur adversaire.

Un criminel n'est pas un individu équilibré. Il se crée un monde hiérarchisé et place toujours son trône au sommet de la pyramide, dans l'impunité suprême.

Ils ont traversé le village. Désert ce matin. Quelques badauds à la démarche indolente assiègent les boulangeries. Le Café de la Paix accueille des buveurs de petit jus. Mortier gare son véhicule Boulevard du Pech Maynaud entre deux camping-cars imposants. Ils empruntent la rue longeant l'Office de Tourisme qui frétille comme une ruche et parviennent sur la place Barberousse où trônent les menhirs géants de granit, sculptés par un artiste polonais vers 1975.

— Dites donc, on aime le granit à Gruissan ! articule Debusse admiratif. On se croirait à Carnac !

— C'est vrai, surenchérit Constantin en train d'émerger. Il y a aussi le *Globe* de Poulet, vers là, une œuvre en granit du Sidobre.

— Poulet ? Un collègue ? s'interroge Franck en rigolant.

— Oh ! Sacrilège ! Que dis-tu malheureux ! Un artiste et homme de culture local qui signait ainsi. Il s'est tapé un bloc de quatorze tonnes de roc pour façonner ce globe, il faut le faire.

— Il y a un message derrière cette entité ?

— Oui, une représentation de l'universalité.

Ils traversent la place à moitié ombragée à cette heure matinale. L'agence occupe un rez-de-chaussée d'immeuble, de ces immeubles initiaux du nouveau port, surmontés de toitures en voûtains, ces bosses de dromadaires ayant fait la réputation des lieux. Ils franchissent le seuil comme un commando en action. Une femme assise à un minuscule bureau laisse échapper le tube de rouge à lèvres qu'elle manipulait. Elle ne masque pas sa surprise. :

— Vous m'avez effarouchée, une vraie bourrasque ! Ce n'est rien, allons. Bonjour messieurs.

— Bonjour Madame. Police criminelle.

Mortier brandit sa carte. La bonne dame perd le peu de sang-froid qui lui courait dans les veines.

— Nous voudrions voir monsieur Pujol le directeur de cet établissement.

La secrétaire déglutit avec peine :

— Il est déjà en rendez-vous. Il est surbooké et je crains qu'il ne puisse vous recevoir ainsi à l'improviste.

— Nous pouvons le faire chercher en covoiturage, si vous préférez.

— C'est-à-dire ? s'informe l'hôtesse avec ingénuité.

— En fourgon cellulaire, édicte Debusse imperturbable.

Il n'est pas du style à ménager la porcelaine. Force est à la loi, sa devise ! Le citoyen doit s'incliner quelles que soient les conditions. Il ajoute histoire de rabaisser les caquets trop virulents :

— Nous ne nous déplaçons pas pour une contravention de stationnement, vous le devinez ! Uniquement pour des crimes !

— Je vous annonce.

La secrétaire saisit son téléphone :

— Monsieur Pujol. La police est là, dans mon bureau. C'est très important apparemment. Très bien !

Elle repose le combiné comme s'il allait exploser.

— Il en termine. Il sera à vous dans une minute. Une tasse de café en attendant ? poursuit-elle d'une voix de convalescente.

Le policier aboie mais ne mord pas et ils se laissent convaincre par le ton suave. Ils s'assoient avec la délicatesse de bulldozers pendant que la jeune employée se démène pour leur fabriquer un café qui conduirait directement au peloton d'exécution tout bon Péruvien qui se respecte. Ils avalent de conserve le breuvage tiédasse qui a, il faut le préciser, un lointain goût d'arabica. Mais il a été offert avec tant de grâce qu'ils passent outre. Le dénommé Pujol sort de son antre. Il raccompagne un couple et baragouine avec eux un anglais de cours par correspondance. Il se tourne enfin vers le trio.

Ils ont affaire à un individu d'une quarantaine d'années bien tassées, assez corpulent, dont le visage ressemble à celui d'une fouine. Une fouine bien nourrie, halée aux terrasses des bistrots de la place toute proche. L'œil clignote sous le paravent des sourcils épais. Une barbe clairsemée, genre très à la mode chez les souffreteux, lui tapisse les joues qui sont envahies par une couperose précoce. Le type ne boit pas du lait à table, c'est évident. Il les prie de s'introduire dans son bureau :

— Nous n'allons pas discuter de choses dramatiques au vu et au su du premier venu. Pardon, avant de commencer, je peux vous demander si vous allez me retenir longtemps ? Vous comprenez, je suis en pleine affluence saisonnière.

Debusse clôture la séance des salamalecs :

— Ça dépend de vous.

Constantin observe son « rival ». Et c'est ce bonhomme boudiné, matois que Rita a épousé ! Hallucinant ! Elle devait être en période de déprime ! Pour le fric, éventuellement ? Difficile à croire de sa part. Elle a un bagage suffisant pour voler de ses propres ailes. Une grossesse accidentelle ? Pourquoi pas ? À moins qu'il n'ait des talents cachés. Qu'il ne soit un acrobate de haute voltige au lit ! Un as du trampoline conjugal ! Ou plutôt qu'il l'ait été car, à première vue, il serait plutôt enclin à casser les sommiers actuellement. Il sait qu'il distille du venin sur ce Pujol, que ce commerçant a eu des atouts pour séduire une femme comme Rita, mais aujourd'hui, il n'est pas assez serein pour garder son objectivité.

— Que voulez-vous obtenir de moi ? interroge le directeur qui s'est replié sur son siège pivotant.

— Je suppose que vous êtes au courant du corps abandonné dans la Clape ? débute Mortier. Celui d'une dame Forestier.

— Oui. J'en sais ce que la presse a diffusé, c'est-à-dire très peu.

— Nous désirons savoir si cette journaliste est venue vous contacter.

Cet ultimatum désarçonne Pujol. Qui a bien pu leur communiquer cette information ? Quelqu'un de son agence ? La secrétaire, ses rabatteurs ? La victime elle-même ? Il s'embrouille :

— Oui, ça se peut.

— Ainsi, madame Forestier a franchi le seuil de votre commerce, c'est ce qui nous importe. Vous nous comblez, mais nous avons besoin de davantage de détails sur sa visite. Vous a-t-elle consulté comme cliente ou comme investigatrice ?

— Elle s'est présentée directement comme journaliste.

Constantin a l'estomac en faillite avec le café. Il éprouve le besoin de s'exprimer pour évacuer ces lancements gastriques, alors il enclenche :

— Que cherchait-elle ? Vous l'a-t-elle déclaré ?

— Au début, elle tournait autour du pot. Elle a dérivé sur le manque de surfaces libres, sur la pauvreté des terres arables, sur l'absence de grandes propriétés foncières. Je me suis demandé où elle voulait en venir. Je l'ai priée d'aller au vif du sujet. C'est une agence immobilière ici, pas un bureau de voyagiste !

— Et alors ? Vous a-t-elle écouté ?

— Oui. Elle a compris que je n'avais pas de temps à gaspiller.

— Comme nous, lui fait remarquer Grégorio sans aménité.

— Elle voulait savoir si je n'avais pas reçu un certain Martini ou Manzini pour des offres d'achat.

— Que lui avez-vous répondu ?

— Pour moi ce n'était pas une cliente.

— Alors vous l'avez envoyée balader. Il n'y avait pas de laine à lui tondre sur le dos.

— Il faut de la rigueur dans la gestion d'une entreprise. Sinon on donne dans le bénévolat !

— Bref pour moi, c'est flou ! Vous en aviez eu de ces offres d'achat ?

— Non, jamais personne ne m'a jamais sollicité sous ce nom-là !

— On a pu emprunter un pseudonyme. Je suppose que vous n'exigez pas de pièce d'identité ?

— Bien sûr que non ! Vous en êtes conscient, il y a des dizaines de personnes qui me tarabustent pour leur trouver un terrain libre, pas cher et aménageable. On peut me décliner de faux noms, de fausses adresses. Ça fait partie du jeu.

— Et s'il y en avait de ces terrains faciles, vous n'existeriez pas, c'est ça non ? Nous sommes au courant du refrain. Ce qu'elle voulait sans doute dire, « c'est avez-vous eu des offres d'importance, provenant de promoteurs aux reins solides » ? Elle ne faisait pas un déplacement depuis Paris pour une villa de cinquante mètres carrés avec vue sur le cagibi du voisin.

Le lieutenant a mis un soupçon de fiel dans sa question. Ça lui dégomme les neurones, un peu d'agressivité. Il ne lui plaît pas ce play-boy avec ses cheveux plaqués par un gel bon marché. L'autre a l'air de s'en rendre compte :

— Bien entendu, j'ai des clients preneurs de grandes parcelles, des clients qui ont des ressources et souhaitant investir dans la pierre ou la terre.

Ces propos sont teintés d'arrogance et tendent à rappeler aux trois fonctionnaires qui le passent au grill qu'ils ne jouent pas dans la même cour que lui. Ça a plutôt l'effet inverse sur Franck :

— Vous avez une liste de ces clients fortunés ?

— On doit pouvoir en éditer une.

— Il le faut, monsieur Pujol. La victime assassinée était peut-être sur la piste d'un scandale. Ce scandale peut avoir transité par votre honorable établissement. Vous n'avez rien de plus à nous dire ?

La menace à peine voilée produit un effet immédiat. La carapace du directeur s'effondre :

— Il y a un consortium belge qui m'a mandaté pour lui négocier des terres à vendre. Une surface conséquente. Je vous donnerai ses coordonnées.

— Dans ce cas précis, vous ne jouez qu'un rôle d'intermédiaire ? Pourtant, vous êtes marchand de biens en priorité, non, ou je me trompe ?

— Vous avez raison, j'opère dans les deux domaines.

— Alors dites-moi, ce ne serait pas vous qui auriez loué un studio à la victime dans l'immeuble la Tartane ? suggère Mortier.

— Oui, c'est bien mon agence. Nous faisons aussi la location de vacances.

— Vous ne feriez pas aussi la gestion d'immeubles ?

— Également. Tous ces secteurs sont liés. Les uns acquièrent pour louer et réclament un syndic fiable. Vous l'avez remarqué, j'espère. J'ai de nombreux concurrents à mes portes et la même journaliste a dû aussi les interroger.

— Ne craignez rien, nous les passerons également au gril. Nul ne sera épargné. Revenons à nos moutons, tranche Stan. Ce trust belge veut que vous lui revendiez des biens que vous auriez acquis pour lui. C'est ça ?

— Oui.

— Dans quel but cette double manœuvre ?

— Parce que ces biens ne sont pas mis en vente, mais alors pas du tout.

— Expliquez-vous, exige le policier déconcerté.

— Ces terres et immeubles sont détenus par des familles locales, narbonnaises, gruissannaises ou toulousaines depuis des dizaines d'années, voire plus, et elles ne sont pas encore prêtes à les aliéner surtout à des *estrangers* ! C'est leur patrimoine et s'y accrochent vaille que vaille.

— Même si on leur offre un pactole ?

— Celles-là s'en moquent des billets allongés sur le comptoir. Ce sont leurs racines.

— Votre rôle là-dedans ?

— Je suis du pays, du terroir, et on estime qu'il est plus facile pour moi de les décider, de les persuader.

— De les embobiner, soyons clairs, coupe Constantin ironique, et ça marche ?

— Les Belges se soucient exclusivement de rentabilité et ambitionnent de gagner sur tous les tableaux. Ils veulent le beurre et l'argent du beurre. Or nous ne sommes pas là-haut.

— Quel est leur but réel ? Placer dans des garrigues empierrées ou plantées de vieilles souches décrépites ne me semble pas une garantie pour un bon rendement financier. Dites-nous-en plus.

— Ils essaient de constituer un vaste territoire ludique avec habitats et jeux aquatiques. Un village résidentiel pour V.I.P. Style Center-Parc à la sauce languedocienne.

— Rien que ça !, siffle Debusse entre ses lèvres. Ça les changerait de la Panne ou de Zeebrugge ! Ces sites ne sont-ils pas protégés pour la plupart ?

— Non. Ils sont classés selon les directives du P.L.U. ou du S.C.O.T.[18]Les dispositions sont amendables. De nos jours, il n'y a pas une ville qui ne soit prête à pactiser avec le diable lorsqu'il y a de l'emploi ou des recettes budgétaires à la clef.

— Pourquoi choisir un si petit territoire, si mesquin à côté de l'Espagne voisine ou de la Croatie ? Là-bas, la clientèle accourt ventre à terre pour ce genre de loisirs. Sans compter le climat.

— Je ne suis pas dans leur stratégie. Moi, je regarde mon chiffre d'affaires. Basta. Après tout, ils utilisent leurs capitaux à leur manière.

— Ils en regorgent tant que ça !

Pujol lui se rengorge de fierté :

— Notre littoral lutte avec les plages les plus cotées d'Europe parce qu'il a de solides atouts. Il offre plus d'authenticité, plus de contrastes.

Debusse court-circuite l'apologie du vendeur de soupe et continue :

— Bon, ces aspects de boutique nous échappent pour l'instant. Au fait, comment s'appelle ce groupe d'investisseurs belges si généreux ?

18. Schéma de Cohérence Territoriale : vise à rendre cohérentes les politiques urbaines de plusieurs communes.

— Enfin, je dis belge mais c'est peut-être luxembourgeois.

— Vous entretenez une correspondance avec eux ?

— Bien sûr, ils m'ont signé un mandat. Tout est en règle.

— Confiez-nous leurs références, nous nous occuperons du reste.

— Un instant, intervient Mortier, madame Forestier vous a-t-elle oui ou non parlé d'un Martini ou Manzini. Vous êtes absolument certain, qu'à aucun moment, ce patronyme n'a été prononcé à l'occasion de pourparlers avec eux ou lors d'un autre événement ? Il y a beaucoup d'Italiens ou de descendants d'Italiens sur le sol belge. Réfléchissez bien avant de répondre à nouveau. La journaliste traquait des personnages louches, embringués dans des affaires douteuses et il se pourrait qu'elle ait payé de sa vie cette curiosité.

— Ça me paraît une hypothèse hasardeuse. Ce consortium n'est pas un gang de tueurs. Trucider une jolie femme pour quelques friches abandonnées, c'est improbable.

— Laissez-nous faire nos hypothèses. Merci.

— J'ai beau me triturer la cervelle, je ne me souviens pas d'avoir entendu ce nom, ni un nom de même consonance. Je regrette sincèrement. Je ne pouvais pas prévoir que la vie de cette femme se conclurait en drame et qu'on viendrait me cuisiner comme un coupable.

— Nous aussi le regrettons. Un détail me chiffonne encore.

— Lequel ?

— Combien de petits propriétaires sont concernés par vos manigances de prête-nom ?

L'appellation déplaît au professionnel. Éternel préjugé contre les intermédiaires se bourrant les poches de fric vite gagné sur le dos de clients vertueux. Pujol ne relève pas. On n'a rien à gagner à répliquer avec la police. Ils n'ont pas un épiderme ordinaire. Ils sont couverts d'écailles. Mais qu'aucun d'entre eux ne vienne taper à sa porte pour une affaire lucrative ! Il les enverra sur les roses. Manigance ? Ils se moquent de lui ! Négociation, entremise, voilà les termes à employer !

— Une quarantaine approximativement, marmonne-t-il vexé.

— C'est un gros projet alors ?

— Oui, assez respectable.

— Il couvrirait quelle superficie ?

— Cent hectares.

— Il se déploie vers quel secteur ?

— Au-delà de l'ancienne abbaye cistercienne de Notre-Dame des Olieux jusqu'à la Combe des porcs.

— Oh là ! s'écrie Constantin. Ça fait mille hectares cette bagatelle !

— C'est une approximation, je vous le répète. Il faut prévoir des accès goudronnés, des parkings.

— Vous avez convaincu beaucoup de possédants de céder leur bien ?

— Ça ne se bouscule pas au portillon, vous voulez dire ! Néanmoins, je vais bientôt avoir une réunion avec certains d'entre eux. Le *Grussanót* est coriace de nature. La mer l'a configuré pour résister aux obstacles.

— Très bien, faites-nous passer les adresses des Belges ou Teutons, en termine Mortier. Nous serons peut-être obligés de vous rencontrer à une deuxième reprise.

— Je suis à votre disposition, salue le commerçant sur le ton qu'il emploie en cas de location saisonnière.

Les policiers quittent les lieux en faisant un au revoir sympathique à l'hôtesse d'accueil. Il lui pardonne de les avoir empoisonnés dès leur arrivée. L'euphorie n'est pas au rendez-vous mais ils ont quand même l'impression d'avoir marqué des points. Ils ont désormais une cible et elle est belge. Montpellier s'occupera de la loger et de sonder sa moralité, car il ne faut préjuger de rien. L'acquisition même frauduleuse de terrains n'est pas un crime et ne mène pas nécessairement à l'assassinat de son prochain. C'est plutôt ce Martini ou apparenté qui les préoccupe. Là, on est dans le nominatif, dans la personnalisation. Clotilde Forestier était en chasse et son gibier de vénerie avait une étiquette.

Certes, rien ne dit que ce soit ce gibier de paparazzi qui soit impliqué dans sa mort horrible. Toutes les suppositions sont acceptables pour gamberger. En ces temps de panique mentale dans la société, découper la tête du voisin en est presque devenu une banalité. Ce haut fait d'armes s'expose sur le web, voire à la télévision. Des exécuteurs exhibent des fragments d'ennemis comme des trophées. 1789 a fait des adeptes qui en sont restés aux méthodes artisanales de Neandertal. Le tueur l'a peut-être croisée lors d'une enquête précédente. Elle peut très bien l'avoir déglingué dans un article, lui avoir brisé sa carrière et il a décidé de se venger.

Ils échangent sur leurs idées respectives tout en sillonnant les ruelles du port effleurées par un vent de mer en crise de croissance. Constantin a écouté les avis de ses collègues et il en ressort sceptique. Il leur fait part de ses atermoiements :

— Ne vous focalisez pas sur le cas de Forestier. Certes, c'est le premier cadavre qui a été signalé, mais il est en liaison avec celui des tombes. Leur sort est commun, on ne peut les dissocier. Alors dans cette optique, nous ne pouvons incriminer le groupe belge.

— Pourquoi pas ? réfute Stan devenu pour le coup l'adversaire de Bruxelles.

— Allons ! Soyons sérieux et un brin rationnels ! Comment des promoteurs auraient été se fourvoyer dans l'Alaric pour garnir des sépultures antiques de cadavres fraîchement abattus ? En tenue de camouflage ? Non, il ne faut pas s'égarer dans des invraisemblances.

— Un financier a le bras long, c'est une de ses caractéristiques d'ailleurs, rien de plus facile pour lui que de recruter un tueur. Nommons-le *dissuadeur*.

— Un tueur érudit au courant des sites archéologiques ? Ça serait le clou de l'été et surtout une idée insoutenable.

— Cette histoire de projet de base de loisirs me trottine dans la tête, dit Debusse.

— Profitons en tant qu'elle est encore sur tes épaules,

se moque Grégorio.

— Le maire doit bien être au parfum de ce programme. Chaque promoteur se fait un plaisir de le rencontrer avec sa valisette à mirages. Si les Belges ont prospecté par ici, il les a rencontrés.

— Avec ce Martini ?

— On the rocks, bien sûr ! s'exclame Mortier. Allons de ce pas à l'hôtel de ville, ça n'engage à rien.

— Labresseau nous attend à midi aux chalets, leur rappelle Franck.

— On lui enverra un SMS, fait Constantin en pénétrant dans leur véhicule.

***

Pendant ce temps-là, le commissaire Labresseau s'escrime auprès des services techniques de Gruissan et de Narbonne. Il veut disposer du maximum d'informations, de documents sur les propriétés en friches ou en bordure de zones humides des deux communes. Pourquoi ces recherches d'ordre général ? Parce qu'être policier, c'est être d'une curiosité au-dessus de la moyenne. C'est toujours être en quête d'indices, d'éléments nouveaux pour avancer victorieusement vers la vérité. C'est sortir la lumière du néant, du chaos.

Pour le moment, l'enquête n'en est qu'à ses préliminaires et on pourrait se dire que la police bénéficie d'un délai conséquent pour s'activer. Térébin s'est retiré sur son Aventin et reste muet dans son bureau du Palais. Il attend les développements de son confrère carcassonnais. La juge d'instruction, elle aussi, patauge entre ces cadavres démantelés à travers le département. Elle fait du surplace. Ce n'est pas la conception de Labresseau. Il ne sieste pas. C'est un homme pressé d'en finir avec le crime et ses représentants.

Il s'attache à la psychologie du criminel. C'est un *Maigrettiste*. Il a étudié rapidement le contenu du dossier Forestier, mais ce n'est pas dans la personnalité de la victime qu'il entend fouiller. Non, mais d'abord dans les actes déraisonnables du meurtrier, dans les troubles du comportement. Celui-ci tranche des têtes, ce qui est un acte prouvant une grande froideur, une grande maîtrise de soi. Il faut posséder un geste sûr, direct, surtout ne pas trembler ou dévier sur sa lancée. Le docteur Feuillard l'a bien précisé dans son rapport : les blessures engendrées sont nettes, sans bavures. Du travail de pro, mais de quelle sorte de pro ?

Un boucher, un chirurgien, un sacrificateur religieux halal ou casher ? La liste des manipulateurs d'instruments effilés est impressionnante. Il y a tant d'individus malsains qui se promènent avec un couteau ou un rasoir en poche et qui l'ont aiguisé pour déchirer la chair d'autrui. C'est si symbolique, cette percée dans le corps d'un autre, cette intrusion dans le secret, dans le cœur de la vie d'un inconnu.

Et puis, il y a la symbolique de la tête. La tête pensante, le chef d'orchestre de l'homme. La séparer, la décoller, c'est transformer un être de réflexion en un pantin désarticulé, une marionnette sans éclat. C'est aussi une façon brutale de s'affirmer supérieur au décapité, à l'image qu'il opposait avant d'être réduit à deux portions inégales. Car le paradoxe est que la plus petite partie domine la plus importante, qu'elle la gère et sans son quartier général, le corps d'armée cesse d'exister. Il faut donc, se dit le policier, que le tueur ait eu la volonté d'humilier la journaliste. Même après sa mort. De se démontrer à lui-même qu'il était plus puissant, plus finaud. N'en fait-il pas de même avec les enquêteurs en brinquebalant des morceaux humains comme s'il s'agissait de pions de damier ?

C'est pour ces raisons qu'il ne laisse pas tomber l'hypothèse gruissannaise, ni celle des étangs limitrophes. Idem pour les zones couvertes d'eau placées sous l'autorité de Narbonne. La Clape et les terres sèches ont été tamisées avec la minutie d'orpailleurs. Il n'y a plus une pépite à se mettre sous la dent. Les gendarmes et leurs aides de Conques-sur-Orbiel ont échoué pour la seconde dépouille. Labresseau essaie d'entrer dans la peau et l'imaginaire de ce dépeceur. Ce maniaque provoque ses poursuivants. Il croit fermement à son impunité et sa vanité l'entraîne à les narguer avec des mises en scène diaboliques. Alors pourquoi refuser l'idée surréaliste du second corps déposé aux alentours du premier ?

Les employés lui ont fourni tout ce qu'il souhaitait. Ils ont pioché le cadastre comme une exégèse biblique. Il lui reste à mobiliser des volontaires pour une nouvelle battue. Une battue plus aléatoire que la première, fondée sur l'intuition étayée par l'expérience d'un Directeur de

P.J. S'il y a fiasco, il assumera. Ce ne serait pas la première fois qu'un chef se goure.

***

Lydia, hiératique, souhaite la bienvenue aux policiers avec un sourire à fendre le cœur de n'importe quelle brute épaisse :

— Vous venez pour rencontrer monsieur le Maire et, bien entendu, vous n'avez pas de rendez-vous. Vous ne faites pas exception à la règle !

— Nous en sommes navrés, renvoie Debusse interloqué par la prestance de la secrétaire.

— Il est actuellement en rendez-vous. Je vous prie de vous installer dans la salle d'attente.

Salle d'attente ? Un bien grand vocable pour une colonne de chaises coincées dans un couloir. Ce n'est pas grave, ils s'en contenteront. L'air ambiant n'a pas encore été contaminé par la chaleur extérieure laminant les murailles du village. Mortier, tout en vapotant comme un steamer, fait les cent pas dans la coursive et admire les minuscules vitraux de l'étage. Franck consulte une revue pendant que Constantin fait défiler des messages sur son portable. On s'amuse comme on peut. Au bout de dix minutes, Pajot pointe le nez et leur fait un signe discret. Les lieutenants pénètrent dans son bureau à la queue leu leu et échangent une poignée de main avec l'élu. Celui-ci ne crie pas alléluia en les introduisant dans la pièce. Ils sont souvent porteurs de mauvaises nouvelles pour lui.

Encore ce matin, il a eu la malchance de tomber sur Ribeiro, un représentant des commerçants. Une vraie peste, un agitateur plein de venin. Juste sous le balcon de Walter Spanghero. Les deux hommes discutaient rugby, de l'authentique rugby, du temps où ce n'étaient pas les sponsors qui gouvernaient les vestiaires. Le maire l'avait aperçu trop tard, sinon il aurait battu en retraite. Il redoute les joutes verbales avec son irascible concitoyen. L'autre, quittant les temps héroïques du ballon ovale, lui avait sauté dessus comme la vérole :

— Alors monsieur le Maire ? Nous voilà encore une fois emportés dans la tourmente ? À la une des faits-divers ? Décidément, vous amenez la poisse au pays !

— C'est la rançon du succès, avait rétorqué ce dernier peu enclin à lancer un débat au beau milieu des chaletains aux aguets derrière leurs persiennes. On aime Gruissan jusqu'à y mourir.

— N'empêche que si l'hécatombe se poursuit, je vais changer de négoce et me lancer dans celui des Pompes funèbres !

Pajot n'avait pas du tout apprécié cet humour noir. Il n'était quand même pas responsable si des malfaisants, des détraqués choisissaient le territoire de sa commune pour s'en servir comme déchetterie mortuaire ! Il avait décidé de rentrer dans le chou de l'ex-treiziste, de lui faire un plaquage cathédrale propre à le briser dans son élan hargneux :

— Vous croyez que cette publicité ampute votre chiffre d'affaires, Ribeiro ? Moi, je pencherais plutôt pour le contraire à la lumière des précédents événements. Les statistiques sont formelles. Nous avons eu autant de touristes que les années passées. Si votre chiffre a diminué, prenez-vous-en à vos tarifs ou à votre savoir-faire. Le mystère attire. Et puis, l'estivant n'est pas naïf. Il sait que ces drames se réduisent à des tragédies privées et qu'il n'est pas concerné, encore moins en danger.

Notre ex-rugbyman ne s'estimait pas « tenu » par cette mise au point. Il était en guerre électorale contre le premier magistrat et il n'avait pas l'intention de lui laisser l'avantage. Il était vrai aussi qu'une querelle matinale, hors de toute audience, n'apporterait pas grand-chose. Alors, il s'était contenté de lui lâcher :

— Merci pour votre avis éclairé, monsieur Pajot. La prochaine fois, faites donc un tour chez moi, au resto, pendant le coup de feu. Ça ne vous changera pas, vous qui êtes habitué aux banquets républicains. Vous serez à l'aise pour me prodiguer des conseils pour améliorer ma gestion. Vous avez déjà démontré vos capacités avec le budget communal.

L'atmosphère se couvrait d'épais nuages orageux. Il n'y a rien à faire : le XV et le XIII sont de lointains cousins. Il n'y a que les coups de crampons qui les relient. Il fallait couper court, en rester là avant le pugilat. Pajot empourpré avait prétexté un rendez-vous urgent, un départ imminent pour le Grand Narbonne pour filer à l'anglaise. Ribeiro avait grimacé d'un air entendu. Son adversaire fuyait le combat de première ligne.

Cette séance désagréable a courroucé le maire. Les administrés ne sont jamais contents et ne voient que par le petit bout de leur lorgnette ! On a beau s'éreinter, parcourir les routes, assister à des réunions ineptes, à des cocktails insipides, à des inaugurations désolantes, eh bien, ça ne suffit pas. Il leur faut le sacrifice extrême, l'immolation sur l'autel de la démocratie, confondue avec la somme des intérêts personnels. Parfois, l'élection frise le sacerdoce.

Et là, regroupée dans le couloir, la police est venue lui en remettre une couche :

— Que puis-je pour vous, messieurs ? fait-il en se raclant la gorge.

Chapitre 6

Mortier entame le dialogue. Stan aime rompre les digues en tant que plus ancien. Il sent que le maire appréhende leur visite, qu'il en est agacé, crispé. Leur venue impromptue provoque toujours ce type de réaction, alors, il va à l'essentiel :

— Vous devez être au courant des derniers développements de notre enquête. Nous avons désormais deux cadavres sur les bras.

— Incomplets pour l'instant.

— Cette situation étrange a l'air de vous captiver.

— Dès l'instant où le village a été cité, je me suis senti obligé de m'en mêler.

— Tant mieux ! Nos investigations débouchent pour l'instant sur une société de promotion de base de loisirs, la Belgium Company. Ce sigle vous dit-il quelque chose ? Avez-vous été approché par un de leurs agents ?

— Ce n'est pas impossible. Ils proposeraient quoi, ces gens ?

— Un parc de jeux aquatiques et d'animations avec

résidences d'été, enfin le modèle standard des sites touristiques en vogue.

— C'est qu'on m'en dépose énormément de ces projets, s'exclame Pajot plus décontracté. Tenez !, voyez ces étagères, elles en sont pleines.

— De projets identiques ?

— Non, la gamme est vaste. Les commerciaux argumentent, je classe le plus souvent.

— Pourquoi ?

— Parce que la station est déjà saturée d'activités ludiques.

— Des exemples ? réclame Constantin avide de connaissances.

— Un élevage de saumon, une boîte de nuit sur radeau géant, une base de sous-marins miniatures, un parcours acrobatique entre les chalets, une piste de ski aux Salins sur les camelles.

— Il n'y a pas que des demandes farfelues ?

— Heureusement non.

— La voix publique parle de ski nautique dans le village, glisse Mortier d'un air innocent.

— Oui. Il s'agit d'un dispositif d'apprentissage.

— On nous a évoqué aussi un port à sec, vers Bramofan.

— En effet. Un programme très moderne, très élaboré qui plaira aux plaisanciers.

— Qui fait l'unanimité des riverains ?

— Qui a déjà fait l'unanimité, dites-moi ? Jésus lui-même…

— Les bateaux seraient stockés au sol ?

— Vous êtes bien renseignés.

— Les opposants sont toujours très diserts.

— Pour ramer sur le sable ? ajoute Constantin jamais avare d'un bon mot.

— Non, répond le maire sensible à la facétie. C'est pour éviter les constructions en hauteur.

— Donc, cette société belge ou équivalente n'a pas soumis un projet en mairie. Pourtant, monsieur Pujol… vous connaissez ce monsieur qui a pignon sur rue au nouveau port, nous certifie que Belgium Company rôde sur le secteur pour acheter des hectares de terre. Sans doute à vil prix cela va de soi. Il serait prudent pour elle de se concerter avec vous pour savoir si son entreprise a des chances d'aboutir. Gruissan a des défenseurs vigoureux, qui aiment en découdre y compris devant les tribunaux. Vous en faites régulièrement les frais si j'en crois les coupures de journaux.

— Vous avez raison. C'est mon tempérament. Je bouge les lignes, je fonce et bien sûr, cela crée des résistances parfois virulentes. Pourtant, aucune société quelle qu'elle soit ne m'a soumis un tel programme.

Les policiers adorent ces démonstrations de modestie. Mortier n'a rien du crédule. On ne le balade pas avec du pathos. Il sait que l'argent n'a jamais eu d'odeur. Y compris l'argent public. Il s'obstine :

— Attendent-ils d'être propriétaires pour le faire ?

L'élu fait une moue de désapprobation :

— Un investisseur n'engage pas des frais importants sans être sûr du résultat.

— Ils investissent pour l'avenir ou pour consolider des liquidités, suggère Stan revêche.

Pajot commence à s'impatienter. Ils lui démolissent son emploi du temps pour une bagatelle qui aurait pris dix secondes au téléphone. Il ne peut s'empêcher de dire :

— Pourquoi cet acharnement sur cette compagnie étrangère ?

— Vous ne le devinez pas, monsieur le maire ? s'étonne Grégorio.

— À froid, non.

— Nous allons vous affranchir. Madame Forestier, la journaliste, a été découverte sur des terres convoitées par cette société. Elle a fait mention d'un certain Martini ou Manzini auprès du dénommé Pujol. Nous pensons donc qu'elle a pu avoir un différend sérieux avec ces « accapareurs » de terrains.

— Un différend ? On parle de crime quand même…

— Nous n'en sommes qu'au stade des déductions. Nous glanons des informations disséminées. La route est encore longue jusqu'à la conclusion de l'enquête.

— Eh bien, je suis réellement désolé. Ces noms, ces appellations ne me sont pas familiers.

— Ils opéreraient en secret ?

Pajot se permet une boutade :

— Nous ne sommes pas dans le Secret Défense, messieurs.

— Pas si vite ! conteste Constantin pour le principe. Il

y a le CDS[19] du plan de Roques qui est à proximité.

— Ces radars ! Que peut-on en faire à l'ère des satellites ? interroge le maire sentant la fin de l'entretien.

— Ces radars surveillent la Méditerranée. Une simple coïncidence, n'est-ce pas ?

Un coup de fil retentit sonnant opportunément la fin du dialogue. On se sépare sans tambour, ni trompette. Chacun s'en retourne à ses propres occupations. Pajot s'en va préparer la réunion de son groupe majoritaire en vue du prochain conseil municipal. Il y a cacophonie sur la remise en état du centre de balnéo. Le luxe se paie et l'État et la Région ont serré la ceinture pour rester svelte en matière de déficit.

L'escadre de policiers s'apprête à rejoindre le quartier des chalets. Labresseau doit piétiner sous la terrasse à claire-voie. Ils abandonnent le village et longent le chenal. Des pêcheurs d'été rentrent lentement au port Barberousse. Le marinas[20] les pousse de son haleine tiède avec délicatesse. Un bouillon d'écume rugit sous la coque immaculée des bateaux. La carte postale se poursuit jusqu'à leur repaire. Comme ils le pressentaient, le Directeur s'est réfugié à l'ombre des chalets. Il s'est installé au rez-de-chaussée dans un transat au bord de la rupture sous le poids imposant de son locataire. Il s'ébroue :

— Vous voilà enfin !, je commençais à désespérer. J'ai commandé des pizzas au plus près chez Marcou. Elles

19. Station Radar de l'armée de l'air narbonnaise.

20. Occitan : vent marin.

seront prêtes dans une demi-heure. Il faudrait aussi se procurer du vin rouge. Qui se charge des commissions ?

Constantin est volontaire pour la corvée. Il reprend la voiture et cingle vers la place des commerces. Premier check-point : le dépôt de produits de la coopérative. C'est quasiment l'heure de la fermeture. Il choisit deux bouteilles de Pujots en rouge. Ça leur délectera le gosier ! Avec modération, comme dit la chanson des ascètes. Il lui reste un gros quart d'heure à tirer avant de récupérer les boîtes toutes chaudes. Il en profite pour acheter *L'Indépendant* au bureau de tabac des Aigrettes. Puis il s'attable au snack Lio pour siroter une boisson à la pêche.

La terrasse se vide peu à peu. C'est le repli vers les chalets pour le déjeuner. Une silhouette de femme passe à proximité. L'allure de la personne l'interpelle. Il l'étudie un bref instant et en tombe foudroyé. Dolorès[21], oui elle-même ! Ici à Gruissan ! Il l'apostrophe aussitôt par son prénom. Elle se retourne vivement plus que surprise par cette apostrophe. Le policier est plongé dans la pénombre sous les canisses. Elle s'avance avec circonspection. Qui peut l'avoir reconnue ? Enfin, elle aperçoit le lieutenant :

— Vous me pourchassez encore ? fait-elle avec une bonhomie feinte.

— Nullement. Nous enquêtons sur une douloureuse affaire dans les environs.

Cette remarque jette un voile opaque sur le regard de son interlocutrice. Douleur, Dolorès, des substantifs si

21. Voir *Du sang dans les embruns.*

bien mariés. Il reprend :

— Vous passez des vacances à la plage ?

— Pas du tout. Je suis venue au cimetière de Narbonne.

— Vous avez des parents peut-être à honorer ?

— Toujours votre insatiable curiosité ! Pour vous, il peut y avoir un indice à grappiller ! Non, je me suis recueillie sur la tombe de Dominique.

— Dominique ?

— Chabert.

— Il vous aimait, n'est-ce pas ?, et vous l'avez grugé !

— Vous êtes odieux, s'emporte-t-elle en faisant mine de partir.

— Ne vous fâchez pas. Que faites-vous maintenant ? Toujours dans la prostitution ?

— C'est terminé ça pour moi, se rebelle-t-elle piquée au vif.

— Vous avez rompu ? Très bien. Vous vivez de quoi ?

— Dominique m'a laissé une partie de son héritage.

— Son épouse légitime n'a pas hurlé ?

— Non. Elle a respecté ses dernières volontés à la lettre.

— Elle l'aimait aussi, c'en est une sacrée preuve.

— Heureuse de vous avoir revu, inspecteur.

Dolorès enfonce le chapeau recouvrant sa chevelure d'un blond cendré et s'éloigne en chaloupant des hanches. Constantin la suit un moment des yeux, comme un sédentaire rivé au quai et assistant au départ d'un navire vers des îles lointaines. L'œil est vitreux, la pensée nostalgique. Le passé est si proche qu'il conserve un parfum de présent. Il dépose l'argent dans la soucoupe et court vers le magasin du traiteur.

***

Bertin, le procureur, et Ventini le commissaire ont poussé un soupir de soulagement. Leurs partenaires montpelliérains et narbonnais sont ponctuels. On ne s'attarde pas sur les présentations. On les bâcle. Tout ce beau monde est réuni en collège pour confronter les informations du moment. On échange quelques propos avant l'arrivée des visiteurs. Bertin prend la parole pour ne pas ralentir la marche :

— Nous en sommes quasiment sûrs à présent. La tête masculine appartient à Maître Descot Jacques de notre barreau. Son épouse Rolande l'a formellement reconnu. Elle avait signalé la disparition dès son retour de vacances. Oui, elle avait fait un bref séjour avec ses enfants en Italie, ce qui explique le temps mort. Le bâtonnier Maître Victorien nous renseignera sur la nature des dossiers défendus par le défunt. La secrétaire de la victime également.

— Ce n'est qu'un premier tour de table, précise Ventini avant saisine du juge d'instruction. Nous ne savons pas encore si la totalité de l'affaire sera confiée à Madame Lebel.

— Bien entendu, confirme Labresseau. Cela dépendra de la corrélation de cette affaire avec celle de madame Forestier.

— La relation entre les deux victimes est indéniable, glisse Mortier, le visage rubicond à cause du Corbières ingurgité au repas. On leur a fait partager la même couche funéraire. Il y a bien une raison.

Nul n'en rajoute. Le procureur impavide se lève et sort. Debusse en profite pour s'adresser à son Directeur :

— Nous n'avons pas eu le temps matériel d'évoquer le bilan de nos prospections !

— Gardons-les précieusement pour l'antenne narbonnaise.

Le représentant du ministère public revient avec une femme, la quarantaine bien entamée. Les joues sans maquillage heurtent par leur pâleur. Elle arbore une mine défaite de Mater Dolorosa. Des cernes sombres courent sous les yeux et trahissent la souffrance morale.

— Prenez place, Madame Descot, la prie Ventini prévenant.

Elle s'installe et les regarde tour à tour, l'air hébété. On dirait qu'elle est prostrée, à la fois présente et absente. Bertin met fin au supplice :

— Nous n'allons pas vous accabler de questions indécentes. Nous vous épargnerons les détails inutiles, si vous le voulez bien.

— Faites votre travail, répond-elle d'une voix altérée par l'émotion.

— Je vous remercie. Voici la première. Elle est rituelle. Votre époux avait-il des ennemis ou des personnes qui l'auraient menacé ces temps derniers, dans le cadre de ses relations personnelles ou professionnelles ?

— Professionnelles ? Je ne peux vous être d'aucun secours. Je ne suis pas au courant des dossiers, des entretiens avec sa clientèle. Il faut s'adresser à son employée pour ça.

Elle donne l'impression d'aborder des secrets pestilentiels.

— Vous ignorez le contenu de son activité ?

— Parfaitement. Nous avions établi un pacte entre nous.

— Lequel, s'il vous plaît ?

— Je n'ai jamais voulu être une succursale du Palais. Le seuil de la maison s'imposait comme une barrière infranchissable aux échos du tribunal. Ici, je ne connaissais que Jacques et non maître Descot.

Elle conjugue à l'imparfait. Comme quoi la mort s'invite vite dans le langage des endeuillés.

— Et il appliquait cette règle ?

— Scrupuleusement.

— Voilà qui ne nous aide pas beaucoup, grogne Ventini assez expéditif. Votre mari exerçait au barreau de Carcassonne, mais s'absentait-il fréquemment pour plaider dans d'autres régions ?

Elle hausse un peu le ton comme si elle comprenait trop bien les insinuations implicites du policier. Ils ne changeront jamais. Toujours à fouiller avec leurs sales pattes dans la vie privée des gens, pour vérifier s'il n'y a pas un cocu qui a fait le coup de feu contre un amant ou une épouse mauvaise dissimulatrice. Ça l'irrite cette perquisition dans leur vie intime. On ne viole pas les tabernacles. Qu'est-ce qu'elle en sait du comportement de Jacques lors de ses déplacements ? Emportait-il une poulette dans ses bagages ? Faisait-elle ménage à trois à son insu ? Elle n'est pas prophète, ni au-dessus de la mêlée ! Néanmoins, elle ne se dérobe pas, ce n'est pas dans son caractère :

— Il lui arrivait de traverser la France entière, uniquement pour des causes les plus importantes, par exemple pour celles impliquant des amis, sinon il mandatait un confrère.

Ventini s'en fiche de jouer les mauvais rôles :

— Vous avez suffisamment d'intuition pour réaliser que nous tentons d'en savoir le plus possible sur la personnalité de votre époux.

— Ne tournez pas autour du pot, je vous en prie.

— Avait-il une seconde vie ? Des dérivatifs qui auraient pu l'amener jusqu'à cette mort terrible ?

— Quoi par exemple ? exige-t-elle excédée.

— Le jeu, la drogue, le sexe, la spéculation boursière ! Il y a tant de vices.

— Je ne le crois pas addict à une de ces passions dévorantes. À mes yeux, il menait une vie assez équilibrée. Je n'affirmerai pas qu'il était parfait, loin s'en faut.

— Ce sont ces imperfections que nous analysons, madame.

— Alors, c'est simple, il avait une fâcheuse tendance à faire confiance, trop confiance et des clients malhonnêtes en profitaient.

— C'est-à-dire ?

— Pour éviter de le payer au dernier moment. Il travaillait parfois pour des prunes !

Elle a abandonné le masque de la veuve éplorée. Un fluide électrique la parcourt et la libère de ses crispations. Oui, Jacques était naïf concernant ses honoraires. Une phrase bien posée et hop, il effaçait l'ardoise. De là à considérer qu'il obtenait des compensations, elle n'y songe même pas. On va lui coller une auréole de saint, à présent qu'il est décédé dans des circonstances affreuses. Seulement contre la sainteté, on ne peut rien. Qu'on se contente du drame, que diable ! On l'a assassiné, son mari ! Il ne réapparaîtra plus jamais entre ces murs. Elle devra se séparer de cette maison devenue trop spacieuse, trop triste. Et ces policiers, ces magistrats qui ne se soucient pas de sa douleur, de l'étendue de sa douleur. Eux, ils traquent un sadique. Avec leurs œillères. Point barre. Le reste, c'est du marginal, pour le psy ou le curé.

— Pas d'autre travers ? D'habitude nocive ?

— Vous me prenez au dépourvu.

Le commissaire carcassonnais se tait. Aller au-delà serait inconvenant et improductif. Le procureur la sollicite à une dernière reprise :

— Est-il possible de visiter votre logement ? Rien n'est à négliger dans cette affaire.

— Vous imaginez trouver des preuves chez nous ? s'offusque-t-elle.

— Le juge d'instruction nous mandatera officiellement comme il s'agit d'un homicide indiscutable.

— Vous programmez cette visite pour quand ?

— Le plus tôt sera le mieux. Nous voulons avancer vite pour résoudre ces meurtres. Nous ne serons tranquilles que lorsque leur auteur sera emprisonné.

Elle donne l'air de se résigner à cette incursion dans leur univers. Maison qui se transforme en havre de désolation et de solitude, qui devient un lieu de jeux de pistes. Le bout de la langue lui démange. Après tout, ils n'ont pas le monopole des questionnements :

— La tête de mon mari a été récupérée et transportée à l'Institut Légal. Qu'en est-il du corps, où en est-on des recherches ? Sont-elles sur le point d'aboutir ? Avez-vous des hypothèses sérieuses ? La famille voudrait accomplir son deuil, organiser des funérailles convenables, or, pour le moment, on nous abandonne comme des gêneurs.

Les enquêteurs sont embarrassés. Labresseau a envie de lui répondre qu'on ne peut aller plus vite que la musique, fût-ce un *De Profundis* ! Aucun ne se sent assez cynique pour l'avertir qu'on ne mettra peut-être jamais la main sur les restes de son époux. Il y a pourtant beaucoup de probabilités en ce sens. Comment lui annoncer aussi que l'enterrement se réduira peut-être à une cérémonie autour du seul crâne ? Certes, pensent-ils en sourdine, résumer une existence à une poignée d'os crânien peut apparaître insoutenable pour les âmes sensibles mais, de toute manière, le mort aurait péri dans les flammes de l'incinérateur. Quelle différence ?

Mortier devance ses collègues :

— Nous faisons le maximum pour mettre la main sur le corps de Maître Descot, madame. Nous ne relâchons pas nos efforts. Notre mission se poursuivra jusqu'à son terme. Je fais le nécessaire pour vous fournir de nouveaux éléments au cours des jours qui viennent. Nous avons des idées sur le lieu où il pourrait être et je vous invite à la patience. Soyez rassurée, vous et vos proches, nous ne cédons devant aucun défi.

Bertin la raccompagne. La porte à peine fermée, Ventini s'adresse à Labresseau :

— Ainsi, ton équipe possède un tuyau ou vous avez voulu anesthésier la veuve ?

— Les deux à la fois. Nous n'allions pas l'alarmer en lui avouant que nous patinions lamentablement, mais c'est vrai, j'ai l'intuition vivace que notre tueur est un familier des lieux.

— De quels lieux ? L'Alaric ou les étangs narbonnais ?

— J'opte pour les étangs gruissano narbonnais !

— Vous avez une théorie étayée ou un instinct de divination ?

— L'assassin a regroupé les têtes. Logiquement, il doit avoir agi de la même façon avec les corps résiduels.

— Si ce découpeur possède un raisonnement logique, interrompt le commissaire carcassonnais.

Labresseau demeure inébranlable :

— Au sein des pures folies, il y a toujours un système logique, irrationnellement logique. C'est d'ailleurs à cause de cette rigueur que nous parvenons à piéger les meurtriers. Si leurs actes étaient dépourvus de cohérence, nous serions condamnés à l'impuissance.

Bertin revient à pas feutrés. Maître Victorien se trouve

à ses côtés. C'est un vieux renard du barreau qui a débuté vers les années 70 en défendant des petits marlous de quartiers périphériques comme s'ils étaient des Landru. Il a fait claquer ses manchettes dans le prétoire et ce geste énergique a séduit une clientèle avide de postures homériques. Il a un cabinet d'affaires qui rapporte. Son visage jovial percé d'une paire d'yeux bleu ciel le rendrait presque sympathique. Il gère depuis peu le barreau local.

Le procureur préfère de loin que les policiers s'occupent de lui. Ce témoignage improvisé n'a rien de procédural. Ce n'est qu'un échange de vues amical. Ventini s'abstient également. Il exerce sur la ville et a souvent des dossiers communs avec l'avocat. Alors pas de superposition, pas d'accointance sujette à caution. On est là pour s'enquérir d'indications pertinentes, de pistes précieuses. Stan lui n'a aucune gêne à lui tâter le pouls :

— Je me présente, lieutenant Mortier du SRPJ.

— Enchanté, lieutenant. Je suppose que vous désirez des renseignements sur ce pauvre Descot. Quelle immense perte pour le barreau ! Il était mon successeur tout désigné. Un homme qui suscitait l'admiration de ses consœurs et confrères. Unanimement ! Et voilà qu'on l'abat ! Et dans quelles conditions atroces, incroyables !

— Nous sommes réunis, vous le devinez, pour tenter d'en savoir plus sur sa personnalité, dans le cadre professionnel, s'entend. Quelles affaires traitait-il ? Quel était son fonds de commerce, pardon, sa spécialité ?

Les joues rebondies de maître Victorien se figent, se coagulent. Ah ! Il n'aime pas que des désobligeants assimilent sa noble profession à du commerce ! Un métier libéral, indépendant, libre de tout appointement, de toute influence. Les honoraires sont une récompense et non un ticket de caisse pour service rendu. Enfin, il ne faut pas trop en réclamer à la police. Elle ne fréquente que les commis d'office, ceux qui galèrent avec leur toge pliée dans leur porte-document, qui courent de chambre en chambre, de tribunal en tribunal pour des cacahuètes. Ceux-là se font les dents de sagesse avant de prendre un rythme de croisière ou de débarrasser le plancher du Palais. La sélection par le haut ! Seuls les meilleurs restent, dont Victorien bien sûr !

— C'était un touche-à-tout et là résidait sa force. Il ne s'était pas enfermé dans un genre.

— Défendait-il des clients dangereux ?

— Carcassonne ne recèle pas des mafias de grande envergure.

— Il n'y a pas que des voleurs de téléphones portables, quand même ?

Les assistants sourient en chœur. L'avocat sait très bien ce que ses interlocuteurs réclament. Leur mutisme fait trop de bruit pour ne pas l'interpréter. Ils espèrent des noms qui ouvrent des brèches dans la nuit. Pourtant, il ne peut les inventer ! Il n'était pas en association avec le défunt et n'échangeaient à l'occasion que des propos convenus. Et le secret, la déontologie, qu'en fait le SRPJ ? On ne balance pas les confidences d'un client, fut-il la pire des canailles. Encore moins à un confrère. Il n'est pas interdit de se décharger d'une donnée secondaire, sans retentissement, à condition de ne pas trahir la confiance du plaideur, car la moindre anicroche, la moindre fuite, et c'est le soupçon d'entente, c'est le bruit de la collusion entre les parties qui circule et ravage durablement le cabinet.

— Non heureusement, répond le bâtonnier. La justice se passerait alors aisément de notre apport d'auxiliaire.

Il prononce ces termes avec un trémolo d'acteur dans la voix. « Il en fait un peu beaucoup, estime Constantin. Nous ne sommes pas en jury d'Assises ! » Labresseau prend la parole. Il en profite pour se présenter et rebondit :

— Nous sommes à la recherche d'un assassin sanguinaire ayant trucidé une journaliste parisienne et un avocat de Carcassonne. Le reporter travaillait sur des cas très épineux, sur des terrains minés.

— La mine a explosé, c'est cela ?

— Nous supposons, mais pour nous, le plus important est d'établir un lien entre ces deux personnages qui a priori ne se connaissaient pas.

— Villarzel-Cabardès est pour le moment un lieu de rendez-vous bien morbide ! renvoie l'avocat sûr de son effet.

— Nous verrons par la suite. Actuellement, nous n'avons que notre flair pour progresser et l'aide occasionnelle de proches des victimes. C'est pourquoi je me permets de revenir à la charge : maître Descot avait-il des sociétés étrangères d'investissement foncier dans son portefeuille de clientèle, en tant que demandeur ou défendeur ?

— Il était souvent sollicité par des associations de défense de sites ou de l'environnement. De là à en déduire qu'il s'est opposé farouchement à un puissant investisseur aux mœurs barbares ! Chez nous, il n'a jamais été perçu comme un conseil engagé, comme un apôtre des bonnes causes. Le greffe pourrait sans doute mieux vous renseigner sur des procès de ce type.

— Belgium Company est-il pour vous un label familier ?

— Non, pas du tout, mais j'en conférerai auprès de bâtonniers d'autres régions.

— Nous vous remercions, Maître, en conclut le Directeur du SRPJ.

Bertin rejoue son rôle d'accompagnateur et l'on entend les deux hommes bavarder dans le couloir. Debusse bougonne :

— L'explication des meurtres par un organisme de placement financier n'est absolument pas évidente, voire crédible. Malheureusement, on constate que Descot n'était qu'un avocat de province cantonné dans des querelles de mitoyenneté. Sa femme nous relate des déplacements à travers le pays. Étaient-ils exceptionnels ? J'imagine que ce n'était pas pour s'occuper de voleurs de scooters des quartiers chauds de Carcassonne qu'il traversait le pays !

— Nous allons bientôt avoir des précisions sur le profil de sa clientèle, car j'ai l'impression qu'il ne se confiait pas tellement à son épouse un poil revêche, fait Ventini avec ironie.

En effet, le procureur arrive. La secrétaire de Descot,

madame Lacrouzette, lui emboîte le pas. Elle a l'allure d'une femme à la minceur cultivée. Avec sa queue de cheval dressée sur le cou et ses jeans collés à la peau, il ne lui manque que les baskets délacées pour être assimilée à une sportive de haut niveau, attifée pour les Jeux olympiques. Ventini survolté ne lui laisse pas le temps de respirer. Il fait un tour de table supersonique en direction des différents acteurs, puis entre avec brusquerie dans le vif du sujet :

— Votre employeur peut avoir été liquidé parce qu'il était partie prenante dans des litiges l'opposant à des groupes d'intérêt très puissants. Un de ces groupes, la Belgium Company, est dans notre collimateur. Ce nom vous dit-il quelque chose ?

La secrétaire avale sa salive. Elle n'est pas trop à l'aise face à ce sévère aréopage et préfère de loin faire son jogging thérapeutique *anti-capitons* le long des rives du Canal du Midi. Sa voix fluette articule enfin :

— Cette société figure en effet dans le listing de nos adversaires.

— Très bien. Dans des batailles judiciaires audoises, narbonnaises ?

— Je crois me souvenir que nous l'avons croisée à trois ou quatre reprises.

— Lesquelles ? appuie le commissaire.

— Attendez un instant, c'est vieux ces histoires. Ça serait plus facile pour moi au bureau, tout y est classé. Ça aide drôlement la mémoire.

— Faites un effort, nous avons tout notre temps.

— Une chose est sûre : ces procès ont rarement abouti.

— C'est-à-dire ?

— Ils n'ont jamais atteint le stade de l'audience. Cette société s'est toujours désistée.

— Vous voulez dire qu'elle abandonnait en cours de procédure ?

— Oui, elle renonçait face aux difficultés rencontrées.

— À cause des conclusions déposées par maître Descot ?

— Bien entendu. Il avait un tel talent, un tel pouvoir de conviction !

— À la grande satisfaction des plaignants, je suppose, intervient Mortier en suppléant de Ventini.

— Oui, ils avaient l'impression d'avoir renversé un géant.

— Comment cette dérobade était-elle appréciée par votre patron ? C'est rare comme démarche, non ?

— Il n'était pas dupe. Cette ruse n'avait rien de rare. Ces retraits étaient fondés sur un calcul simple. Le poids des frais judiciaires valait-il le coup ? Les bénéfices attendus couvraient-ils les dépenses engagées ? Quel pourcentage de chance avait-on de gagner en première instance et en appel ? Sans compter sur l'impact négatif dans la clientèle.

— Des prévisions de bon gestionnaire, quoi ! Quelles étaient les villes concernées par ces contentieux ?

— Toujours des communes à proximité du littoral.

— Normal, ajoute Constantin ex abrupto. Les Belges sont des amateurs de soleil et cette société leur promet un petit paradis à quelques brasses de la mer. Dites-moi, madame Lacrouzette, quels étaient les clients qui assignaient cette Belgium Company en justice ? Était-ce des associations ou des particuliers ?

— Exclusivement des associations, enfin, pas des associations officielles, déjà déclarées, non, des groupements de citoyens créés pour l'occasion.

— Des gens qui ne voulaient pas céder leur bien ?

— Pas seulement. Il y avait également des propriétaires mitoyens du futur complexe de loisirs qui estimaient que ledit complexe leur porterait préjudice en leur amenant des nuisances.

— Il n'y avait pas de menace d'expropriation publique ?

— Pour certaines communes, ça a dû se produire. Il y a toujours une manne abondante et facile qui va de pair avec l'implantation de ces parcs.

— Le juge d'instruction va ordonner une perquisition pour vérifier ces dossiers, madame Lacrouzette, intervient soudain le procureur. Vous voudrez bien vous mettre à la disposition de la justice et des enquêteurs.

— Je les aiderai volontiers dans leur tâche.

— Une dernière requête de ma part, surenchérit Constantin. Le nom de Martini ou Manzini a-t-il été prononcé devant vous ou figure-t-il dans un fichier que vous ayez rangé ?

— Ça ne m'inspire rien. Je n'épluche pas tous les dossiers ligne à ligne. Il se peut que ces noms figurent dans l'un d'eux. Je contrôlerai au bureau.

Bertin lève les mains comme pour bénir une assemblée de fidèles :

— C'est tout, messieurs ?

Grégorio le traduit en un *Ite Missa est.* La secrétaire sort de son siège en un vigoureux coup de reins. « Charmante et dynamique assistante ! se dit le jeune policier rêveur. Ah ! Si nous avions les mêmes gabarits dans nos locaux ! »

Labresseau ramène son lieutenant à la fade réalité administrative :

— Le témoignage de cette employée zélée apporte des arguments en faveur d'un conflit potentiel entre les investisseurs belges et nos deux victimes. La convergence est attestée. Reste à savoir si l'exécuteur a frappé ces deux gêneurs de son propre chef ou sur ordre de la société en cause. La nuance est primordiale.

Mortier complète cette hypothèse :

— Primordiale, en effet. On ne peut exclure pas exclure l'intervention musclée de propriétaires lésés comptant sur la rentrée d'argent générée par la vente de leurs terrains. Ils s'en seraient pris aux détracteurs des projets ou à leurs soutiens.

— Des propriétaires ou des commerçants qui s'y voyaient déjà ! achève Ventini.

Labresseau persévère dans son optique psychologique :

— Il faut une grosse dose de haine pour se déchaîner ainsi sur des victimes. Il aurait suffi de les intimider, de les tabasser, de mettre le feu à leur voiture, quant à se résoudre à les décapiter, il y a un sacré fossé. C'est un acte méthodique, réalisé avec dextérité et sang-froid. Un proprio excité, sincèrement, je ne souscris pas !

Constantin écoute ce déroulé de conjectures. C'est la galère. Le point noir de toute enquête. Celui où on ne sait plus à quelle branche se raccrocher et où l'on se fourvoie en pirouettes.

Le chef du SRPJ n'en démord pas, lancé comme une pendule :

— Je ne vois que l'hypothèse du tueur à gages, du professionnel.

— On se croirait dans un polar de série noire des années soixante ! se risque Mortier. Essayons d'expliquer d'abord le pourquoi de la relation entre les deux victimes. Le criminel les met sur le même plan. Nous pouvons en déduire que Descot et Forestier ont eu des contacts entre eux.

— Ou ont agi en parallèle sans se connaître.

— Peut-être ? Mais s'ils ont eu des contacts même limités, ils se sont passé des coups de fil ou écrit, aussi nos services doivent décrypter les appels et conversations téléphoniques de chacune des victimes. Il faut analyser encore et encore les correspondances conservées à Paris et à Carcassonne. Le moindre morceau de papier doit être scruté. Ce serait dommage de négliger cet aspect.

Labresseau a la langue râpeuse. Il a l'impression désagréable d'être à la remorque de Stan et ça lui est insupportable. Bertin réapparaît comme l'ange Gabriel. Il est un peu essoufflé car il a navigué au pas de charge dans tout le Palais pour dénicher le magistrat d'instruction.

Sa mission a été couronnée de succès et il est fier d'annoncer :

— La police est autorisée à procéder à une perquisition au domicile et dans les locaux professionnels de maître Descot. J'ai son feu vert couché par écrit. Le bâtonnier y est convié en tant que témoin.

— Qu'en dites-vous ? interroge Ventini en fixant le patron de Montpellier.

Celui-ci est pris de court. Il est déjà seize heures trente et il n'a nullement l'intention de s'éterniser dans la ville. Montpellier l'attire comme un aimant. Hors d'elle point de salut ! Là-bas, il retrouve sa pleine capacité, son plein épanouissement. Il craint aussi de passer pour un je-m'en-foutiste préoccupé par sa seule routine et ses repas à heures fixes, mais après tout, il est excellemment secondé par ses deux adjoints et par cet espiègle de Grégorio. Il joue les grands seigneurs :

— Stan Mortier prend la relève, ma présence n'est pas indispensable. De toute façon, les mobiles pallient les questions sans réponse. On m'appellera en cas d'embarras ou de problème de procédure.

Les autres ont saisi. Le chef leur donne carte blanche pour cette visite. Ce ne sera selon lui qu'un survol, qu'une approche superficielle. De nouvelles investigations plus pointues auront lieu plus tard. Les hommes saluent Bertin qui disparaît aussitôt dans le dédale des couloirs de l'édifice. La promiscuité avec la police ne l'enchante guère.

— C'est loin ? demande Mortier en s'adressant à Ventini.

— À deux pas, rue d'Alsace.

Ils empruntent la rue du Palais, la bien nommée, puis franchissent la rue Mazagran. Debusse fait part de sa surprise à l'égard de cette dénomination.

— Notre érudit devrait savoir ça, répond Stan en désignant Constantin.

— Je ne suis pas une encyclopédie ! proteste ce dernier amusé. Je crois que c'est une bataille en Algérie vers 1840. La troupe française a tenu le coup grâce au café.

— D'où les mazagrans ! complète Franck comblé.

— Quel vulgarisateur ce Grégorio ! persifle Stan tout en suivant Ventini d'un pas alerte.

— Cerné par des ignares !

Ils parviennent enfin au domicile de Descot. Un immeuble cossu rehaussé de la plaque cuivrée du professionnel. C'est l'épouse qui les fait pénétrer.

— Je vous fais brièvement le tour du propriétaire et puis je vous abandonne. Vous m'appelez si vous avez un problème urgent à résoudre.

Elle les précède en leur indiquant la vocation des différentes pièces : hall et salon, salle à manger, chambres et enfin bureau-bibliothèque. Les policiers la remercient pour son zèle inattendu. Le bâtonnier prévient qu'il ne peut rester trop longtemps en leur compagnie. Il leur fait confiance. Alors, ils commencent à passer au peigne fin les documents et lettres qui sont étalés de-ci de-là. Ils n'espèrent pas découvrir les données de l'assassin, peut-être quelques éléments inédits susceptibles de les mettre sur la voie. Ventini investit le cabinet de l'avocat au rez-de-chaussée, côté façade avant. Eux fouillent côté façade arrière, côté jardin, plus exactement du côté d'un petit parc surplombé d'un cèdre massif, et parsemé de rosiers en pleine floraison. Un havre de paix que le destin est venu anéantir.

Constantin se promène comme un amateur de musée dans le vaste bureau. Sur les murs, des tableaux de peintres régionaux comme Max Savy le chantre des Corbières, comme Jean Camberoque, alternent avec des reproductions religieuses retraçant les œuvres des Mercédaires[22]. Au-dessus d'une console laquée, un tablier est suspendu dans un cadre aux moulures dorées et ce n'est pas un tablier de forgeron ! Certes, non. Grégorio en a une mince idée. Est-ce la relique d'un ancêtre ou un élément de la tenue maçonnique du défunt ? Ou encore un achat ésotérique effectué au cours d'enchères ou de Chine ?

Il poursuit son inventaire. Plus loin, aligné sur un rayonnage se côtoient trois figures géométriques de marbre, une pyramide, un cube et un globe. Constantin s'en approche, les soulève, les soupèse. Encore des symboles, encore du mystère. Il cherche dans sa mémoire des significations ou des interprétations de ces objets qui font la joie des hermétistes. La pyramide ou le pyramidion, son image réduite, ne sont avant tout que des assemblages infinis d'équerres. Le globe est peut-être

22. Ou Frères de la Merci : Ordre fondé au XIIIe siècle par Pierre Nolasque, né à Mas Saintes-Puelles (Aude), pour le rachat des captifs faits par les pirates musulmans.

une représentation du soleil égyptien, ce père des pharaons. Mais le cube ? Il intrigue le lieutenant qui n'aime pas rester sur une défaite. Un succédané de pierre taillée destinée au maçon ? La stabilité ? Il bûchera l'énigme dès son retour à Narbonne. En toute quiétude.

Maître Descot s'intéressait visiblement aux sociétés de pensée. Cet intérêt manifeste a-t-il un rapport direct avec sa mort préméditée ? Au pays de Rennes-le-Château et des Cathares, tout est envisageable. Derrière chaque intrigue repose un gnostique. Pourtant, dans leur affaire, il y a un gouffre insondable entre l'invasion wisigothe et la franc-maçonnerie. Les tombes dirigées vers l'orient sont le fruit véreux d'une extrapolation intellectuelle, et à son avis plutôt une simple coïncidence fortuite. Ces divers objets prouvent néanmoins que l'éthique avait une énorme importance dans le mental de la victime. Conclusion à minimiser car il est aussi exact qu'appartenir à un « club » de réflexion fait partie des attributs honorifiques convoités par les cadres de la société. Ça classe ! Vers le haut. Et puis, on peut compter sur un réseau, une seconde famille. Du moins, on le croit. D'autres se chargent de répandre cette idée. Ainsi naissent les mythes.

Mortier et Debusse épluchent les rares feuillets stockés sur le bureau et dans les tiroirs.

— Nada ! fait Franck légèrement dépité. Aucune lettre de menaces, aucun prospectus publicitaire de la Belgium Company, aucun billet compromettant. Une existence bien lisse, presque anormale !

— Allons retrouver Ventini, il barbote dans les classeurs ! propose Grégorio.

Le commissaire est installé devant une pléthore de dossiers multicolores. La secrétaire a eu l'obligeance de les déposer devant lui avant de s'éclipser. Elle s'interdit de faire du rab car elle ne se fait pas d'illusion. Son sort est scellé. Elle va dégager dans les jours suivants parce qu'il y a de fortes chances pour qu'il n'y ait pas de repreneur. La clientèle va se vendre au plus offrant. Elle est infidèle. Le patron avait des institutions, des assurances, des mutuelles qui valorisaient son portefeuille. Ça a un prix ! Très élevé. Posséder une base rémunératrice régulière est une sécurité enviable pour un métier à géométrie variable. Aussi madame Lacrouzette a pris les devants et s'est bel et bien barrée. En catimini. Sur la pointe de ses pompes de jogging. Elle s'en remet à la perspicacité policière pour trier les informations utiles.

— Alors ? Vous avez trouvé quelque chose ? se renseigne Mortier sceptique.

— Des mémoires juridiques fastidieux rédigés en jargon illisible. Rien d'exaltant pour moi.

— Du probant avec les Belges ?

— Non, une bataille d'arguments. On dirait que cette société a tenté à chaque fois de passer en force pour tester les contradicteurs. Et si la résistance était trop vive, elle s'est repliée. Elle craignait assurément le conflit ouvert.

— Le scandale plutôt, rectifie Debusse. Ces boîtes courent les villes et leurs bureaux d'étude sèment des projets comme des petits pains. La graine prend ou ne prend pas. Si les proprios cèdent sans coup férir, ils convoquent les promoteurs avec leurs bulls. Le chantier est lancé. Ils utilisent des équipes d'agents immobiliers à leur solde, comme ce Philippe Pujol, qui amortissent les chocs, mais si les recours d'opposants ont des chances d'aboutir, alors ils quittent la scène. Leurs projets sont montés sur une base identique et transposable. Ils ne regrettent pas d'investir quelques journées en graphiques.

Constantin saisit la balle au bond :

— Comment expliquer le meurtre d'une journaliste si la Belgium Company règle ses comptes à l'amiable ou si elle se désiste avant le clash ?

— C'est qu'elle n'a pas été exécutée à cause de ce projet de base de loisirs entre Narbonne et Gruissan ! C.Q.F.D., affirme Stan péremptoire.

— Pour quel mobile alors ? contre-attaque l'inspecteur narbonnais.

— Seuls nos collègues belges pourraient nous éclairer. Le juge d'instruction s'en chargera. Ce vocable de société financière peut recouvrir toutes les magouilles du monde, magouilles que cherchait à dénoncer notre journaliste.

— Je n'y crois pas trop.

— Pourquoi ?

— Je ne sais pas. L'instinct sans doute !

Mortier part d'un rire tonitruant :

— Monsieur marche à l'instinct !, et que t'indique donc ce précieux indic ?

— C'est ce couple de morts qui ne colle pas dans votre raisonnement standard. Vous visionnez trop de séries amerloques, les amis. L'éternel lobby, l'ogre capitaliste qui dévore tout ce qui s'oppose à ses bénéfices exponentiels ! Un peu trop couru, non ?

— Où veux-tu en venir ?

— Je rejoins ton raisonnement de tout à l'heure. J'ose aller plus loin, ces victimes se connaissaient.

— Merci pour ton appui, mais comment établir ce lien ? Nous n'avons obtenu aucun retour malgré les sollicitations de Labresseau.

— Tu avais évoqué le téléphone. C'est court. Paris doit nous aider et piocher dans les agendas, les albums-photos, les films de famille, les clichés de magazine, les photos de classe, que sais-je ? Jusqu'à vérifier s'il n'y pas de palimpseste. Ces deux êtres que rien ne semble rapprocher ont connu à un moment de leur vie des plages d'intimité. Une occurrence récente ou ancienne, je l'ignore encore.

— Si c'est le cas ?

— Si c'est le cas, il nous reste à déterminer la nature profonde de leur relation. Cette nature peut être à l'origine des crimes.

Mortier a mis beaucoup d'eau dans son Corbières ce qui l'a considérablement apaisé :

— Tu nous conseilles de refaire le tour de la maison au millimètre près pour vérifier s'il n'y a aucune trace de Clotilde Forestier.

— Parfaitement. Forestier est son nom de jeune fille ?

— Oui.

— Son nom d'épouse ?

— Damiano.

— Merci Stan, dit Constantin. Il ne nous reste plus qu'à nous y atteler. Pour ma part, je jette un rapide coup d'œil sur les dossiers du cabinet professionnel.

Il s'assoit au préalable dans un fauteuil destiné aux visiteurs. Ventini s'acharne sur d'épais classeurs. La pièce est mal éclairée. La lumière du jour perce difficilement au travers des rideaux couleur crème des fenêtres. Le décor est sobre, fonctionnel, à l'opposé de la partie logement. Toujours cette volonté de scinder travail et vie domestique ? Ou double facette de personnalité ? Au mur, juste au-dessus du siège de l'avocat, un cadre aux baguettes vernissées. À l'intérieur, rehaussé par une marie-louise, un diplôme de la faculté de Droit de Toulouse. Une peau d'âne exposée comme talisman, comme sceau de compétence. Le policier enregistre.

Il a une crise d'euphorie. Bien entendu, ils sont loin du but, mais la machinerie théâtrale se met en branle. Il sait qu'il a raison, que la solution ou du moins que le premier rempart sautera grâce à la mise au jour de la liaison entre Descot et Forestier. La clé de voûte se situe dans cette rencontre privilégiée qu'il y a dû y avoir entre eux : rapport d'affaires, d'affection, peu importe. Il est là, prostré, en proie à des ruminations, comme tout bon enquêteur et savoure goulûment cet instant privilégié. Son cerveau ajuste ses forces centripètes pour concentrer les éléments épars déjà récoltés. Arrivera l'instant précis où cette masse informe, inorganisée, s'ordonnera pour faire émerger la vérité.

Chapitre 7

Au final, les investigations domiciliaires n'ont rien donné de plus. L'avocat paraît avoir eu une existence exemplaire. Seules les circonstances de sa mort tranchent avec cette vie linéaire, transparente. Peut-être s'agit-il d'un habile écran de fumée dissimulant des aventures plus mouvementées ? Mais, pour le moment, mission a été donnée à Ventini de contacter les obédiences maçonniques. À tout hasard. Une affiliation fournirait un nouvel éclairage sur la mentalité, sur l'entourage du défunt. Ce n'est qu'une proposition parmi d'autres.

Ce matin, l'équipe est à pied d'œuvre vers les canaux ceinturant Gruissan. On se frotte aux réalités tangibles pour pêcher cette dépouille en promenade. Deux plongeurs seront sollicités en cas de besoin. La gendarmerie a délégué une dizaine d'hommes pour examiner de fond en comble les berges des voies d'eau. L'aire à explorer est immense et par endroits impraticables. Labresseau, prudent, a préféré confier cette besogne pas très ragoûtante à ses lieutenants. Il n'aime pas patauger dans la fange ou crapahuter dans les joncs, le tout sous une cagnasse à écœurer une cigale.

L'éternel Neumann est de la partie. Il porte des cuissardes de ramasseurs de palourdes et emporte une gaffe au manche de teck. Constantin meurt d'envie de lui demander s'il part à la chasse au bébé phoque, mais il s'abstient de toute plaisanterie saugrenue. C'est Mortier le plus gradé et le plus ancien qui dirigera la manœuvre, aidé bien sûr par des habitants du cru, sinon on s'égarerait dans les vasières. Il a décidé de former deux fronts : l'un remonte des salins de Sainte-Lucie et le second se répand de Ricardelle jusqu'à l'Ayrolle.

Il est six heures du matin. La battue a été programmée jusqu'aux environs de midi sauf découverte inopinée du corps. Un doute récurrent parcourt les esprits. Est-ce véritablement utile de sillonner ces étendues à la recherche d'une dépouille hypothétique, d'une chimère ? L'avocat était carcassonnais. La tête a été localisée près du chef-lieu du département. Pour quelle raison obscure et incongrue devrait-on ratisser cette zone humide qui n'a rien d'un cercueil ? Mortier a masqué sa perplexité et s'est rallié tant bien que mal au raisonnement de son supérieur soutenant mordicus que les deux corps sont proches l'un de l'autre comme les deux têtes. On verra bien, pense-t-il, quitte à boire le bouillon avec ces fadaises de psychologiste !

Cette fois-ci, les fureteurs n'auront pas de toutous pour les assister dans leur périple aquatique, ils sont restés à la niche. Tout va reposer sur leur science aiguisée de l'observation. On a scindé les équipes avant l'heure de partir à l'assaut. Trois hommes s'occuperont ensemble d'une berge et de ses environs immédiats. L'équipe de Sainte-Lucie comportera de la même façon six membres. D'emblée, les policiers se sont associés. La force de l'habitude. Ils démarreront par le canal du Pas des Tours. Ensuite, ils suivront le canal de la Réunion qui court jusqu'à l'étang de Campignol.

Les premiers hectomètres sont une mise en train. Chacun prend ses marques. Autour, la nature bruisse de toutes parts. Un soleil généreux jaillit des collines de la Clape. Des poissons font des pirouettes dans les airs avant de retomber en étincelles dans l'eau glauque alors que des foulques s'agitent dans les roseaux. Les marcheurs dérangent ces milieux accoutumés à la tranquillité. Quelle idée démentielle de fouiller ces rives ?

Neumann commence d'ores et déjà à taper violemment dans la végétation attenante. Ce geste brutal le défoule, casse son impatience congénitale. C'est un tempérament sanguin, qui s'emballe vite, qui se décourage aussi vite. Constantin ne pipe pas mot. Notre convalescent a les jambes en coton ! Il scrute l'horizon. Le canal est rectiligne en son début et il est facile de repérer un obstacle obstruant son lit. Il laisse ses collègues sonder les abords. Lui se concentre sur les flots qui ne remuent guère en cette saison. Ils flânent, suscitent de maigres roulis qui se meuvent en silence et sont assiégés par des nuées de chironomes qui dansent en ballets fluctuants.

On aborde le canal de la Réunion. Neumann hèle Mortier :

— Qu'est-ce qu'on fait ? Il y a une bifurcation. Un chemin va vers le village et l'autre vers l'étang de Campignol.

Le lieutenant réfléchit à la seconde :

— Vous êtes postés du bon côté, dirigez-vous donc vers l'étang. Nous nous occupons du canal de Sainte-Marie, il n'est pas bien large.

— D'accord, j'ai peur que nous ne perdions notre temps, enfin, on est vacciné !

— C'est une idée du grand manitou, faut faire avec.

— Les exécutants exécutent.

— J'espère que nous allons trouver quelque chose, que nous allons ressouder le cadavre de Descot ! Sinon, on va se farcir les bords de la Robine de Narbonne jusqu'à Sainte-Lucie ! Alors là, ce sera une autre paire de manches, il faudra y aller en barque avec des filets !

Chacun poursuit sa prospection. La déception envahit les cœurs, doublée d'un éminent sentiment d'impuissance. Ils savent que l'hélicoptère n'a rien décelé. Que peuvent-ils faire de mieux, là où les moyens modernes ont échoué ? Les gendarmes battent les joncs, se penchent sous des saules, écartent des haies. On ne laisse rien au hasard. La moindre cabane, le moindre réduit, la moindre ruine sont inspectés. En vain.

Le canal de Sainte-Marie court à travers la plaine d'alluvions. Le mot canal est bien grandiose pour cette large rigole qui serpente entre les terres cultivées ou dédiées aux pâtures. Aucun parallèle avec la Robine ou le canal de Riquet. Au bout, c'est le canal du Grazel et l'étang qui se faufile jusqu'à la mer. Le trio fait une halte. Ils sont en nage. On sort des canettes qui avaient jadis été fraîches. Debusse s'assoit sur un tronc d'arbre déraciné par la tempête. Le vent marin vient piqueter les joues et rabattre les salicornes.

— Cette chasse au dahu est un échec, chef ! fait-il à l'intention de son collègue Mortier. Labresseau l'a dans l'os avec ces divagations métaphysiques ! Il n'y a aucun cadavre dans ces buissons et ces flaques, il a été dévoré par les saucanelles[23]. Ça bouffe de tout, ces jeunesses !

Constantin essaie de ne pas prolonger ce défaitisme. Il regarde au loin avec une paire de jumelles :

— Oh !, beau gosse ! Tu cherches la perle rare dans les pinèdes ? le taquine Stan, qui lui aussi en a plein les bottes au sens propre comme au sens figuré, de vagabonder dans ces zones de lagunes.

— Peut-être, lui répond son interlocuteur d'une voix éteinte.

— On est bon pour une prochaine excursion sur la Robine ! se plaint déjà Franck poussif.

— Pas si vite ! objecte Grégorio. J'aperçois quelque chose là-bas, coincé sous une barque.

— Envoie ton télescope, nom d'un chien ! glapit Mortier surexcité.

Il saisit les verres, se les colle aux yeux :

— C'est qu'il aurait raison notre auxiliaire narbonnais ! Allez ! on fonce.

23. Occitan : petites daurades.

Les trois hommes ramassent leur sac de marche et se dépêchent vers le lieu du miracle imprévisible. Ils y parviennent à toute allure quitte à s'égratigner les mollets. Ils en ont tellement marre de ces battues dans le vide, de ces randonnées brisant les jambes et enflammant les tendons qu'ils sont prêts à croire au diable et peut-être à ses anges déchus. La barque ballotte le long de la berge broussailleuse. Constantin se baisse à ras de l'eau :

— C'est bien ce que je pensais. Il y a une sorte de sac accroché dessous qui flotte avec la coque.

Mortier n'hésite pas :

— On va se tenir par la main pour attraper la barque et la stabiliser contre le bord. Franck, tu tentes d'agripper ce qui se trouve sous le bétou.

Les deux policiers s'affairent pour assujettir l'embarcation. Ce n'est pas une opération si facile car elle est entravée par l'objet qui la leste. Ils y réussissent après un ultime effort à la force du poignet. Grégorio ne peut s'empêcher de sauter à pieds joints sur le bateau.

— Oh ! Tu déconnes ou quoi ! explose Stan. Tu vas tout faire rater !

— Ne crains rien ! Je tiens la chose, elle est immobilisée, crois-moi. Ça pèse une tonne, couillonas[24] ! Donne-moi un coup de main Franck !

Debusse grimpe sur le bétou qui balance dangereusement. Mortier est mortifié. Les deux hommes unissent leurs efforts pour dégager une sorte de housse, d'énorme

24. De l'occitan : colhonàs, couillon.

sac de polyane, et le déposent sur le plat. Constantin reprend son souffle. Les cuisses et les mollets lui tremblent jusqu'aux os. Décidément, il a besoin d'une cure de vitamines !

— Tu crois que c'est l'avocat qui mijote dans le bouillon ? interroge Franck tout en séchant les mains.

Grégorio ne tergiverse pas, emporté par un élan d'espoir :

— Jadis, on fraudait la douane dans le pays, pour le sel, mais cette fois-ci, je te parie tout ce que tu veux que c'est notre cadavre favori qui est prisonnier de ce paquet cadeau. Il a surnagé. Le problème, c'est qu'il faut attendre les laboratoires avant de déballer la marchandise. Feuillard nous fusillerait si on perçait l'emballage.

Mortier saisit son portable et appelle Neumann :

— C'est bon, adjudant. On a localisé le mort... Nous restons sur place.

Le lieutenant entend des hourras dans le micro.

— On va prévenir Montpellier pour que nos abeilles industrieuses nous rejoignent sur le terrain des opérations, ajoute Debusse. Contacte Labresseau, Stan ! Il va en tomber de son fauteuil directorial.

Son partenaire du SRPJ s'exécute. Il narre brièvement les conditions les ayant amené à ce relatif succès. Puis, il écoute son patron un long moment. Il raccroche et avertit ces compagnons des nouveaux développements en cours :

— Le chef avait donc raison, il faut le féliciter.

— Ce que tu as fait, je suppose ?

— Normal, non ? Il a reçu un rapport des laboratoires relatif aux deux têtes, hôtes du cimetière de Villarzel.

— Ça bouscule l'ordre établi ? fait Franck moyennement intéressé. Ils n'ont pas réussi à leur redonner la parole quand même ?

— Ça y est, on dérape ! Non, bien sûr, elles sont muettes.

— Même pas un indice secondaire. Tu nous fais marcher, n'est-ce pas ?

— Un peu, beaucoup. On a ôté un œil à Descot.

— Plus précisément ?

— Le tueur a sectionné le nerf optique et s'est débarrassé du globe oculaire. C'est tout.

— Il n'aurait pas été croqué par les bestioles du pays ? Il y a des prédateurs dans les pinèdes.

— Le Docteur Feuillard a émis un avis catégorique. C'est la conséquence d'une intervention humaine.

— Dis donc, c'est un éminent chirurgien notre assassin ! Pas n'importe quel découpeur d'abattoir.

Constantin n'a pas ouvert la bouche durant le dialogue. Énucléer est un geste particulier, très particulier. Un fortiche, le gars. Un gars qui semble avoir une tête, lui, bien pleine et bien faite. Dans le domaine restreint du crime sanglant. Le lieutenant narbonnais rassemble ses idées. Pourquoi avoir distrait un œil ? Dans quelle intention ? Avec quelle référence ? Une référence directe avec le mort ? Avec le couple ? Ou l'œil comme symbole ? Lequel ? L'œil du guetteur, du cyclone, de la conscience qui juge Caïn selon Victor Hugo, celui de la science qui cherche la vérité intrinsèque des faits humains et du ciel ?

Il y a tant d'interprétations quant à cet organe ! Il pourrait y passer des heures. Non, cet acte circonscrit a une signification unique, reliée à l'avocat, à sa vie personnelle. Grégorio visionne les lieux qu'ils ont visités au domicile. Ni Descot, ni son épouse n'ont de lien avec l'ophtalmologie. Il est sur le point d'abandonner. Trop d'idées, trop de pistes conduisant inexorablement au néant.

— Quelle puanteur ! s'exclame Debusse soudain délicat, c'est répugnant !

— Je voudrais bien connaître le propriétaire de cette barcasse. Il est un peu négligent. Je voudrais savoir s'il a le droit d'ancrer sur ces canaux publics. Enfin ! Il aurait dû sortir par ce beau temps et voguer sur les flots, s'inquiète Mortier.

— Ah ! Voilà Neumann et son escadron, annonce Constantin sur un ton narquois. Il nous remplacera pour chaperonner le cadavre.

Les gendarmes arrivent en débandade. Ils suent sous leurs uniformes de tissu épais. L'adjudant est couvert de salissures boueuses. Il les montre comme autant de médailles, mais il finit par s'expliquer pour devancer les quolibets :

— Une mauvaise glissade sur ces bords argileux. Il n'y avait pas assez de profondeur pour boire la tasse. En revanche, je vais repasser chez moi pour me changer. J'empeste l'eau saline.

Le premier réflexe des policiers est de se gondoler et pourtant ils n'en font rien. Ce serait mal récompenser les efforts des militaires. C'est si facile, si gratuit, dans la société de se gausser au détriment des forces de l'ordre de toutes sortes, des municipales aux nationales, de toute la famille KFC, qu'ils préfèrent s'abstenir d'en rajouter. Mortier distribue ses consignes :

— Nous regagnons notre base dans les chalets. Ce serait utile qu'un homme attende les labos et surveille la viande froide. Nous prendrons le relais dès le début de l'après-midi. Nous travaillons en coopération, et ma foi, ça a l'air de nous mener au succès.

Cette remarque remonte le moral du groupe. L'échec de Pech-Redon s'efface subitement. Les lieutenants regagnent leur véhicule garé près du port Barberousse. Debusse s'empare du volant.

— Arrêt-buffet aux commerces. On va s'acheter de quoi se faire claquer la sous-ventrière, annonce Mortier. On va se taper une paella pour nous remettre de nos émotions.

Franck approuve :

— Puis dans la foulée, une bonne douche pour nous débarrasser des parasites chopés au bord de l'eau et on s'installe en tenue de baignade sur la terrasse.

Grégorio fait semblant de protester :

— Le SRPJ en slip de bain ? Vous rêvez ou quoi ? Le voisinage va vous dénoncer pour atteinte à la pudeur avec vos corps délabrés !

— Écoutez notre monsieur Univers ! riposte en riant son collègue montpelliérain, et j'oubliais l'indispensable sieste.

— Les parfaits touristes ! Je vous laisse faire des provisions, je reste dans la bagnole.

— Pour te rincer l'œil, vieux pervers !

Les deux inspecteurs affublés de leurs vêtements de battue s'éloignent en rasant les murs. On dirait des ovnis avec leurs pantalons et leurs chemises kaki. Constantin s'émerveille du défilé ininterrompu de vacanciers. Une fresque humaine bariolée, protéiforme. Le beau, le laid, le preste, le boiteux, le jeune, le vieux s'y mêlent, s'y fondent. C'est la bouillabaisse des genres. Ce tableau fluctuant le rassure. Chacun a sa place ici-bas. Ce train de croupes le distrait. L'Eden. Il est vrai qu'il n'attend que ça. Se distraire. Se vider la tête d'images morbides, de senteurs nauséabondes qui imbibent son esprit. Évacuer ce climat délétère de cadavres voguant sur une eau languissante. C'est toujours la même réaction après des découvertes de ce type. Se ressusciter des morts ! Se départir du monde des fossoyeurs, des pompes funèbres.

Ses deux partenaires réapparaissent les bras encombrés de sacs de victuailles. Il les raille avec bonhomie :

— Vous avez chargé la mule ! On ne va pas périr de faim ce midi !

— T'occupe, fait Debusse. Le cerveau a besoin de calories pour bien fonctionner.

— Même les cerveaux de fonctionnaires ?

— Continue comme ça et on te prive de repas !

Ils grimpent les escaliers du chalet à bonne allure car ce serait un sacrilège de laisser refroidir le déjeuner. Grégorio se dévoue pour installer les couverts. Habitude de célibataire endurci. Il ne lui manque que le tablier en façade. Tablier ? Le terme le tarabuste. Ah ! Oui, il se remémore la tenue franc-maçonne dans le bureau de l'avocat. Et Ventini, où en est-il au fait ? A-t-il réussi à percer les arcanes des multiples obédiences pouvant abriter Descot ? Ou bien celui-ci s'était-il fabriqué de toutes pièces un cirque ésotérique histoire d'intriguer une clientèle impressionnable et ses amis ? Ainsi, les benêts, les amateurs de mystères troublants le classaient dans le cercle des initiés, de ceux possédant un pouvoir occulte et occulté. Légendes vite accréditées, moyen ingénieux aussi pour se faire craindre ou apprécier, selon les cas.

De son côté, le commissaire carcassonnais n'est pas un pilier de temple. Il aime la clarté. Constantin, quant à lui, s'est forgé une opinion grâce à d'abondantes lectures sur le sujet.

— Alors, on mange ? s'écrie Mortier d'une voix de stentor qui s'évade jusqu'à la digue. Passons aux choses sérieuses, camarades ! Nous aurons bien le temps de réfléchir au problème des meurtres. Ventre affamé n'a point d'oreilles, disait mon père.

Les hommes s'attablent. Ils mangent avec un appétit d'ogre sans avoir eu le courage de se doucher. Il sera toujours temps de faire trempette. Constantin songe à l'après-repas :

— Je vais faire un tour en bord de mer en début d'après-midi. Ça ne vous dérange pas, je l'espère ?

— Tu vas respirer l'iode pour te stimuler ? ricane Debusse.

— Ou surveiller les mouettes rieuses, surenchérit Stan en pouffant de rire.

Le Narbonnais fait le sourd. Il ne veut pas donner prise à ces blagues de potaches. Bien sûr qu'il va arpenter la plage à la recherche de Rita, et pourquoi pas ? C'est bien plus relaxant que les cortèges funèbres, que les corbillards flottants dans les lagunes ! Ça dépasse de loin la compagnie virile avec ces copains du SRPJ, en bottes crasseuses, en pantalons de chasse sentant le gibier d'eau !

L'ambiance se détend. Le Corbières maritime a des vertus euphorisantes. La tripe est calée. Les guerriers se reposent d'une matinée stressante. Un étranger n'y verrait qu'une activité de routine, semblable au ramassage de champignons, sauf qu'ici les acteurs drainent des zombies tuméfiés, boursouflés, œdémateux. On gomme l'émotion, la sensiblerie à coups de canulars.

Mais les plaisanteries suivent un itinéraire formaté. Elles commencent par fuser, puis elles atteignent leur acmé et finissent par stagner, parce que le Dieu travail est omniprésent, dévorant, et qu'il exècre les temps libres. Les nouveaux crimes poussent les enquêteurs à résoudre les précédents. Les bourgeons à peine éclos réclament les fruits. Comment s'évader en futilités alors que des familles pleurent leurs défunts, que des enfants sont traumatisés à vie ? Un obscur a dit que la justice, celle des hommes, avait besoin de temps pour être juste. Il n'avait jamais été victime, ce brave rédacteur d'adage.

Mortier retrouve son transat au bord de la rupture. Il s'y allonge et s'étire. Les montants craquent en le maudissant. Il a la face rougeaude, congestionnée. Soleil matinal, filtrant au travers d'une imperceptible brume marine, et vin coquin qui séduit les papilles, composent un cocktail détonant qui mord la peau et l'embrase. Il sait qu'il va succomber à une lourde sieste. Ses membres s'ankylosent peu à peu. Les bruits du voisinage s'estompent. Une chape de plomb lui tombe sur l'entendement. Ça y est ! Il est parti pour un voyage secret.

Debusse sirote une ultime bière fraîche. Son défaut ! Le jus de houblon. Des réminiscences nordistes. Un chromosome estampillé Gueuze. Pourquoi se passionner pour cette boisson ? Parvenu à un certain degré de saturation, elle rend mélancolique et Franck se délecte dans ce spleen. La méditation l'envahit et il y trouve un contentement indicible. C'est comme s'il pleuvait à verse ici sur cette station brûlée de soleil. Un brin de vague à l'âme surpasse les vagues du ressac. On peut s'abandonner à la spéculation intellectuelle. On n'est plus distrait par le monde extérieur.

Constantin n'a pas envie de sombrer dans une somnolence perfide. Il en ressortirait abasourdi et inefficace. Il se douche à grande eau, une eau quasi froide qui le nettoie des souillures du matin. Le liquide impétueux éclabousse les cloisons de bois peint. Il se sent revivre et prêt à affronter n'importe quel obstacle. Le parquet est noyé par ces jets intempestifs. « Ce n'est rien. Le bois flotte ! », dit-il en son for intérieur. Il en oublierait presque sa morphologie qui a tendance à se déformer. S'il veut plaire, il va falloir se redresser et rentrer le ventre.

Comme un ado.

Il se frictionne comme s'il était atteint d'urticaire farouche, puis enfile un short de plage. Il a fait suivre ce minimum vestimentaire de son domicile. Il a jeté à la poubelle le précédent qui avait attiré les foudres de Rita. Quand on drague, on ne doit pas regarder à la dépense ! Il quitte le chalet sur la pointe des pieds. Mortier émet un ronflement discret, bourdonnement entre l'échappement de mobylette et le areu areu des bambins. Debusse consulte ses mails.

Il rejoint l'allée des Pluviers vers le poste numéro 2. Il fait chaud à cette heure et les estivants se comptent encore sur les doigts. Il marche sur la digue avec des tongs qui lui échappent, puis il les quitte à l'abord de la plage blonde de sable. Le contact est rude sur ce sol surchauffé. Il se dirige prestement vers le bord de mer. La température annoncée est de 20° pour la baignade, mais il n'y songe pas. Avec une solide paella au repos dans le ventre, il aurait le malaise du sous-marin, il coulerait net au son des castagnettes !

Non, il préfère longer la côte, traîner les chevilles dans le roulis des vaguelettes pour éplucher les plagistes adorateurs de Phébus. Rita sera-t-elle parmi eux ? Il table sur sa présence car imiter les échassiers en bermuda n'a rien d'excitant. Il déambule jusqu'à la jetée vers la zone des moules. En vain. La sirène ne se dore pas de ce côté-là. Il n'y a que des solitaires qui se craquèlent la peau en bons masochistes. Alors il décide de se lancer vers le poste numéro un. Un excellent exercice pour digérer un repas récalcitrant. La marche dans l'eau est remplacée par une marche sur le sable mouillé. C'est moins fatigant.

Il a beau tourner la tête comme une girouette aux prises avec une brise déchaînée, il ne l'aperçoit pas. Serait-elle chez elle à Narbonne ? Ou en train de se restaurer avec Pujol aux environs des Menhirs, pendant que lui, pauvre épouvantail, userait sa plante de pied en faisant un marathon inutile ? Il est sur le point de couper court à cette recherche dérisoire. Il n'a pas la mentalité du cacou[25]. Il est livré à trop de fantasmes, à trop d'inhibitions. Qu'est-ce qu'elle en a à faire d'un inspecteur à l'affût ? D'un freluquet en célibat ? D'un policier voulant se payer une tranche de bon temps entre deux cadavres livrés en portions ? Taillée comme elle est, subtile comme elle est, Rita se moque d'un trentenaire sur le déclin qui barbote en short comme dans les films des Frères Lumière.

Il fait demi-tour et gagne le poste des maîtres-nageurs, ce poste peint à la façon des marinières de Jean-Paul Gaultier ou d'Arnaud Montebourg. Il déploie la serviette qu'il avait posée sur les épaules et s'allonge sur le sol, puis s'accoude pour continuer son travail de guetteur. Hélas ! Les plagistes quittent peu à peu l'endroit. Le soleil est à la verticale et assomme les plus résistants. Constantin ne pourra pas demeurer ainsi sans risquer une insolation. Le hasard le dessert aujourd'hui. Il se dit qu'il ferait mieux de concentrer son attention sur l'enquête au lieu de se fourvoyer dans des aventures sans lendemain. Il est arrivé

25. Occitan : frimeur.

comme un cheveu sur la soupe dans l'existence de Rita et voudrait déjà qu'elle lui consacre tout son temps.

Les crimes ? Ils l'obsèdent toujours, même lorsqu'il se balade ici. Rita n'est qu'un dérivatif. Il se le répète pour mieux s'en persuader. Le devoir professionnel avant le devoir passionnel. Une question le turlupine : pourquoi avoir déposé les cadavres à deux endroits différents ? Il était tellement plus simple de les débarquer dans la Clape. Il part de l'idée, et le Docteur Feuillard en a donné confirmation dans son long rapport, que les victimes ont été tuées dans la même journée, à quelques heures de distance. Cinq à six heures. Guère plus. Il va de soi que les corps ont été dissimulés en pleine nuit dans un rayon de cinq cents mètres maximum. L'un au nord et le second au sud, dans le même axe. Enfin, manœuvre étrange : l'un a été caché sur terre et l'autre a été immergé.

Grégorio a l'esprit compliqué, celui d'un analyste. Pour lui, la logique est partout, fut-elle teintée de schizophrénie. Il y a du symbolisme dans les actes du criminel. Il n'y a jamais d'acte gratuit dans ces débordements. Par contre, il est extrêmement complexe d'en découvrir la grille de lecture. Et là, en ces circonstances, le lieutenant présage un canevas rationnel entre ces épisodes morbides. La base de ses déductions reste ce couple réuni dans la mort, mais qui devait l'être aussi dans la vie. Un couple dissocié par l'assassin qui a voulu sciemment les séparer, les disjoindre. Comme la terre qu'on oppose à l'eau, ces deux éléments qui se confondent à Gruissan et les terres alentour. Terre et mer confondues, comme l'estran.

Il en est là, engourdi, en butte à des ruminations loufoques ou structurées selon le moment. Les hypothèses les plus farfelues trottinent ou galopent dans sa tête. Il apprécie ces instants où l'imagination se débride, où elle n'a aucun compte à rendre à une autorité, où la liberté de pensée échappe à tout contrôle et où elle s'exerce pleinement. Une ombre vient lui occulter la vue sur la mer, une mer qui sort de son assoupissement et qui se met à se frotter contre les limites du lido en scandant des halètements.

Il fait une moue de réprobation tout en étant aveuglé par la réverbération de la lumière sur la surface de l'eau. Il ajuste ses lunettes et aperçoit Rita qui le surplombe. Il se lève d'un bond comme électrocuté. Elle en sourit. Elle n'est pas en tenue de bain. Une robe de voile arachnéen entoure son corps. Ni sac, ni serviette. Il s'empresse de l'interroger :

— Je viens juste d'arriver. Vous n'allez pas plonger ?

— Je vous ai observé depuis une petite demi-heure depuis ma terrasse.

L'inspecteur est confus. Ainsi il était espionné ! Elle l'espionnait. Et lui qui raconte franco qu'il arrivait. Quel bêta ! Il s'enfonce « grave », dirait un rappeur. Il essaie de se rattraper :

— Vous m'avez laissé me cuire sous cette température, c'est odieux !

— La bonne cuisine se mitonne, mon cher.

— Vous me comparez à un plat ! Charmant.

— Vous ne vouliez pas que je traverse la plage avec un sémaphore ?

— Pourquoi pas ? Je mérite bien un tel scandale.

— Oh là ! Nous avons déjeuné ensemble, c'est vrai, mais de là à faire plus ample connaissance, c'est autre chose…

— Vous cuisinez et bien dégustez maintenant, dit-il avec une emphase cocasse.

Elle ne peut se retenir de rire. C'est qu'il s'immisce peu à peu dans sa vie, le petit enquêteur. Il est sur son chemin, il la suit, il la renifle en bon chien de chasse qu'il est. Elle ne veut pas lui céder trop rapidement. Il n'est pas un pion à consommer comme une bonne bouteille. En dépit de ses apparences anodines, il suscite le sentiment, le désir. C'est ce qu'elle redoute le plus : l'impétuosité du cœur chez lui mais aussi chez elle, parce qu'elle aussi vibre au quart de tour. Elle joue le rôle de la prude, de la femme convenable, rangée, de l'épouse négligée mais digne, alors qu'elle est capable de piétiner la morale pour le moindre flirt appuyé.

Avec Constantin, elle se freine. Pourtant, elle a toute latitude pour se laisser aller. Pujol court les minettes en chaleur et en attente de gloriole médiatisée. Les nymphettes qui se prennent pour de futures stars se bousculent à la porte de ceux qu'elles croient des impresarios. Il en profite. C'est de bonne guerre. Elle a longtemps espéré que c'était une passade, qu'un dérangement hormonal temporaire. Elle a compris que c'est un mal chronique. Et pourtant, face au policier, elle hésite, elle tergiverse. L'âge trouble de l'amitié homme-femme est une illusion d'adultes. Elle l'apostrophe :

— Vous n'allez pas rester seul comme Robinson Crusoé sur cette plage ?

— Que proposez-vous à votre naufragé ?

— Un coin de parasol.

— Contre un coin de paradis ? Vous me désolez vraiment.

— Vous attendiez mieux en récompense de votre ténacité ? Une visite dans mon chalet, peut-être ?

— Je suis de service, feint-il d'objecter. Ça m'est impossible. Imaginez les accidents possibles.

— Une chute malencontreuse d'un canapé ? Je compatis, alors ce sera pour ce soir.

— À condition d'avoir la voie libre et l'adresse exacte !

— Vous tremblez ! L'amant en compagnie d'une femme mariée ! Ne craignez rien. Je ne vous convie qu'à passer un bon moment ensemble. Un apéritif dînatoire, pour parler comme un menu de restaurant.

— J'en ai l'eau à la bouche.

Il ramasse ses affaires de bain. Elle lui glisse, perfide :

— Et bravo pour le short ! Vous parvenez aux années 60. Un sacré progrès.

— Encore une semaine et je serai d'actualité.

— Au fait, mon mari a évoqué votre descente en nombre à son agence.

— Il est traumatisé le pauvre ?

— Il a été traité comme un malfaiteur, avouez-le.

— Il en a l'air, avouez-le. Un commerçant honnête ne fricoterait pas avec des margoulins belges.

— Il faut bien gagner sa vie. Si vous croyez que je passe le pedigree de mes clients aux rayons X, vous vous trompez lourdement. C'est une loi du commerce : faire de l'argent et si on n'accepte pas cette loi, on va bosser dans le secteur non marchand.

— Quelle fougue ! Vous le défendez bien.

— Trop bien à votre gré, n'est-ce pas ! Ne vous fiez pas à mon attitude. Je défends la profession, lui c'est autre chose.

— Vous avez l'air d'y tenir encore beaucoup.

— Est-ce anormal ? Vous n'avez plus votre Catherine quelque part au fond de votre cœur ? Il reste un vécu.

Un rire désabusé jaillit.

— Que vous arrive-t-il ? lui demande le policier.

— Vécu, c'est le mot des sociologues de magazines. Un cliché.

— Dites-moi. Il ne vous a rien confié d'autre sur notre interrogatoire ? Ne nous a-t-il rien caché ?

— Et le secret professionnel ? ironise-t-elle. Au contraire, il s'est remué les méninges à propos d'un nommé Martini. Il lui semble qu'un type s'est présenté il y a quelques jours chez lui avec un patronyme qui sonnait ainsi.

— Il en est certain ?

— Non, c'est flou et puis c'est un nom connu, agréable à entendre. Ça peut engendrer une confusion, cela changerait quoi ?

— La compagnie belge aurait un correspondant sans scrupules nommé ainsi.

— Un trancheur de têtes ?

— Ce n'est pas à rejeter.

— Un tueur à gages traversant la France entière pour éliminer une journaliste trop curieuse ? Ça me paraît indigne d'un polar de série B.

— Vous êtes kiné ou inspectrice en herbe ? se risque-t-il. On pourrait presque vous intégrer dans notre brigade.

— Je me contente de raisonner avec le bon sens.

— Le problème, c'est que les criminels sont insensés.

— Vous voulez vous réserver l'enquête, je ne me trompe pas ? Ah ! Ces machos, ils sont incorrigibles.

Il passe à un autre sujet plus intime :

— Dites-moi, chère collègue, vous avez affronté la canicule pour venir me rencontrer, c'est plus que sympathique. Je vous attire tant que ça ?

— N'exagérez pas, Constantin.

— Vous continuez à nager entre deux eaux ? L'engagement vous fait peur ?

— Tomber dans un piège me fait peur, un piège dont il me serait difficile de sortir saine et sauve. J'ai déjà donné à titre bénévole et j'ai été payée d'ingratitude. Je ne tiens pas à recommencer la même galère.

— Vous ne faites plus confiance à personne, si je saisis bien. Pourtant, nous ne sommes pas tous faits du même bois.

— Soyez patient. Nous aurons encore l'occasion d'en discuter.

— Ce soir, par exemple ?

— Bien sûr.

— Je dois me pointer vers quelle heure ?

— Vers vingt heures environ. Il n'y a pas le feu au chalet !

Autour d'eux, on commence à s'agiter. Des amateurs de paddle arrivent avec leur attirail pour surfer dans les trois cents mètres. Des seniors embarrassés de chaises pliantes, de dauphins gonflables, approchent avec une ribambelle de mioches qui s'égayent en piaillant.

Il la raccompagne jusqu'à la digue. Ils sont très proches l'un de l'autre. Leurs peaux se touchent presque. Le moindre faux pas, et c'est l'embrassade tant espérée par Constantin, si redoutée par Rita. Elle se livre à un combat intérieur des plus rudes, des plus âpres. Bien sûr qu'elle a une envie quasi indomptable de se laisser aller, de s'épancher dans les bras d'un homme, d'un nouvel homme, seulement l'idée d'un nouvel échec la taraude, la persécute. Ça paraît facile de s'éprendre de quelqu'un, de s'adonner aux plaisirs d'Éros, et puis de s'en retourner comme si rien n'avait été commis. Elle n'en est plus à ce stade-là. Lui non plus d'ailleurs. Il s'est frotté à la souffrance, rien ne sera plus comme avant.

Ils atteignent la première rangée de chalets. À les observer, un inconnu les classerait en couple. Pourtant, ce n'est qu'une alliance de façade, de circonstance, car ils se séparent sans un geste tendre. On dirait qu'ils veulent s'économiser pour la soirée. Il poursuit son chemin jusqu'à la base du SRPJ. Mortier est frais comme un gardon. La paella est déjà oubliée. Debusse recopie des informations parvenues par mail. Il apostrophe le jeune lieutenant :

— Tu as bien asticoté le témoin ?

— Ne t'en fais pas, Franck, je l'ai éreinté. Un véritable corps à corps.

— On va pouvoir attaquer alors, surtout qu'il y a du neuf.

— Des pacotilles ou du consistant ? s'enquiert Grégorio alléché par l'annonce.

— Tout d'abord Ventini nous confirme l'appartenance de maître Descot à une loge maçonnique de Carcassonne.

— Laquelle ?

— Il n'a pas développé. Quelle importance ?

— Un faux frère peut très bien l'avoir fait passer de vie à trépas, vers l'Orient éternel.

— Tu crois qu'il existe encore des persécuteurs ?

— Il y en a bien eu durant la dernière guerre !

— Nous sommes en 2016 !

— Des De Boistel, des Marquès-Rivière peuvent encore sévir !

— C'est qui ces gars ?

— Des propagandistes sous Pétain.

— Bon ! Arrête ton sabir, tu me fais perdre la boule !

— Il avait quel âge ? continue Constantin.

— Je n'en sais rien. Traduction de l'érudit de service.

— Je te charrie. Je te parle de l'âge en maçonnerie.

— Explicite, Pic de la Mirandole.

— C'est 3, 5 ou 7 ans selon que l'on est apprenti, compagnon ou maître.

— Il était dans cette loge depuis dix ans. Il devait être au bas mot compagnon.

— C'est plausible.

— Je continue. Il existe bien un employé du nom de Martini à la Belgium Company.

— Quelle sorte d'employé ? À tout faire ?

— Au recrutement. Selon Interpol, il est dans l'organigramme officiel, mais il aurait d'autres fonctions non officielles.

— C'est-à-dire ?

— Tu me presses comme un témoin au commissariat. Cool ! C'est ta petite amie qui te stresse comme ça ? Je poursuis à mon rythme. Donc, ce Martini serait affecté au service d'ordre, à la protection lors de déplacements des dirigeants, bref, aux missions parallèles.

— J'espère que la Direction va nous envoyer de la doc photographique de ce drôle de citoyen. On la fera circuler dans Gruissan. Pujol, notre marchand de biens, le reconnaîtra peut-être !

— Tu lui en veux, on dirait ! Reste neutre, s'il te plaît, observe Franck à moitié sérieux.

— Et sur ces dirigeants, des renseignements sur leur nationalité, sur leur mode de vie ? relance l'inspecteur narbonnais piqué au vif.

— Ces informations complémentaires devraient nous parvenir dans les jours qui viennent.

— Lorsque les Belges auront l'électricité ! Ce n'est pas pour demain !

— Ne sois pas négatif. Ils n'ont pas affaire à des minus de la délinquance, mais à des cadors. Cette société draine des fonds privés de nombreuses provenances. C'est la toile d'araignée avec des succursales-écrans installées dans des pays hors d'Europe où le fisc local est complaisant avec les porteurs de capitaux.

— Du blanchiment éventuel ? intervient Stan qui subodore la grosse affaire.

— D'après Paris, dans cette compagnie aux ramifications multiples, le trafic d'armes est quasiment une activité déclarée, cependant elle s'exercerait dans le cadre des lois internationales en vigueur.

— Argent de la drogue, de la prostitution ?

— Comment distinguer les fonds placés à des milliers de kilomètres ? On sait une chose banale : ces investisseurs éprouvent du mal à recycler l'argent sale. Cette difficulté expliquerait cette propension à acquérir du foncier n'importe où, n'importe comment. D'ailleurs, ils n'opèrent pas qu'en France. Leur réseau ratisse large et leurs agents pratiquent le dessous de table à grande échelle.

— Ce n'est plus une table chez ces gars-là, c'est un podium ! se moque Constantin nullement comblé par ces quelques nouvelles.

Le constat est désarmant : d'un côté, une énigme à connotation ésotérique, de l'autre, une intrigue à dimension mafieuse, et si elles se superposaient ?

Mortier reprend la parole :

— Enfin, le docteur Feuillard et son équipe viennent d'arriver au bord du canal. Il faudrait les y rejoindre.

— Ce qui signifie que tu nous passes le bébé.

— Tout juste. Il n'y a pas de scoop à en attendre, seulement ça fait partie de la routine.

Debusse quitte son fauteuil d'osier. Constantin cale son chapeau de paille sur la nuque. Ils descendent de la terrasse. La voiture est garée en plein soleil. Étuve en perspective.

Le duo se met en route vers le village toutes vitres ouvertes. La clim' s'éreinte pour rien. Rien ne vaut les gifles bruyantes du vent pour vous rafraîchir et vous sortir de l'hébétude. La route qui longe le chenal commence à être saturée. Les citadins fuient la touffeur des villes et se réfugient au bord de l'eau. Les policiers aperçoivent de loin les véhicules des labos. Les voitures des gendarmes ont disparu. Les occupants devaient en avoir plein les bottes sous la cagnasse[26]. Cassou vient à leur rencontre, la mine débonnaire, malgré sa tenue d'astronaute :

— Vous nous avez pêché un drôle de colis !

Debusse connaît bien le technicien. Ils se rencontrent fréquemment sur des scènes de crime. Il s'enquiert auprès de lui des premières analyses :

— Je suppose qu'il est devenu impossible de détecter l'ADN de notre charcutier maison ?

— Le corps a stationné trop longtemps dans cette eau à moitié saumurée. La dépouille a beaucoup souffert de ce bain prolongé. Elle est flasque et difforme. Quand je songe qu'il s'agit d'un maître du barreau qui évoluait fringant dans sa robe. Quelle descente aux enfers !

— Et quelle cure thermale ! Heureusement, le sac l'a épargné des prédateurs carnivores.

26. De l'occitan : cagnàs : grosse chaleur.

— En effet, il était solidement noué. Je ne vous dis pas l'infection à l'ouverture, un nuage de chair putréfiée.

— Des vêtements ?

— Rien que des sous-vêtements de coton inexploitables à mon avis.

— Pas de mutilation, d'émasculation ?

— Non. Le corps, enfin ce qu'il en reste, n'a pas subi d'autres atteintes apparentes.

— Vous allez pouvoir le reconstituer comme pour celui de Clotilde Forestier.

— Oui. Ça ressemble un peu aux restaurateurs de poupées qui recollent morceau par morceau.

Constantin se tait, il observe et réfléchit. Il se cherche un coin d'ombre, car ses yeux picotent à fixer le canal en mouvement permanent. Sa rétine est fragile, il est bon pour le collyre. Ses pensées virevoltent comme des papillons apeurés. Par exemple, la journaliste appartenait-elle aussi à la franc-maçonnerie ? Certes, les femmes n'y sont pas accueillies en grand nombre, mais la réponse demeure intéressante.

Le Docteur Feuillard vient à leur rencontre. Elle a quitté ses habits de protection et caracole en jeans et tee-shirt cintré. Un vrai coup de théâtre, ce changement subit de tenue pour elle si stricte d'ordinaire. Son état de femme enceinte justifie cette nouveauté et, au fond, désormais, elle n'a plus qu'une hâte : boucler l'affaire au plus vite et regagner les bâtiments climatisés de son cher Institut. N'empêche qu'elle leur sourit, d'un sourire exquis, ce qui double sa peine. Franck tente d'en savoir plus avant l'autopsie de Montpellier :

— L'aspect extérieur du corps est-il comparable à celui de la première victime ? Aucune trace de lutte, d'amputation, nous a indiqué Cassou votre assistant.

— Il y a à première vue une grande similitude entre les deux, c'est vrai. Un protocole de chirurgie identique.

— Je m'étonne de sa dextérité. Il faut un matériel de spécialiste pour arriver à un résultat de cette qualité. Il faut de l'expérience, du doigté, une précision du geste opératoire. Vous me direz, il n'a pas opéré pour soigner !

— Non, répond-elle un peu embarrassée. Il aurait des doigts d'or, selon vous, vous vous emballez un peu vite. Les berges des blessures sont grossièrement taillées. L'instrument utilisé pour de la boucherie ne sert pas pour la microchirurgie ! Ici, on donne dans l'osso buco !

— Il ne l'a pas fait avec une scie à bois quand même ! Un profane comme moi ne voit pas la différence.

— Il y en a énormément pour un connaisseur, croyez-moi. Il serait ardu de suturer ces plaies, c'est du rustique, du moyenâgeux.

— Il aurait procédé à ces décapitations sur un billot, sur un établi d'atelier ?

— Il l'a fait sur une surface aseptisée, de métal sans doute ou de marbre. Nous ne détectons aucune particule de poussière, de sciure, de copeau, de limaille.

— Voilà qui ne nous arrange pas ! en conclut Franck dépité. J'ai survolé votre rapport sur madame Forestier, une chose m'a peut-être échappé.

— Allez-y, je suis là pour vous éclairer.

— Avait-elle eu des rapports sexuels peu avant son assassinat ?

— Vous voulez savoir si on l'a violentée ?

— Pas nécessairement.

— Le corps avait été largement grignoté dans ses parties les plus tendres et la décomposition avait altéré le tout. Nous n'avons pas pu approfondir. L'autopsie n'a rien révélé d'anormal de ce côté-là, compte tenu des réserves que je viens de vous relater. Vous pensez bien que nous avons de suite vérifié. Le crime sexuel est tellement répandu. Sinon, rien d'autre lieutenant ? Nous aurons l'occasion de nous interroger de façon identique pour Maître Descot. Après tout, les mœurs ont évolué.

Franck fait la grimace. Le bon vieux fond d'impertinence revient chez son interlocutrice. Il calme le débat :

— Nous ne saisissons pas à qui nous avons affaire. Un pèlerin qui éparpille ses victimes à une telle distance, qui regroupe les têtes et dissémine les corps, ce n'est pas chose courante ! Il ne rentre pas dans nos standards, alors nous ne savons pas par quel bout harponner la bête.

La remarque ne la désarçonne pas, elle poursuit d'un ton monocorde :

— Ce triste sire applique un plan d'action précis qui lui sert de moyen de communication.

— Ah bon ! et lequel, s'il vous plaît ? Vous allez nous y aider ?

— À vous de le déchiffrer, c'est de votre ressort exclusif. À mon avis, simple praticien, ces exécutions constituent un message adressé à quelqu'un ou à quelques-uns.

— Ou à la postérité !

— C'est possible. Elles sont une réponse inintelligible pour le commun des mortels, mais compréhensible pour d'autres.

— Le décrypter n'est pas une chose facile à l'heure actuelle.

— Je m'orienterais vers une vengeance, mâchonne-t-elle moins péremptoire.

— Donc vers le passé des infortunées victimes, intervient Grégorio soudain ressuscité des limbes où il flottait. Car qui dit vengeance, suppose rétablissement d'une situation apparue comme injuste.

— Exact, sinon le crime est un accès incontrôlé de violence, une crise, un acte de démence gratuite. Le vengeur a un but, il veut rectifier une injustice ou ce qu'il considère comme tel.

Constantin décolle. Le raisonnement abstrait du toubib le stimule. C'est la voie à suivre. L'assassin reproche quelque chose à ses victimes. Selon lui, elles lui ont causé un redoutable et ineffaçable préjudice moral, voire sentimental, peut-être même financier. Il règle les comptes à sa façon. Seulement, la police ne dispose pas d'éléments suffisants sur les passés de la journaliste et de l'avocat. Il y a encore trop de zones obscures, inexplorées. Pas de photos, de vidéos, rien de tangible qui relierait les destins. La PJ parisienne a bien tenté d'interroger la parenté de Clotilde Forestier lors de son enterrement, sans succès. On patine faute de témoignages probants, indiscutables, et même si ces deux êtres se sont connus, cela ne leur livrera pas automatiquement le coupable, pieds et poings liés.

Le médecin jubile dans son coin. Elle a jeté un pavé dans la mare et en rajoute une couche :

— Vous savez, il ne faut pas être savant en la matière. Nous sommes en présence d'un couple, un homme et une femme, la conclusion coule de source. Ils ont eu des rapports intimes, et cela a motivé leur assassin, par jalousie ou autre déviance.

— Vous sautez les obstacles à vive allure, Docteur, s'insurge Debusse toujours aussi sceptique. Nous avons fouillé la vie de Descot et il n'y a aucune aspérité visible. Le chef de famille modèle, le professionnel honorable.

— Vous parlez d'aujourd'hui mais hier, qu'en était-il ? Il était peut-être volage, étroit d'esprit, avaricieux, que sais-je ?

— Je ne crois pas à la transformation des individus à ce point. Il ne doit pas avoir changé du tout au tout. Un vaurien fait rarement un saint, sauf dans les Évangiles.

Constantin fait siennes ces réflexions à l'emporte-pièce. Les hypothèses du médecin l'interpellent. Comment savoir si ces deux morts ont connu de meilleurs moments ensemble ? Et quand ? Clotilde vient de Paris. Elle y est née, y a vécu. Descot est Audois depuis des générations. Où serait le point commun ? Non, rien ne sert de se précipiter. Le tandem de la Belgium Company et de ce fantôme très présent de Martini tient encore la route.

Franck, un peu froissé par cette avalanche de truismes,

convie le toubib à lui faire profiter d'autres remarques. Devant les hésitations de son interlocutrice, il met fin au dialogue et enjoint son collègue à quitter les lieux. Cassou prévient Feuillard que les frigos sont chargés. La caravane peut démarrer.

Chapitre 8

Les deux policiers se replient sur leur chalet d'attache. Il est presque seize heures. Leur voiture marche au pas jusqu'à la plage. Constantin a envie de se rendre à Narbonne. Pour changer d'air. Il fait part de son intention à Franck qui lui répond:

— Tu salueras Da Silva de notre part.

— Je n'y manquerai pas.

— Dès mon arrivée, je me plonge dans mon rapport.

Son compagnon va coucher par écrit toutes les phases de l'enquête, leur lente évolution. Il téléphonera à Labresseau pour savoir s'il y a du nouveau du côté de la Belgique. Grégorio a une idée en tête :

— Vous rentrez à Montpellier ce soir ?

— Nous n'en avons pas l'intention. Pourquoi cette question, tu nous invites ?

— Oui, à une compétition de pétanque !

— En amicale ?

— Non avec mise sur le tapis ! plaisante son collègue.

— Nous ne sommes pas outillés, hélas ! déplore Franck.

— J'ai de quoi vous armer chez moi. Je reviendrai avec du matos.

— On compte sur toi, mais tu m'as parlé d'un rendez-vous d'affaires ?

— À la nuit tombante.

— Comme les loups-garous.

— Tout juste.

L'inspecteur narbonnais est venu avec son Alfa Romeo rouge écarlate. Elle n'est pas toute jeune, il est loin le rodage de soupapes. Peu importe, elle répond au quart de tour, non sans avoir de temps à autre quelques caprices au démarrage. Il en est exempt aujourd'hui et il se sauve littéralement du quartier. Les retours de plage s'amorcent déjà. Les plus anxieux et les plus prudents ont raccourci leur baignade pour éviter les embouteillages qui vous gâchent une partie de la soirée.

Il file à une allure moyenne, repasse devant le théâtre des crimes. Un itinéraire pour guide touristique macabre. L'Alfa fonce vers Bonne Source. Encore quelques centaines de mètres et le voilà arrivé aux abords de l'Hôtel de police.

On lui a dédié un nouveau bureau depuis que les services ont récupéré une annexe. Certes, pas un trois-pièces avec cuisine, non, un bureau correct avec des stores en état de marche. Un progrès fulgurant. Le mobilier n'a pas suivi mais, après tout, ce n'est pas le dernier salon où l'on cause. Il s'assoit ou plutôt il s'affaisse. Il est en nage et se sent subitement épuisé. Les pérégrinations dans les roseaux, les bavardages sous la canicule ont raison de son énergie.

Da Silva fait irruption dans son repaire :

— Bonjour à notre jeune premier ! Alors cette enquête ? J'ai appris que vous aviez fait main basse sur le corps de l'avocat. Ce criminel a un de ces esprits diaboliques ! Les labos travaillent pour déterminer s'il n'a pas liquidé ses victimes à la file indienne. Il transporte les corps comme une agence mortuaire, enfin, il ne les a pas cramés, c'est déjà ça. Un phénomène exceptionnel pour la région ! Vous avez de la chance d'y être attelé avec le SRPJ. Ah ! Si je n'étais pas occupé avec ces dealers de cités, ces marmots qui vendent de la drogue comme des smarties ! Que voulez-vous que j'en fasse de ces gamins ? Ce n'est pas une pouponnière ici ! Quant aux services sociaux, ils sont tellement embouteillés que nos petits délinquants seront majeurs lorsqu'on examinera leur cas et celui de leur famille. Suivez-moi, j'ai reçu quelque chose pour vous.

— De quoi s'agit-il, commissaire ?

— Des portraits pas très catholiques.

— Je vous rejoins dans la minute.

Son supérieur sort de la pièce. Constantin jette un regard panoramique sur son courrier du jour. Il passe un rapide coup de fil à Ventini mais ce dernier est aux abonnés absents. Il gagne le bureau du patron. Un bureau d'état-major ! Des monceaux de paperasserie émanant du Ministère, des guides d'action, des enquêtes… à compléter pour satisfaire des statisticiens n'ayant jamais foulé le terrain de la criminalité, si ce n'est dans les actualités du JT. Da Silva brandit une liasse de documents :

— Voilà du grain à moudre, ce sont les clichés de Martini, ce truand invisible. Rien à voir a priori avec la célèbre boisson.

— Non, rien en effet, ça serait plutôt un vendeur de pilules au curare.

— Il figure parmi les suspects ?

— Son nom a été évoqué par madame Forestier. Il représente une cible, rien de plus.

Le commissaire visionne les photos :

— Il n'a pas l'air d'un mauvais bougre.

— Judas avait une bonne bouille aussi selon ses contemporains.

Le lieutenant parcourt les images en noir et blanc. Leur netteté est médiocre. Il corrige l'impression première de bonhomie du gangster :

— Il n'a pas la coupe d'un enfant de chœur ou alors de celui qui vous apporte les derniers sacrements ! Ce type ne me plaît guère. C'est de la graine de prison.

— Allons ! Lisez le rapport qui accompagne.

Grégorio s'exécute et prend connaissance du curriculum vitae du personnage : Martini Carlo, né à Capoue en Italie en 1970. Immigration en Belgique, à Liège, puis à Bruxelles en 1992. Tour à tour barman, videur de boîte de nuit, gardien de domaine privé, tenancier de bar louche. Il entre dans la Belgium Company en 2008 au service de sécurité du siège bruxellois. Compatriote de Renato Baldi mafieux notoire assassiné en 2010 à Bastogne. Ami des frères Donatello, les rois du pizzo[27].

— Du beau monde pour un casier judiciaire chargé, balbutie-t-il. Il n'a jamais été condamné cet oiseau-là ?

— Je ne vois rien dans la doc. Il est sans doute passé au travers. Le filet judiciaire est percé pour les poissons-pilotes de requins.

— Ou ce sont des lampistes qui ont payé à sa place. J'emporte cet album de famille à Gruissan. Il va nous permettre de faire des recoupements, peut-être même de provoquer un miracle ! Je vous laisse, commissaire.

— D'accord, mais clôturez vite vos investigations. Vous m'avez l'air d'avoir repris du poil de la bête. Le coup de pompe n'est plus qu'un souvenir ! Vous manquez dans mes effectifs. Je vous ai détaché là-bas, car vous connaissez la mentalité du pays et sa géographie. Seulement, il ne faut pas que ça tarde trop. On va finir par jaser en parlant de privilégié. Le flic est susceptible, vous le savez, non ?

— Je ferai mon possible.

— Faites l'impossible, mon cher. Que l'on puisse vous affecter aux destructions de pots de fleurs communaux ou aux empoisonnements de chats, plaisante Da Silva de bonne composition la veille de partir lui aussi en congés annuels.

Le lieutenant apprécie cette boutade, preuve que la promiscuité avec le crime, avec les turbulences de la société du malheur n'altère pas le sens de la dérision. Il

27. Racket exercé par les mafias en échange d'une protection.

déambule dans le dédale de couloirs étriqués pour regagner son bureau. Il est sur le point d'y parvenir lorsqu'il se heurte dans un corridor au mari de Rita, ce mari qu'il considère malgré lui comme un rival. Le marchand de biens ne traduit aucune surprise. Quoi de plus normal que de rencontrer un policier dans un hôtel de police ? Grégorio enclenche immédiatement :

— Vous veniez compléter votre témoignage, monsieur Pujol ?

L'autre sourit à contrecœur ce qui fait trembloter ses bajoues.

— Non, ne vous méprenez pas. Je suis là pour protester contre une contravention pour excès de vitesse.

— Il n'y a pas de recours ici. Vous transiterez par le tribunal de police si vous estimez injuste cette verbalisation. En fait, vous veniez vous faire les dents.

— Parfaitement, vider ma bile. La police de proximité sert aussi à cela, vous ne croyez pas ?

L'inspecteur refuse d'entamer une polémique sur l'utilité de la police comme édredon social. Elle a, à son avis, d'autres chats, voire d'autres tigres à fouetter pour ne pas s'enliser dans le bourbier des contraventions routières. Il se contente de répondre :

— Suivez-moi, j'ai quelque chose à vous soumettre.

Ils pénètrent dans son bureau. Le policier étale avec un soin particulier les clichés sur sa table de travail :

— Est-ce que vous avez déjà vu cet individu ?

Son interlocuteur se penche sur les photos, se concentre et donne son verdict :

— Négatif. Je suis assez physionomiste et je peux vous affirmer que je n'ai jamais croisé cet homme. Je subodore que c'est votre Martini, n'est-ce pas ?

Constantin acquiesce impavide. Il ne s'estime pas battu :

— Pourtant, j'ai appris que vous n'étiez pas toujours aussi catégorique sur le cas de ce Martini.

L'agent immobilier en a la gorge obstruée. Il rame et il a beau esquisser un sourire tendancieux mettant en lumière ses prothèses couleur corail, il n'en reste pas moins hébété. Il se ressaisit palier par palier :

— Vous faites allusion à des conversations privées sans doute ? C'est vrai qu'avec un policier, il n'y a rien de privé.

— Exactement. Il n'y a rien de privé lorsque la vie de concitoyens est en jeu, lorsqu'on débite des êtres humains comme du bétail.

— Pourquoi ? Vous escomptez de nouveaux crimes de la part du même auteur ?

— Ce n'est pas à repousser.

— Rita est aux premières loges pour vous renseigner sur mon compte ! Elle est devenue une de vos amies, d'après ce qu'elle m'a dit.

La remarque cinglante frappe le policier de plein fouet. Le cheveu sur la soupe, ici, dans ces locaux. Il devinait obscurément qu'un jour ou l'autre, il aurait à faire face à une telle allusion, à un tel sous-entendu mesquin, mais qui en aurait l'audace ? Pujol n'est pas un timide et il a répondu à la question en suspens. Il aurait même par certains côtés une propension au complexe de supériorité. Oui, à s'imaginer un ténor devant un sous-fifre. Dixit Rita. Il a tellement affaire à des demandeurs, à des quémandeurs prêts à lâcher du lest pour se débarrasser d'un immeuble. Ces situations ont fini par lui déteindre dessus, par déformer sa psychologie. Le marchand de biens cherche à réaliser un bénéfice optimal tout en minimisant les risques. C'est la loi du commerce. Il s'évertue à acquérir au plus bas et parfois spécule sur la détresse ou la hâte d'en finir des vendeurs. Dans le bureau, il est en équilibre entre le nécessaire respect pour l'institution policière et l'arrogance du professionnel. Il y réalise un numéro parfait de funambulisme.

Constantin n'est pas du genre à trembler devant les fanfarons de l'esbroufe. Il lui claquerait bien le beignet, mais il a un rôle à jouer, une neutralité à observer. Cela pourrait être contre-productif vis-à-vis de Rita. Elle se scandaliserait de la tournure des événements, ce qui serait un mauvais point pour lui, pour la gagner. Toutefois, il tient à démontrer qui est le maître en ces lieux :

— Rassurez-vous, vous n'êtes pas le sujet principal de nos conversations. Ça appauvrirait le débat.

Le ton est ferme, impénétrable. Monsieur Pujol n'est pas en terrain conquis comme dans son agence. Il doit le comprendre. Il doit surtout comprendre qu'un policier est un flic vingt-quatre heures sur vingt-quatre et qu'il utilise toutes les confidences pour surprendre un criminel. Taire une information reviendrait à commettre un délit de non-assistance à personne en danger. Il considère qu'il n'existe pas de secret en matière de crime, pas de voile d'occultation entre le monde de la famille, des amis, des amours et celui des enquêteurs, des quêteurs de vérité. Des vies d'innocents sont dans la balance, alors pas de concession aux conciliabules domestiques.

Son témoin potentiel encaisse sans broncher. Il a l'habitude de courber l'échine quand il y va de son intérêt. Après tout, Rita sort avec ce policier. Grand bien lui fasse ! Du moment qu'elle le laisse suivre son chemin en toute indépendance. Ce n'est pas le premier amant qui lui court après. Le miel attire les mouches ! Elle a de la réussite ? Tant mieux. Elle n'aura pas de peine à lui trouver un remplaçant lorsqu'il se décidera à rompre totalement.

De son bilan des années conjugales, il en a déduit qu'il est fait pour vivre en compagnie de jeunes femmes, de ces jeunettes accortes qui exacerbent les sens, qui vous forcent à évoluer, à vous remettre constamment en cause dans tous les domaines. Il se sent un adolescent auprès d'elles et son sang bout sous la peau. Marina, la dernière, rêve d'être un mannequin international. Excellent ! Prodigieux ! C'est tellement exaltant d'accompagner ce rêve, d'y être mêlé, de vibrer et de le promouvoir. C'est autre chose que de se taper miss cocotte-minute devant les fourneaux. Son mode de vie est désormais irréversible, inamovible. C'est ce qu'il a choisi en son âme et conscience. On peut élégamment le désigner par le mot plus strict d'égoïsme.

Le lieutenant considère l'entretien comme clos. Pujol prétend ne rien savoir. Craint-il pour sa boutique, pour sa notoriété ? Il ne fait quand même pas la pluie et le beau temps à Gruissan ! C'est un individu fuyant, dissimulateur, capable de mentir. De toute façon, il est illégal de le clouer dans une cellule pour faux témoignage, bien que cette idée ravisse Constantin.

— Vous pouvez disposer, lance-t-il sans aménité à son vis-à-vis.

Ce dernier n'a pas l'intention de camper dans le bâtiment. Il sort sans broncher.

Le policier quitte aussi l'immeuble peu de minutes après. Il est dans les temps pour faire un saut chez lui et récupérer des jeux de boules. Il y a si longtemps qu'il ne s'est pas défoulé ! Il ne sait plus ce qu'est le mot plaisir, ce qu'il représente, ce qu'il procure comme plénitude. Il n'y avait plus d'espace entre son chagrin et son boulot. Ses parents n'y comprenaient plus rien. Son père jurait tout son saoul en italien. Sa mère n'avait que le mot *maladetta* à la bouche à propos de Catherine. L'ambiance n'était pas à la liesse.

Il remplit son coffre avec le matériel de jeu et un vestiaire en prévision de la visite chez Rita. Il n'attend pas de rebondissements de cette soirée. Pujol risque de lui avoir relaté in extenso leur friction à fleuret moucheté. Quel sera son comportement après cette révélation ? Aussi fera-t-il le gros dos, le temps nécessaire qu'elle absorbe ces contingences. Rien ne presse. Lui-même ne cherche pas à s'enticher. Il a déjà donné. Depuis, il est rendu libre de ses gestes, de ses pensées. Rita ne l'est pas. Le sera-t-elle un jour ? La meilleure tactique demeure la patience.

Constantin est enfin prêt pour la ruée vers Gruissan.

Il traverse Narbonne par les quais de la Robine et gagne rapidement la route de la mer. La circulation est fluide et il n'est arrêté qu'aux environs du Phœbus. Des agents municipaux sont en pourparlers avec des caravaniers qui prennent les pelouses pour des aires d'accueil. Il aperçoit le maire Pajot en train de parlementer avec les nomades. L'atmosphère est torride. Ça sent le pugilat de fin d'après-midi. Les nerfs sont exaspérés, au bord de la rupture. On est vite assuqué[28] dans un tel climat belliqueux. Le vent d'autan, le vent des fous, fait des ravages dans les têtes mal équilibrées.

Ses collègues se sont allongés sur la terrasse. Le soleil est déclinant. Il a perdu de son ardeur, de son agressivité. Au loin, la plage se vide peu à peu de ses occupants éphémères. Les douches de la digue affichent complet. On s'y nettoie, puis on y asperge les mille et un jouets d'enfant. Les clans familiaux avancent en débandade vers leur refuge sur pilotis. L'air est doux et se savoure comme un philtre de jouvence.

— Tu as amené les joujoux ? lance Debusse qui s'est relevé comme propulsé par un ressort.

— De quoi organiser un championnat national ! Préparez-vous les vedettes !

Constantin enlève les sacoches du coffre, puis grimpe à l'étage. Mortier l'interpelle le pied à peine posé sur le plancher :

— Da Silva t'a mis au courant pour le sieur Martini ?

28. D'assucar en occitan : assommer, frapper à la tête.

— Oui, j'ai les photos de sa trombine, et de votre côté, rien de neuf de Montpellier ou de Carcassonne ?

— Une information de Paris. Dans les papiers de Clotilde Forestier, les collègues ont exhumé des preuves de son appartenance à la franc-maçonnerie, auprès d'une loge du neuvième arrondissement.

— Ah ! en dehors de son arrondissement de domicile ! Depuis quand ?

— C'est récent selon les dates des courriers.

— Très captivante, cette guéguerre contre des adeptes de sociétés.

— Au secours ! ne nous refais pas le *Da Vinci Code* à la sauce audoise ! Il y en a marre de ces énigmes avec des rébus savants. C'est bon pour les auteurs sans imagination ! se révolte Franck pour la forme. Un saupoudrage abscons, un zeste de symboles obscurs et vogue la galère !

— Écoute, on examinera cela à la loupe. Pour le moment, place à la pétanque.

Les trois hommes descendent sur le terre-plein situé derrière leur chalet, un vaste espace encerclé par deux rangées de constructions. Un petit paradis pour les boulistes mais un petit enfer pour les voisins. Un trio est déjà en train de s'échauffer sur l'aire de jeu. Ce sont des habitués, des familiers des concours. Ils vont même jusqu'à parier. Ils sont si sûrs d'eux, de leur adresse. Les policiers ne sont pas des fortiches, ce sont des occasionnels. Ils viennent pour se distraire, pour rompre avec le stress du boulot.

Les trois chaletains les voient avec une jouissance particulière. Tout le secteur sait que ce sont des enquêteurs du SRPJ, sauf Grégorio classé comme dilettante narbonnais. Ils ronronnent entre eux. Et si l'on gratifier ces intrus d'une belle et retentissante plumée ? L'invitation est chaleureusement lancée avec de lourds sous-entendus :

— Venez vous joindre à nous, vous êtes les bienvenus ! Trois contre trois ! Les équipes sont déjà faites ! Chacun à deux boules.

— Pourquoi pas ? répond sans grand enthousiasme Debusse qui connaît ses carences de pétanquiste.

Il s'avère aussi fin psychologue et devine que leurs adversaires sont des joueurs chevronnés et qu'ils entendent s'en payer une bonne tranche sur leur dos. Peu importe, ce n'est qu'un jeu, qu'une distraction. Du moins c'est ce qu'affirment les plus rusés. Constantin lui est plus exigeant. D'abord, il ne manie pas trop mal les boules. Il les a apprivoisées tout jeune dans les mini-dunes qui cernaient les chalets. Une époque où les nouveaux acquéreurs ne s'obnubilaient avec les tablettes ou la télévision. Un temps où le mot stress était inconnu des médias et n'émaillait pas les conversations comme une rengaine. Il ne s'avoue donc pas vaincu avant d'avoir combattu. Mortier est aussi de cette trempe de gagneur. L'honneur du service est un tant soit peu mis au défi. Les regards amusés des compères qui s'alignent contre eux en disent suffisamment long pour qu'il faille résister.

Marco est le chef de file des adversaires de ce soir. Il dessine un rond dans le gravier et clame le début des hostilités :

— À vous de lancer le têt !

Grégorio sort un cochonnet d'un rose fluo ingénu, et le projette au loin.

— À toi de pointer Stan, fait Debusse déjà en retrait.

Le policier se courbe, jauge la distance et jette le projectile d'inox. Celui-ci emportée par le geste souverain dépasse l'objectif d'au moins trois mètres. Marco envoie illico son poulain au front. Ce dernier ajuste et vient déposer la boule à quelques centimètres du but, réalisant quasiment un biberon[29]. On glousse de satisfaction dans les rangs du trio des chaletains. Mortier peste contre sa maladresse et ajuste un second lancer qui se perd dans les graviers. C'est désormais à Franck de pointer. Il a beau prendre la partie à la légère, il a comme une espèce de trac avant d'envoyer l'engin. Le terrain est d'une grande traîtrise, parsemé d'aspérités hétéroclites, d'ornières de voitures. Il fait rouler la boule qui décrit des zigzags de loufoque.

C'est la cata intégrale. Quatre boules balancées et aucune de payante. Ça jubile chez les concurrents, on sortirait presque les bannières. Constantin cale ses pieds dans le cercle. Il n'a plus le choix et doit tirer sur la sphère d'acier qui les martyrise. Hop ! Le boulet passe juste au-dessus de la gêneuse. Il la frôle, la décoiffe sans l'exploser. Une casquette resplendissante. Il s'y reprend et réussit un carreau magnifique. Stan l'encourage.

Marco n'est pas en reste. Il amorce de gracieux ronds

29. Se dit lorsque la boule vient se coller au cochonnet.

de jambe pour bombarder comme à Gravelotte et décanille le jeu du lieutenant narbonnais. La fin de la mène est à l'avenant. Le score se clôt à quatre contre zéro.

— Ça sent la Fanny, prophétise Mortier dépité. Encore faut-il dégotter une jolie poupée qui nous prête ses fesses pour lui faire la bise traditionnelle !

— Oh ! On ne baisse pas les bras, aboie Constantin vexé. Vas-y ! Et prends ton temps.

Le compagnon de Marco a visé à proximité du but.

— Attends, intervient Grégorio. On ne va pas se laisser ennuyer par ce parasite. Je vais le dégager.

Il tire à ras du sol, à la raspaille[30] et nettoie le terrain. Le chef de file adverse en a la glotte qui frémit :

— Ce n'est pas très réglementaire ce genre de tir. Ici, on touche plein fer.

— C'est ce qu'on a appris au stand de tir ! le taquine Debusse.

— C'est un coup malheureux, rectifie Constantin atteint de fourberie chronique. Un regrettable loupé.

Le jeu se poursuit impitoyablement et les inspecteurs ont beau se démener, ils boivent la coupe jusqu'à la lie. Ils accumulent ratage sur ratage. L'honneur est quand même sauf et les vainqueurs l'emportent par 13 à 1. Fanny restera culottée. Autant dire que les coqs vainqueurs font miroiter leur plumage, que leurs crêtes sont écarlates de plaisir. Ils se gaussent sans pudeur. Les clins d'œil sont malicieux. Les redoutables flics ont touché des épaules.

30. À la pétanque, tir en faisant rouler la boule. Inverse du tir plein fer.

On se tresse des lauriers faciles. Il ne manque qu'un arc de triomphe et des volutes d'encens.

— La revanche ! annonce néanmoins Marco sûr de son fait.

La débâcle est en chemin. Changement de tactique : les policiers intervertissent les rôles. Franck va désormais pointer le premier. Il n'apprécie pas trop, mais il est solidaire de l'équipe. Pourtant, il tergiverse moins car il s'est accoutumé aux accidents du terrain et aux particularités de son matériel. Dès le début de cette mène, il parvient à s'arrêter près du but, bien en face. La chance est capricieuse et semble tourner en sa faveur. La partie se déroule d'ailleurs dans le même sens, si bien que les inspecteurs se déchaînent du geste et de la voix, entamant un forcing infernal, et finissent par gagner la manche sur le fil.

Mortier en tire une conclusion ambivalente, histoire d'exciter les joueurs de l'autre bord :

— Nous avons frisé la correctionnelle, sans y tomber !

Marco et les siens ont la bouche amère. Leurs espoirs d'infliger une déroute sont anéantis. Du coup, ils s'invectivent entre eux. D'abord en bougonnant, puis peu à peu en s'égosillant. Ça prélude au soufflon[31] ! Ils cherchent des coupables :

— Le mauvais sort a bon dos !

-Avec tes pets de vieille que veux-tu déblayer ?

-Tu as de la glu dans les pattes ou quoi ?

Le concert de conseils s'étiole. À présent, c'est la belle,

31. Occitan : engueulade.

le summum, la dernière manche qui désignera les champions du jour. Le quartier s'anime en cette fin de soirée. L'heure du repas n'a pas encore sonné. Des badauds indolents s'approchent les yeux rivés sur les positions des uns et des autres, s'attardent un instant, approuvent, désapprouvent, grognent ou exultent comme s'ils étaient concernés au premier chef. C'est cela l'investissement affectif ! Des gamins tournoient en bicyclette autour des pétanqueurs, ce qui provoque les foudres de Marco et de ses acolytes. Des femmes se penchent aux terrasses pour surplomber la compétition et commenter avec hauteur les hauts faits ou les fiascos de chacun. Ça en est devenu un spectacle de rue, une rencontre au sommet. Justiciers contre justiciables, police contre citoyens innocents.

L'ultime confrontation est homérique. Le score évolue point par point. On s'applique, on ne raisonne plus. Le moindre écart suscite chez Marco des suffocations. L'enjeu est grandissime. Il lui faut rester maître chez lui sous peine de déshonneur. Un affront le toucherait au cœur. Bien sûr, ça ne serait pas la première fois qu'il s'incline, mais là, en la circonstance, c'est un match spécial, historique, qui ne se reproduira pas de sitôt. Il n'y a pas de cadavres tous les étés à Gruissan ! Des vols de moteurs de hors-bord, de VTT planqués sous les chalets, du tapage nocturne à la rigueur, rien que des délits anecdotiques mobilisant trois fins limiers.

La lutte est tellement acharnée que les protagonistes arrivent au coude à coude, à douze à douze. Un seul point et c'est l'apothéose. Après on décerne la couronne et on range les sacoches. Alors, on cire les boules, on déploie le mètre pliant. Sur le tarmac, Debusse s'apprête à dégainer un tir de précision. Il retient son souffle et en attrape presque des crampes dans les cuisses. La boule s'élance, dévie vers la gauche, puis se ravise et revient en ligne droite s'aplatir la face contre le cochonnet.

— Quel bol ! Je vais la dégager celle-là ! tonne Marco en nage.

Il arme et décoche un feu nourri qui fait étinceler les galets coincés en terre. La seconde salve passe aussi largement au-dessus.

— Ah ! Ces feignàsses ! À vous de l'évacuer.

Ses deux alliés s'y évertuent comme ils peuvent. En vain. C'est l'échec cuisant. Ils essaient de serrer. Sans succès. Les policiers terminent en roue libre. Le tournoi s'achève sur la victoire de la PJ Police des Jeux ? On se serre la main avec des félicitations partagées. La pétanque n'est pas la guerre. On parle d'apéritif, de bières fraîches. C'est la vie en rosé !

Sur ces entrefaites, le maire est arrivé et il a assisté aux dernières passes d'armes. Constantin toujours à l'affût entend profiter de sa présence pour glaner quelques renseignements utiles. Il s'approche et entame le dialogue en toute simplicité :

— Bonsoir monsieur le Maire. Vous avez pu régler l'affaire des caravanes et autres camping-cars ?

— Naturellement, après force tractations. Vous avez de la chance d'échapper à ces tracas.

— Gloire et misère de la fonction de premier magistrat.

Pajot rit de bon cœur. Il en revient au jeu :

— Vous vous êtes bien comportés, très belle compétition.

— Il faut bien se détendre.

— Dites-moi, où en est-on du drame de la Clape ? Personne ne me transmet d'informations sur le stade de l'enquête. On me boude. Je me contente de lire la presse qui ne nous épargne pas beaucoup. Gruissan par-ci, Gruissan par-là !

— Vous recherchiez de la pub, vous êtes comblé !

— Je m'en passerais bien de cette réclame ! Et ces titres ronflants, aguicheurs ! « Que cache le couple mystérieux ? », « Un amour interdit se termine en massacre. » Les journalistes épicent leurs articles.

Cela n'a aucune influence sur le tourisme de la station. Les gens sont vaccinés dans notre société de violence. Chaque jour égrène des tueries en nombre, alors un de plus ou de moins, ça n'émeut plus personne. Vous pouvez patienter une seconde ? J'ai quelque chose à vous montrer.

— J'ai deux secondes si ça en vaut la peine.

L'enquêteur monte à l'étage récupérer un dossier, puis redescend. Il extirpe la photo de Martini et la place sous le nez du maire :

— Ce visage ne vous dit rien ?

Pajot jette un coup d'œil distrait sur le document, puis secoue la tête négativement :

— Il n'est pas de première main votre cliché. C'est difficile de se prononcer. Qui est-ce ?

— Un coupable potentiel, un membre de la Belgium Company.

— Vous leur en voulez à ces promoteurs !

— Il s'appelle Paolo Martini. Rien à voir avec le vermouth. C'est un sbire dangereux selon nos sources. Il ne donne pas dans de paisibles transactions commerciales de bon aloi. Vous êtes certain de ne jamais l'avoir reçu en mairie ?

— Refaites-moi passer son portrait.

Pajot s'attarde sur l'avis de recherche. Il a bien aperçu quelqu'un qui ressemblait à cet inconnu, mais il doit faire un effort soutenu pour se souvenir. Il avait l'air plus jeune et portait une moustache, enfin un embryon de moustache. À la Zorro. Oui, à présent ça lui revient par bouffées successives. C'était dans un restaurant du nouveau port. Il s'adresse au lieutenant :

— J'ai peut-être côtoyé votre Martini.

— Où cela ?

— À la *Palangrotte*, un resto aux spécialités de mer.

— Vous en êtes sûr ?

— Certainement pas à cent pour cent, non, mais à de fortes probabilités. Sa physionomie se rapproche de votre cliché qui date apparemment.

— Avez-vous entendu des propos, une conversation susceptible de nous aider ?

— C'est en friche dans mon esprit. Il y a quelques jours de ça. J'ai eu des réunions, des assemblées depuis, aussi tous les faits se brassent.

— Faites-vous violence. Ce suspect est impliqué dans

des affaires criminelles. Il détient peut-être les clefs des meurtres de la Clape et des lagunes. De quoi parlait-il à table ? Car vous y preniez un repas à la Palangrotte ?

— Bien entendu. J'étais en compagnie de mon chef de cabinet. Nous venions d'achever un colloque sur le tourisme régional, un véritable pensum. Nous avions décidé de déjeuner sur les quais. Le patron nous avait réservé une place de choix face aux bateaux.

— Est-ce que Martini était seul ?

— Non. Une femme l'accompagnait.

— Pourriez-vous me la décrire ?

— Très peu. Elle me tournait le dos. Une blonde avec une voix criarde.

— Il racontait quoi pendant le repas ?

— C'est confus tout ça ! Laissez-moi respirer.

— Excusez-moi si je vous bouscule, c'est si important pour nous.

Le maire se frotte la nuque. C'est qu'il en entend des flots de paroles, des inondations de verbe. Et puis il discutait avec Dufrère de leur pénible réunion. Il n'était pas venu pour capter les humeurs et phrases de ce Martini qui se goinfrait à quelques centimètres ! Il y avait un tel brouhaha dans la salle. Un hall de gare un jour de départ en vacances. Il se rappelle à présent :

— J'ai perçu quelques bribes échangées avec sa partenaire.

Constantin est réduit à une paire de tympans :

— Vous pouvez vous les remémorer ?

— Il l'invitait à rejoindre un hôtel à Narbonne.

— Vous êtes formel ?

— Absolument.

— Merci pour votre coopération, monsieur le Maire.

— Bien involontaire, croyez-moi. Manger à côté d'un tueur a de quoi couper l'appétit !

Marco surgit d'entre les chalets pour les rejoindre :

— Vous prendrez bien un rafraîchissement, monsieur Pajot ?

— Sans façon, je dois repasser à la police municipale. Il y a une soirée électro sur le port et nous avons une dernière réunion de sécurité avec les gendarmes.

— Bon courage !

Grégorio n'en croit pas ses oreilles. Debusse qui s'est fait les dents sur des poignées d'amandes salées vient aux nouvelles.

— Du neuf ?

— On doit pouvoir localiser Martini.

— Où cela ?

— Il est peut-être encore à Narbonne.

Les enquêteurs sont sur des charbons ardents. Pajot leur a déposé du TNT sous les pieds. Enfin du concret à mordiller pour ces affamés de lumière. Et cette merveilleuse étincelle jaillit d'une aire de jeu entre des chalets de plage ! Où viennent donc se nicher les signes avant-coureurs de la vérité ? Mortier sort son mobile et appelle tout de go Da Silva sur sa ligne directe. Il l'obtient au bout de quelques secondes :

— Lieutenant Mortier à l'appareil, commissaire. Nous venons d'obtenir une info brûlante sur notre suspect numéro un. Il occuperait actuellement une chambre d'hôtel ou similaire dans Narbonne. Il faut écumer jusque sous les lits ! Celui qui le laissera filer passera en conseil de discipline, prévient-il.

— … Évidemment, à condition que l'info ne soit pas un tuyau crevé. C'est pour cette raison qu'il faut faire fissa et envoyer les brigades disponibles.

— … Ça ne sera pas de la tarte, je m'en doute. Je sais, il n'y a parfois plus d'accueil à cette heure-ci. Uniquement des vigiles.

— … On en crève de ce manque de personnel qui vous bichonne !

— … O.K. Nous allons vous rallier au plus tôt. J'entre en contact dès notre arrivée en ville. Un dernier conseil : vu le standing de ce monsieur, commencez par le haut de gamme ! Pas la peine d'user vos semelles dans les clapiers.

Les enquêteurs s'assemblent dans le séjour du chalet.

— Comment opère-t-on ? commence Debusse impatient d'agir.

— Étant donné l'heure, on quitte le château pour partir direct sur Narbonne. On s'arrêtera aux commerces pour se procurer de quoi se sustenter.

Constantin toussote. D'un toussotement de diplomate qui contredit les mots d'ordre. Mortier rentre au fond de la gorge les consignes qu'il allait fièrement articuler. Il se livre à moult réflexions pour déchiffrer le pourquoi de cette restriction, et puis soudain, un accès de grâce l'instruit :

— Ah ! Pardonne-moi, Grégorio ! j'oubliais. Ce soir,

tu es de garde, de faction chez Rita Pujol, mais tu comprends avec ta tenue poussiéreuse de sportif, je n'y pensais plus du tout. Nous, nous fonçons jusqu'au fief de Da Silva. Je dirai qu'un impératif t'a retenu.

Les deux membres du SRPJ empoignent leurs vêtements et dévalent l'escalier à s'en briser la colonne en cas de chute. Le policier narbonnais file se changer car il risque d'arriver en retard à son rendez-vous. Quoi qu'il en dise, il en attend beaucoup. Certes, Rita est encore dépendante au niveau conjugal, elle n'est pas libre de disposer d'elle-même. Elle est sous séquestre. Vivre séparé n'est pas vivre en totale autonomie au sens de la loi. Les frasques maritales ne rompent pas les liens civils. Il doit donc se contenter de marcher sur des œufs.

C'est une sorte de renouveau pour lui depuis l'intermède dramatique avec Catherine. Il voudrait bien en finir avec son célibat. Il le considère soudain comme une punition. Au début, c'était un gage de perpétuelle jeunesse, d'absence d'entrave. Il pouvait butiner toutes les reines de toutes les ruches. Le bon temps du miel récolté à l'emporte-pièce, à la fougue ! Avec l'âge, le passage de la trentaine, l'amenuisement des amitiés, il l'avait mal ressenti. La solitude a des limites et des revers douloureux. Catherine avait cassé cette spirale en l'entraînant sur les routes éthérées de la poésie. Jusqu'à ces jours funestes où elle était devenue une criminelle, criminelle qu'il avait dû faire châtier. Emprisonner la femme qu'on aime et par là même emprisonner à jamais l'amour qu'on lui portait.

Et là, il se hâte comme un petit toutou entre les chalets

envahis par l'ombre du soir pour rencontrer une « consolatrice », une amante ? Il ne sait pas. Il avisera ou plutôt elle avisera. La décision appartient inéluctablement à la femme. Il n'a pas mis un smoking, ni un bermuda. Il s'est glissé dans un pantalon de lin dont calculer le nombre de plis froissés prendrait trop de temps. Une chemisette d'un blanc immaculé lui confère une allure de missionnaire mormon. Il aborde le chalet de Rita et lève la tête vers la terrasse. Deux femmes l'observent. Rita l'apostrophe aimablement :

— On commençait à douter.

Il accède à l'étage :

— Il ne fallait pas. Je ne me dérobe jamais aux invitations de jolies femmes.

— Vil flatteur ! plaisante-t-elle, je vous présente Amélie ma voisine.

C'est une superbe blonde avec une coiffure en forme de meule de paille, dont le moindre millimètre carré est hâlé par le soleil. Une vraie publicité pour les produits bronzants. Une dame-sandwich. Elle lui tend la main par charité tout en souriant avec la sobriété de la Joconde. Peut-être a-t-elle peur de briser le vernis qui la couvre de pied en cap ? L'hôtesse vient à son secours :

— Elle va nous quitter, n'est-ce pas Amélie ?

La voisine conserve son sourire figé, fait une légère courbette et s'esquive sans avoir prononcé un moindre mot. L'idéal.

— Installez-vous Constantin.

Elle lui désigne une banquette moelleuse plaquée

contre une balustrade. Il s'assoit.

— Vous avez l'air fourbu.

Il ne va pas lui mentir. Il est sur les rotules. Le match lui a scié les guibolles. Manque d'entraînement et journée chargée.

— Vous avez mille fois raison. Je cours trop de lièvres à la fois.

— Me rangez-vous dans la catégorie ?

Il se tait, refusant le badinage intempestif. Il n'aboutirait qu'à de vains propos sans contenu. Elle n'est pas dupe et fait demi-tour vers l'intérieur du chalet. Elle en remporte deux plateaux couverts de toasts.

— Je ne voulais pas manquer à mes devoirs. Je vous ai préparé une poignée d'amuse-gueules qui vous ensorcellera le palais. Je vous sers quoi, comme boisson ?

— Quelque chose de peu alcoolisé, vin cuit par exemple.

— Alors un muscat du pays ! Il vous épargnera le foie.

— Tant mieux, je l'ai mis au repos. Il avait été trop chahuté ces derniers temps.

Le dialogue manque de liant. Les mots s'accrochent les uns aux autres. Rita perçoit cette valse-hésitation entre les deux partenaires. Une mégère de service irait droit à la conclusion : une femme frustrée invite un homme seul et célibataire. Que voulez-vous qu'il advînt ? Ils ont succombé au déluge de la sensualité. C'était couru. Sauf que là, Rita a du mal à se convertir au rôle de femme libre, voire libertine. Elle conserve des scrupules, un sursaut d'intégrité. Il faudrait un déclic, un détonateur.

De son côté, Constantin n'est pas très net. Que ressent-il réellement pour cette femme ? Cherche-t-il à démontrer qu'il peut encore plaire, qu'il peut déclencher des passions ravageuses ? Quel sentiment profond éprouve-t-il ? Que peut-il lui apporter ? Ne gesticule-t-il pas dans le seul but d'oublier Catherine, pour lui trouver un substitut ? Son attitude est ambiguë, c'est certain, et Rita, perspicace, devine ces contradictions.

Autour d'eux, la nuit réinvestit sa couche. Les terrasses s'animent. On trinque. Les verres s'entrechoquent et tintent en un rituel parfaitement rodé. Des fumerolles lèchent les murs de chalets, tourbillonnent en répandant de sympathiques odeurs de viande rôtie ou de poissons grillés. Partout, on veut profiter de la vie et on le montre.

Rita met fin à l'interlude muet qui régnait en maître :

— Nous avons un coucher de soleil magnifique ce soir.

Cette réflexion banale le surprend, le désarme et le culpabilise. C'est de sa faute si leur conversation patine. Il lui faut relancer, dynamiter, mais il se sent gourd, empoté comme un puceau. Il ne trouve qu'une formule passe-partout à lui renvoyer :

— Nous aurons peut-être en cadeau un rayon vert majestueux.

— Un rayon vert avec un astre couleur de feu qui s'abîme dans la mer ?

— Oui. Le soleil a des caprices et joue avec les couleurs quand ça lui chante.

— C'est quoi ce mystérieux rayon ?

— Un phénomène complexe qui change de la routine céleste, une fantaisie admirable et rare.

L'air est de miel. On perçoit le ressac des vagues qui expirent contre la côte. Une musique s'immisce dans les tympans, c'est celle des Cabines, la paillote de la plage. Il a une soudaine envie de tendresse. Ils sont appuyés sur la rambarde de bois et s'imprègnent de la journée qui s'achève. Constantin s'approche imperceptiblement d'elle jusqu'à la toucher de la main. Alors, il s'établit un intervalle de silence entre eux. Les cellules grises se mettent en sommeil. Ils sont désormais au bord de l'enfer des sens. Le purgatoire a été négligé.

Il lui passe le bras par-dessus les épaules. Le corps qu'il frôle frissonne, ondule sous le contact. Il savoure le frémissement de la chair en émoi qui subit l'émotion. Il descend le long de la colonne vertébrale jusqu'à la ceinture. Ce n'est pas une exploration anatomique qu'il réalise, non, c'est une chute vertigineuse qu'il entreprend. Celle des reins. Il chancèle. Le sang afflue aux tempes. Le choc est trop fort pour lui. Il a peur. Peur de décevoir, d'exposer ses faiblesses, ses lacunes. Son petit univers d'inspecteur, son petit appartement bordélique, sa pharmacie truffée de calmants. Si encore Rita était fan de poésie, il aurait pu s'en tirer sans trop de dommages, mais elle n'est pas du genre évaporée, elle a les pieds ancrés en terre. Et lui n'est pas clean. Il bafouille ses états d'âme. Certes, le poète a écrit : *L'amour est une panique de la raison.* La formule est jolie. Hugo était un versificateur de génie mais un amant spécial.

Rita se tourne vers lui. Ses yeux brillent comme des escarbilles. Il sait qu'elle ne demande qu'à s'abandonner, et pourtant, il reste pétrifié, sans ressource. Le spectre de son passé plane au-dessus de lui. Elle le regarde et lui dit d'une voix altérée :

— Qu'as-tu ?

— Je ne suis pas prêt, Rita. Mes idées s'embrouillent.

— Ce n'est pas grave, continue-t-elle en lui plaquant la paume sur les lèvres. Suis-moi, je vais réparer ça.

Chapitre 9

Les brigades n'ont pas lambiné. La ville a été sillonnée de fond en comble, pourtant on dénombre plus de soixante-dix hôtels à Narbonne. Ils ont tancé les tenanciers bienveillants, les indicateurs occasionnels et l'un d'eux leur a suggéré un établissement du centre-ville. Les policiers s'y sont rendus sur-le-champ. Ils ont consulté la liste des occupants et ont isolé un client ayant payé au nom de Manzini. Da Silva qui a abandonné son nid familial n'y va pas de main morte :

— C'est notre Paolo Martini, j'en mettrais ma main au feu. Il joue sur les mots, ce type-là. Vous me le coincez sans ménagement, c'est un dur à cuire.

Fini les hypothèses alambiquées, ils brûlent de passer à l'action. Le concierge conduit les inspecteurs jusqu'à la chambre concernée. Le commissaire promet qu'il n'y aura pas de grabuge sauf bien sûr si l'intéressé fait une crise nerveuse. L'employé aux abois plaide pour une arrestation sans éclats :

— N'utilisez pas de bélier contre la porte, je vous en

prie ! Ça ferait paniquer notre clientèle de qualité.

— Elle s'en remettra, fulmine le policier.

Martini joue l'hébétude en acteur consommé. Il est devant eux le tueur sadique, le coupeur de têtes, en pyjama soyeux. C'est un petit homme aux cheveux ondulés, fort bruns, parsemés d'îlots gris, abordant la cinquantaine. Il ne possède rien d'exceptionnel, si ce n'est cette mimique dédaigneuse lui avilissant le visage. Un stigmate de méchanceté lui dégradant la face. Il fait marchand d'esclaves avec son faciès basané et sa barbe touffue. Mortier lui énonce le but de leur intrusion :

— Vous êtes soupçonné d'homicides, monsieur Martini.

Le bonhomme lève les bras au ciel, puis se frappe la poitrine :

— Quoi ? Moi, criminel ? C'est une erreur judiciaire.

— Seulement une erreur policière pour le moment, nuance le lieutenant.

— Je suis en vacances dans la région, je fais du tourisme itinérant, de ville en ville. Ce n'est pas interdit en France ?

— Ça dépend du tourisme pratiqué. S'il consiste à éliminer des victimes innocentes, c'est formellement interdit et pénalisable comme dans tous les pays.

L'autre s'insurge vigoureusement :

— C'est de cela qu'on m'accuse et sans preuves bien sûr ! Ça ne se passera pas comme ça ! Persécuter un citoyen belge en règle avec la loi ?

— Pour le moment, vous êtes témoin, alors pas d'esclandre, s'il vous plaît ! Ne réveillez pas tout l'hôtel. Nous allons contrôler vos dires et vos déplacements. Vous travaillez bien pour la Belgium Company ?

L'individu se bloque dans un mutisme ostensible. On n'obtiendra plus rien de lui. Il n'ouvre la bouche que pour répéter inlassablement :

— Appelez mon avocat Maître Peeters de Bruxelles.

— Ce sera fait selon notre procédure, affirme Da Silva qui n'entend pas se laisser dicter sa conduite par un ersatz de mafieux. Pour le moment, on vous embarque. Vous pourrez toujours vous confesser dans nos locaux.

Martini ne cille pas. Sa grimace a pris de l'ampleur. Un véritable masque. Le commissaire narbonnais confie à un de ses brigadiers :

— Vous me le fourrez en cellule, à l'eau et au pain sec. C'est un réfractaire à la loi notre pèlerin, on le met au régime des forçats.

— Même pas de frites pour le Belge ? glisse Mortier pour le plaisir.

Le suspect est emmenotté. On a affaire à un genre de délinquant capable de se jeter d'un étage et à en accuser la police sur son lit d'hôpital.

— Opération bouclée, commente Da Silva à l'intention de Stan. Je rentre chez moi. Ras le képi pour ce soir !

— Nous avons le gibier, reste à lui faire cracher le morceau. On va s'en occuper.

Les équipes parviennent à leur base. Les rues sont quasiment désertes à cette heure. Des touristes prennent encore d'assaut quelques bars ouverts sur les promenades. Les restaurants se sont vidés. La jeunesse turbulente s'évade vers les plages à la recherche d'émotions fortes.

— Le Bruxellois est en cellule ? se renseigne Debusse auprès des gardiens de service qui acquiescent sans hésiter. On ne va pas lui laisser le temps de souffler à ce sale type. Faites-le venir dans la salle d'interrogatoire.

C'est un terme pompeux pour une pièce aussi nue qu'un dortoir de monastère. Quelques chaises inconfortables, une table de bois verni lacérée de coups de canif. On n'est pas loin de la chambre de torture avec cette prestigieuse salle de réception pour inquisiteurs.

Martini débarrassé des accessoires susceptibles de l'aider dans une tentative de suicide a l'air plus rasséréné. Sa cicatrice est moins protubérante. Ses yeux d'hyène en chasse dorment sous les épais sourcils. Il pavoise encore. Il devine que ces flics de pacotille, d'une sous-préfecture audoise, n'ont pas de biscuits dans leur dossier. Quelle idiotie de lui imputer des crimes ? Quel extravagant a pu pondre une hypothèse aussi saugrenue et pitoyable ?

Il y a belle lurette qu'il ne donne plus dans l'exécution. Ces temps sont révolus. Ce serait absurde d'agir de la sorte avec son rang actuel. Il a grimpé dans la hiérarchie, il en est presque respectable. C'était bon au pays, en Italie, au sortir de l'adolescence, quand il avait les crocs et cherchait à survivre. Maintenant, Carlo s'est assagi, il s'est presque embourgeoisé dans cette Belgique bien molle. Il a une famille et des enfants qui font de brillantes études en sciences criminelles. Rien que ça !, des petits génies qui se feront une place parmi cette société de couards. Ces gosses ont du sang sicilien qui les irrigue, pas du jus de betterave comme leurs concurrents.

Debusse consulte une feuille dactylographiée et commence :

— Asseyez-vous monsieur Carlo Martini, c'est bien votre nom ?

— Depuis le jour de ma naissance.

— Nous avons étudié le récit de vos exploits en Italie et en Belgique, alors ne jouez pas au plus malin, répondez gentiment à nos questions et tout se passera bien.

— Je vous écoute, mais je me réserve le droit de ne pas répondre faute d'avocat.

— Je vais être direct avec vous. Vous n'appréciez pas la dentelle ?

— En rien.

— Nous pensons que la Belgium Company emploie des moyens violents de dissuasion lorsqu'elle vise des terrains pour ses activités de loisirs ou autres.

— Mon rôle dans ce charabia ?

— D'après vous ? De forcer la main aux récalcitrants tout simplement, de leur montrer de quel côté se trouve leur intérêt. À coup de trique au besoin.

— Vous avez des plaintes ?

— Non, mais des cadavres.

— Ils ont parlé ? persifle le témoin toujours aussi hâbleur.

Franck n'approuve pas cet humour déplacé :

— Vous vous croyez au théâtre ? On évoque des morts ! Alors cessez votre cinéma.

— Qui sont ces morts qui m'accuseraient ?

— Maître Descot de Carcassonne, le défenseur de propriétaires lésés par votre employeur. Clotilde Forestier, une journaliste qui enquêtait sur les méthodes peu orthodoxes de la compagnie.

— J'ignore tout de ces gens. Encore moins pour un avocat de province ! Je ne suis pas en charge du contentieux.

— Vous y mettez plutôt fin ! Vous l'abrégez.

— Nous ne liquidons personne. C'est une fable, vous faites complètement fausse route. Hélas, vous ne trouverez rien contre moi, je regrette, je n'y suis pour rien dans votre scénario fantastique, on ne peut m'accuser de crimes. D'accord, nous intimidons les râleurs, ça fait partie du jeu, mais mes patrons ne sont pas assez débiles pour aller au-delà. Ce sont des méthodes d'une autre époque.

Le téléphone sonne. Debusse l'empoigne et écoute attentivement. Un pâle sourire parcourt les lèvres. Il commence à être lassé de ces interrogations foireuses. Et ces pourquoi-ci, ces pourquoi-là ? Il n'y croit pas. Martini n'a pas le profil de ce criminel qu'ils traquent. Trop lustré, trop gomineux. Bien sûr, il a pu déléguer à un sous-fifre, un authentique tueur à gages, cette fois. Ce n'est pas ce qui manque sur notre planète. Franck raccroche et poursuit :

— Vous êtes un petit cachotier, monsieur Martini.

— En quoi ?

— Vous ne m'aviez pas dit que vous vous baladiez avec des mallettes bourrées de billets, pour échapper au fisc, sans doute ? Ou blanchir de l'argent sale ?

— Quelles mallettes ? proteste timidement l'interpellé.

— Pas des sacs de campeur pour dormir à la belle étoile ! Celles que vous avez eu la délicatesse de déposer dans le coffre de l'hôtel. Alors qu'en dites-vous ? C'est toujours une fable ?

— J'attendrai mon avocat pour vous répondre.

— C'était pour payer l'assassin des deux victimes peut-être ?

— Vous êtes décidément à côté de la plaque !

— Il vous revient de nous remettre sur les rails. En vidant votre sac, vous vous disculpez, vous dissipez les soupçons qui planent sur vous. Sinon, vous allez prendre votre retraite en France, mon brave monsieur !

— Godverdomme[32] ! Vous n'allez pas me foutre des crimes sur le dos alors que je n'y suis pour rien !

— Éclairez-nous, ça ne tient qu'à vous. Ça vous soulagera.

Martini daigne avouer :

— C'est de l'argent destiné à la compagnie. Des retards de paiement.

— C'est ça, pour des œuvres charitables. Des ONG. Je crois davantage à du racket ou à du recyclage d'argent de la vente de drogue.

— De la drogue ? Ici, dans ce bled ?

— En Espagne, ce serait plus logique, vous ne pensez pas ?

32. Juron flamand.

— Je ne pense plus tant que Maître Peeters ne sera pas là.

Le téléphone sonne à nouveau. Le lieutenant saisit le combiné avec énervement. Il ne souffre pas d'être importuné ainsi en pleine confrontation avec un témoin revêche. Mortier a accepté de le laisser en tête-à-tête avec ce truand notoire et il se doit donc de l'essorer jusqu'à la moelle, quitte à le passer à la gégène ou à lui plonger la tête la première dans un baquet d'eau en ébullition. Il prend note du message qu'on lui transmet. Il ne dit mot et repose l'appareil. Puis, il réfléchit à la tactique à employer. De toute évidence, l'homme qu'il a en face de lui n'a pas tué de ses mains les deux victimes. Certes, il en a l'acabit et la férocité sous ses airs cauteleux. Il pue le fauve, notre ami belge.

Franck veut en finir avec ce conciliabule patelin. L'équipe l'a traqué, a échafaudé des théories fumeuses sur ce gangster patenté, alors il est inconcevable d'abandonner en chemin faute de preuves, si rapidement. L'inculpation de meurtre est inconsistante pour un procureur. Il renifle l'échec. Les dénégations persistantes de Martini ont un goût de sincérité. Malgré lui. Reste à savoir l'origine et la destination de ces fonds en liquide. Certes, il n'est pas le seul à se promener avec des coupures sur le territoire. C'est un jeu répandu. Les trésoreries parallèles font partie du contexte social, y compris dans les ministères. On les nomme pudiquement « fonds secrets » ou autres appellations. Les entreprises en détiennent pour remercier les autorités ou intermédiaires bienveillants.

Des particuliers ne sont pas en reste lorsqu'ils veulent minorer les droits de succession.

— On a fouillé votre véhicule garé sur le parking de l'hôtel.

— Ah ! Vous avez trouvé un cadavre dans le coffre ?

— Ça suffit, gardez vos réflexions tordues pour vos acolytes ! Par contre, mes collègues ont mis la main sur des factures de restaurants barcelonais datées de ces derniers jours. Vous y faisiez quoi là-bas ? Du tourisme criminel ? De la visite de cathédrales ? Ou des relevés de compteurs de prostituées et de dealers ? Vous revendiez des produits de braquage ?

— Vous montez un documentaire ou quoi ?

— Vous faisiez un travail d'huissier ?

Il ne goûte guère la comparaison avec cette corporation, avec ces minables qui harcèlent des pauvres bougres. La police est donc partout la même. Elle manque d'élégance, de doigté, toujours vexatoire, blessante. Et quel accueil dans des locaux dignes de la préhistoire, du temps de Lascaux ! Il se tempère :

— J'encaissais des créances dues par de mauvais clients.

— Des contestataires ?

— Si l'on veut, des gens ne tenant pas leurs engagements.

— On peut se procurer la liste de ces mauvais payeurs ?

— Le comptable de la Company vous les fournira sur demande express.

— Et vous l'aviez bien, vous, puisque vous les avez contactés !

— Uniquement par téléphone. On se rencontrait dans un lieu neutre. Je ne connais pas leur adresse, je suis désolé.

— Vous avez gardé les numéros ?

— Effacés, une fois l'argent récupéré.

— On ne vous a jamais dit, Martini, que vous aviez des talents de faux-cul ?

Terminé avec les *môssieur* Martini ! Après tout, ils ont affaire à un vulgaire sbire bien dressé, un bon chien d'attaque qui la ferme devant la police. Il a beau s'habiller en costume trois-pièces, il conserve le faciès du voyou.

— Je vais vous faire placer en garde à vue. Le procureur décidera pour la suite des opérations. On ne joue pas impunément au crétin avec la police française. Je vous laisse une dernière chance.

— Je ne suis pas chanceux, hélas !

C'est qu'il persévère dans l'arrogance, dans le sarcasme ! Debusse ne riposte pas. Il les connaît bien ces truands professionnels. La vie les a endurcis. Ils ont une armure autour du cœur et sont devenus des robots du crime, du délit, obtus, obstinés, inusables. Ils se sont retirés peu à peu de leurs congénères et vivent entre eux, en circuit fermé, comme de véritables reclus. Réclusion qu'ils ont déjà connue en taule et qu'ils perpétuent une fois libres.

— Votre fric va être saisi. C'est légal puisque vous ne pouvez pas nous préciser sa provenance. Je vous somme de répondre à ceci : est-il prévu pour indemniser au black des propriétaires poussifs ? Pour les convaincre en toute « honnêteté » ? Si vous nous certifiez que c'est le but de votre manège, vous n'aurez pas à subir un procès assorti de lourdes peines. En revanche, si ce pognon n'est qu'une récolte de loyers crapuleux, là vous êtes bon pour un long séjour en cabane. À vous de choisir ?

— Choisir quoi ? Le temps à passer sous les barreaux ?

— Exactement, le fric est consigné et sans doute perdu, sauf explication rationnelle du comptable. Ça deviendra un contentieux pour le fisc, sans plus.

Martini admire ses ongles manucurés. Il y trouve son inspiration :

— Après tout, je m'en fous. Ce paquet de billets ne concerne en rien les opérations immobilières. Il s'agit d'arriérés versés par des relais de la Belgium Company en Espagne.

— Quel genre de relais ?

— Voyez la Direction, je ne suis qu'un modeste employé appointé.

Il a confié l'information exigée par le policier. Pour les annexes, le flic s'adressera à la maison mère. Pour lui, le rideau du confessionnal est abaissé.

— Ok. Ce sera comme vous le voulez, vous êtes seul le maître de votre destin.

— Non, mon avocat me sortira de cette soupe au vinaigre.

L'inspecteur quitte la pièce. Un gardien de la paix emmène le prisonnier qui rechigne à être menotté.

— J'ai les poignets fragiles, objecte-t-il d'un ton fielleux.

Mortier saute littéralement sur son collègue :

— J'ai écouté la discussion. Tu en as soutiré le maximum. Ce n'est pas notre homme, c'est évident. Les Belges sont en train d'éplucher les comptes de la société qui lui donne des ordres ainsi que la stratégie de ces escrocs, pour voir si nos deux victimes les gênaient dans leur développement. Martini va au ballon pour détention d'argent frauduleux et suspect. Ça lui fera les gencives à cette crapule.

— Ce qui fait que nous retombons à zéro. Un gros flop !

— Reste la piste dégagée par Constantin.

— Laquelle, s'il te plaît ?

— Celle mettant en cause des amis ou des ennemis des francs-maçons.

— On est reparti pour un tour !

***

Depuis son réveil, Grégorio a la tête comme un panier. Les oreilles lui sifflent comme s'il était sur le quai d'une gare. Sa montre l'a sorti du lit en sursaut. Il a promené la main sur le drap à la recherche d'une compagne. L'espace libre était froid, inanimé. Son étonnement était grand, il ne comprenait pas d'être ainsi esseulé après de fougueux débats nocturnes.

Il est rentré tard hier soir, au-delà d'une heure du matin, c'est certain. Madame Germaine, elle qui dort sur le qui-vive, le livret A contre son ventre, a dû se faire un sang d'encre. Pourtant, il ne devrait pas être fatigué car ils sont restés pelotonnés au lit durant quasiment trois heures avec des intermèdes alimentaires. Ils ont parlé. Beaucoup. Beaucoup trop sans doute. Lui en avait besoin. La coquille était pleine à ras bord. Il a purgé tant qu'il a pu et Rita a endossé le rôle d'édredon. Constantin n'a pas été très reluisant et a souvent frisé l'infantilisme. Seulement au printemps, quand on vide les placards, on n'y regarde pas toujours au millimètre.

Mortier vient de lui laisser un message succinct sur le portable. Labresseau les rejoindra au commissariat narbonnais. Il y aurait de l'inédit, de l'explosif, paraît-il. Le rendez-vous est fixé à huit heures trente. Le lieutenant sort à peine de la douche. Sa peau embaume et dégage encore les senteurs suaves du parfum de Rita. Que va en dire le patron du SRPJ ? Lui si à cheval sur les principes ! Il avale un café insipide à toute vitesse, ce n'est pas cette lavasse qui va lui filer de l'énergie !, puis enfile son éternel pantalon de lin qui se souvient avec nostalgie du bon temps des plis rigides. Dehors la météo s'annonce clémente. L'azur est pur de toute nuée. Il se contente d'une chemise, une cotonnade à manches mi-longues. Une paire de Ray Ban scellée sur l'arête du nez et le voilà qui s'engouffre en sifflotant dans les escaliers. Madame Germaine la locataire qui l'espionne le croise sur le parcours. Elle le salue à contrecœur avec la baguette de pain qu'elle brandit du bras.

Il fait le plein d'essence dans une station avant d'aborder le centre-ville. Un peu plus et il poussait la voiture à la force du poignet. Il roule jusqu'au commissariat et se gare illico dans le parking réservé au personnel. Son esprit est guilleret, évaporé et plane comme un papillon. L'amour comme panacée. Il pénètre dans la ruche bourdonnante et gagne le secteur des bureaux des lieutenants. On perçoit la voix tonitruante de Labresseau déchirant les cloisons en papier mâché. Ça a l'air de drôlement chauffer ! Pour du nouveau, il doit y en avoir pour déclencher une telle tornade chez un supérieur plutôt enclin à la tempérance. Il se glisse en tapinois dans la pièce. Le Directeur du SRPJ en pleine éructation arrête net sa harangue, les pommettes violacées d'érubescence. La tension artérielle est grimpée en flèche, le patron commence bien la journée.

Les policiers font cercle autour de l'orateur. Un silence anormal s'impose et heurte les oreilles. Les tympans résonnent encore des éclats de voix. Labresseau reprend alors la parole :

— Voici où nous en sommes, collègues. Je récapitule pour notre jeune impétrant qui ferait bien d'acheter une montre pilotée sur satellite GPS. Nous avons un troisième cadavre sur les bras, dans le village de Lagrasse, en pleines Corbières.

Constantin un peu vexé de la réflexion se cabre :

— Il y a un rapport manifeste avec les deux premières victimes ?

Le Directeur contient son irritation :

— En matinée, des habitants ont aperçu une tête

d'homme dissimulée contre une stèle du cimetière. Peu après, un religieux de l'abbaye a trouvé le corps qui correspondait, dans le jardin des plantes aromatiques.

— Ça me paraît bien éloigné de Gruissan.

— Villarzel-Cabardès n'est pas non plus une station maritime ! et pourtant elle a accueilli des fragments d'êtres humains.

L'échange est vif, acéré. La colère traduit le constat d'impuissance. Les hypothèses trop logiques, trop fignolées se sont effondrées progressivement et l'horizon est bouché. On se voyait déjà en train de bâillonner le Martini, de le cagouler pour échapper aux photographes, de dresser le gibet et crac, on dégringole. Le chef du SRPJ continue :

— Ça ne peut pas durer. Le ou les criminels sont sur le point de nous faire tourner en bourriques. J'ai appris par Da Silva que Martini est innocenté des crimes, qu'on ausculte néanmoins son agenda, ses relations, ses contacts. Qu'on le fasse pour la forme, car au fond je n'y crois plus du tout. On ne trucide pas pour des parcs de loisir, pour des hectares cultivables à la rigueur !

Debusse apporte une nuance :

— Certes, pas directement pour les parcs en tant que tels, mais pour les royalties et les plus-values foncières à long terme qui s'ensuivent. Les investisseurs ratissent le maximum avec la bénédiction des communes, des commerçants qui y voient un moyen d'accroître la fréquentation. L'acquisition de départ à vil prix assure par la suite une bonne marge en cas de revente. Place à un autre projet plus loin. Et puis, dans la ville élue, les bénéfices effacent bientôt les scrupules moraux. Les lésés n'ont plus qu'à s'aligner sans broncher. Le nombre de foyers impactés par ces installations lucratives justifient bien quelques entorses mineures à la loi. Elle en a vu d'autres la loi !

— Ce n'est quand même pas un propriétaire favorable à ces implantations qui se vengerait des détracteurs du projet ! Ce serait dingue. Nous ne sommes pas à Ibiza !

— Pourquoi pas ? S'il escomptait une grosse rentrée d'argent ! Un criminel n'est pas un sage bouddhiste, il a l'esprit dérangé.

— Évadons-nous de ces histoires de parcs, car ça nous laisse trop de champs ouverts. Ne nous enlisons pas dans l'invraisemblable. Pour l'instant, il faut détacher des hommes jusque Lagrasse pour étudier le mode opérationnel, l'identité du mort et dénicher des indices exploitables. Vous allez vous y rendre à trois. Nous arrivons dans la dernière ligne droite, alors n'épargnez rien, concentrez-vous. Les médias l'ont mis en veilleuse mais là ils vont se déchaîner. Le terrain est favorable pour un scandale d'envergure et pas de boulette ! La place Beauvau va secouer le prunier.

Les trois hommes saluent Labresseau qui part s'entretenir avec Da Silva. Tous deux vont convoquer Martini une seconde fois en espérant le mettre à nu, ce fourbe !

Mortier s'est proposé pour conduire la Clio. Il aime parcourir les routes secondaires de l'arrière-pays. Il emprunte l'autoroute jusqu'à Lézignan et s'oriente vers Fabrezan, la cité de Charles Cros. La départementale se révèle agréable bien que trop fréquentée en cette saison. Puis vient Ribaute, ce joyau aquatique avec les rapides de l'Orbieu et son plan d'eau au pied des falaises. Enfin, les voilà arrivés à Lagrasse, *la grasso*, la fertile.

Le conducteur fonce direction route de Carcassonne pour se stationner vers le cimetière, perché derrière l'abbaye. Une camionnette de la gendarmerie veille à l'entrée.

— La première étape de notre excursion sera l'examen minutieux des tombes. C'est sur l'une d'entre elles qu'on a déposé une tête. Encore une ! Une vraie exposition. On se croirait chez nos ancêtres les Gaulois, lâche Constantin à peine sorti du véhicule.

— Pourquoi les Gaulois ? s'enquiert Debusse passionné d'histoire.

— Nos gentils ancêtres tranchaient la tête de leur ennemi et la fixait sur un piquet planté à l'entrée de leur logis. Ça impressionnait sans aucun doute les visiteurs. Dans le Gard, au Cailar, on a exhumé 2 500 têtes découpées !

— Et les squelettes ?

— Disparus ! Rien que des crânes. Curieux, non ?

— C'est une tradition de détacher la caboche. La Bible est une véritable entreprise de décapitations : Jean le Baptiste et Salomé, Holopherne et Judith. On y perd vite la boule dans les livres saints. Notre tueur s'en inspire-t-il ? Il y a une dimension sacrée dans sa démarche.

— Laquelle ? s'émeut Franck.

— Les têtes sont toujours installées dans des endroits à vocation religieuse. Il aurait pu les jeter dans la nature, les faire disparaître en rase campagne ou les brûler avec des tas de feuilles. Non. Il y a chez ce monstre un résidu de respect pour la partie essentielle de la victime, pour cette caverne censée protéger l'âme.

— Le mieux était de la laisser intacte, dans son jus ! Collée au corps comme à la naissance. C'est un gros malade ton amateur de rite.

Ils s'entretiennent brièvement avec le gendarme qui fait des mots fléchés dans sa carlingue. Il leur désigne l'emplacement d'un geste approximatif.

— Vous verrez, c'est au pied du monument funéraire d'un nommé Berlioz.

— Le musicien ? s'imagine déjà Constantin grand amateur de musique classique.

— Non, pour ce que j'en ai appris, il s'agit de l'acquéreur de l'abbaye durant la révolution de 1789.

L'enthousiasme du lieutenant s'effondre comme un soufflet.

— On trouve facilement ?

— Nous avons entouré la tombe avec des rubans réglementaires pour décourager les curieux.

Ils abandonnent le militaire à ces jeux d'esprit et grimpent la pente qui débouche devant la stèle en cause.

— Oh ! s'extasie à haute voix Franck, c'était un mégalo ce gars-là ! On lui a construit un véritable arc de triomphe mortuaire. Il avait les chevilles enflées, ma parole !

— Chut ! s'exclame aussitôt une voix anonyme provenant de derrière un cyprès, c'est un cimetière ici !

Les policiers gloussent. Un cimetière bien étrange

avec cette tombe époustouflante de vanité bâtie avec des pierres taillées dérobées à l'ancienne abbaye.

— François Berlioz, le voilà donc le pilleur de biens, mais nous ne sommes pas là pour flâner. Le cadre est charmant, je vous l'accorde, mais nous devons nous sortir les tripes pour éviter une engueulade de Labresseau, commente Mortier avec sévérité. Et où est donc cette tête ? Ah ! Sous ces bâches de protection. Eh bien, il ne faut pas qu'un clébard se pointe avec les crocs ! Il s'en ferait un festin. Défense de toucher sauf avec les yeux, bien sûr.

Il soulève brièvement la toile plastifiée dissimulant le crâne.

— Voyez vous-mêmes. Ce n'est guère appétissant ! Une morphologie de vieil homme, chauve et ridé. Le musée des horreurs. Les paupières sont closes, comme si le meurtrier avait eu la délicatesse de lui abaisser pour l'éternité.

Grégorio, tapi derrière le monument, s'écrie sans retenue :

— Ne bougez pas d'un iota !

On proteste encore du côté des cyprès. Debusse interroge :

— Oh ! Qu'est-ce qui t'arrive, collègue ! Tu as la turista ? L'environnement lugubre sans doute.

— Arrête de déconner et observe plutôt le sol derrière le caveau, là aussi avec les yeux. Ça m'a l'air frais, bien compact.

— Et alors ? que vois-tu sœur Anne !

— La terre argileuse est détrempée en surface par un écoulement naturel provenant de cette colline abrupte. Elle a absorbé la trace de chaussures.

Franck se penche sur la parcelle incriminée :

— Exact. Ça ressemble à une empreinte de pompe de randonnée avec ces crans épais et profonds.

— Si elle appartient à notre tueur, c'est le premier indice fiable que nous mettons à jour. Les labos vont bien finir par rappliquer. Ils en feront un moule et une reproduction, ajoute Constantin. Enfin, ne nous emballons pas. En milieu rural, ce type de chaussures est assez répandu. On ne sort pas en mocassin de chevreau dans les vignes !

— L'équarisseur n'a pas choisi n'importe quelle tombe, ma parole, débute Mortier. Il a choisi cet ouvrage plein d'excès avec ce Christ en icône. Berlioz voulait se racheter pour avoir acquis un lieu de prières et craignait le jugement dernier.

— Notre criminel récidiviste se débarrasse des têtes comme des fruits gâtés, mais il le fait dans des lieux idylliques, paradisiaques, complète Franck. Des endroits de repos.

— Éternel, s'amuse Constantin. Il accorde une grande importance symbolique aux lieux. Il dépose les morts dans des sites dédiés aux morts. Pourquoi cette insistance ? Il veut glorifier la tête. Et il s'en sert pour nous transmettre un message qui nous échappe encore à ce jour. Quand je dis nous, ce n'est pas exclusivement la police, non, c'est aussi le monde extérieur.

— Quel serait ce message subliminal majeur ?

— Dans son délire, il résume un individu à sa seule tête, ce qui n'est pas faux. Sans tête, tu es mort. Avec le reste, on peut parfois s'arranger.

— Tu veux nous dire qu'il assassine par la tête et que le corps n'est que secondaire ? C'est pour cela qu'il les jette n'importe où !

— Oui, le corps est méprisable, alors qu'on pend par la tête, qu'on guillotine par la tête.

— On se suicide également en se tirant une balle dans la tempe !

— Bon, vous avez terminé vos élucubrations ? s'impatiente Mortier. On va gagner l'abbaye. L'abbé devrait nous y attendre. Alors pas de canulars de potache dans cette enceinte, pas d'allusions contre la calotte.

— Ce n'est pas notre genre, Stan, balbutie Grégorio euphorique.

— Par contre, nous sommes dans l'obligation de rencontrer le maire sous peine à l'inverse d'être traités de calotins.

— Pourquoi ? Ce n'est pas la guerre de religion dans ce modeste bled !

— Le Conseil Général souhaitait laïciser l'ensemble de l'édifice. Du coup, l'établissement des religieux a été relativement mal accepté. De plus, des fidèles encanaillés ont passé des centaines de livres sulfureux au fuel domestique en 2007. Et tout cela à cause d'une manifestation littéraire sur le sexe. Vous voyez l'atmosphère !

— En effet, Don Camillo en Occitanie.

— Il faut ménager les traditions teintées aux couleurs du radicalisme socialisant. Le maire, le canton sont à majorité socialiste et ce depuis la nuit des temps. Nous respectons les diverses opinions, tant qu'elles ne remettent pas en cause notre travail d'investigation. Que chacun fasse son lit, etc...

Ils atteignent cahin-caha le portail grillagé d'entrée des bâtiments. La façade de la cour d'honneur du XVIIe siècle est une splendeur et dénote une richesse des anciens abbés. L'accueil se fait par la boutique où se côtoient livres, médailles, rosaires, chapelets, DVD et marque-pages aux effigies de saints. Un chanoine les accueille avec solennité :

— Vous êtes les bienvenus à l'abbaye canoniale Sainte Marie.

Debusse tend sa carte professionnelle. Son interlocuteur devine qu'il ne s'inscrit pas pour un pèlerinage.

— Police Judiciaire de Montpellier. Nous sommes là pour...

— Je sais, interrompt le religieux de service dont la mine se défait comme un fruit trop mûr. Notre abbé est occupé pour l'instant. C'est l'heure où il dirige un atelier de chants grégoriens.

— Vous êtes en mesure de le prévenir de notre arrivée ?

— Je vais le mettre au courant dès que possible. Vous pouvez d'ores et déjà vous diriger jusqu'au jardin, voici un plan d'accès.

Constantin s'en saisit. Il adore jouer les cicérones. Le

trio quitte la salle et se retrouve dans la cour. L'inspecteur narbonnais feuillette le dépliant :

— Fondée par Charlemagne ! Ah oui ! Ça me revient. Il y a même une légende locale à propos d'un lieu-dit *Les fesses de Charlemagne.* L'empereur y aurait chuté de cheval et le sol aurait épousé la forme de l'auguste fessier.

— De l'impérial fessier ! énonce Franck en riant sous cape. Notre érudit cogite. Ça bout sous la tonsure.

Ils admirent le cloître, diamant de restauration primé par l'État. L'atmosphère de piété est prégnante. Ils ne se précipitent pas sachant ce qu'ils vont admirer : une dépouille de plus dans l'anthologie du service. Une photo lugubre coincée dans un classeur aussi attrayant qu'une fosse commune. Peu à peu, ils approchent du jardin où un membre de la communauté s'est trouvé nez à nez avec la dépouille. Ils débouchent sur le transept sud et abordent la plate-forme cultivée. Coup de théâtre. Les labos sont là, matériel déployé. Les appareils photo mitraillent à tout-va. De loin on aperçoit Cassou se dépêchant entre les *carreaux* plantés. Ils marchent jusqu'au technicien et lui serrent la main :

— Vous nous avez devancés, enclenche Mortier. Nous sommes d'abord passés par le cimetière examiner superficiellement la tête et l'environnement.

— Voici le tronçon complémentaire. *A capite ad calcem*[33]. Le jeu de Lego est achevé.

— Pour vous, ça ne fait donc pas de doute ? s'enquiert

33. Formule latine : de la tête au talon.

Stan déboussolé par la citation pédante.

— Aucun. Contrairement aux deux fois précédentes, on reconstitue parfaitement le corps. Les cervicales s'articulent, sauf qu'aujourd'hui nous avons droit à des traces de lutte repérables sur les bras et le haut de la poitrine. Le vieux avait encore du sang dans les veines, pas de la sanguette[34].

— Vous allez exploiter la piste ADN s'il y a eu résistance acharnée ?

— Le centre de Marseille fera de son mieux. Toutefois, ça ne vaut pas l'adresse d'un domicile.

— Portait-il des vêtements de nuit ?

— Pas du tout. Un survêtement sportif.

— Ce qui exclut une agression nocturne chez lui.

— Selon une datation approximative, la mort remonterait vers les vingt-trois heures.

— Il se baladait bien tard pour un homme de son âge !

— Il revenait sans doute du café ou de chez une connaissance, suppose Cassou indulgent. Et puis les vieux dorment peu.

— Il était placé à quel endroit ?

— Ici, adossé contre ce puits.

Le lieutenant fouille les alentours du regard. Un mur de pierres sèches sépare le jardin d'un chemin en contrebas qui longe la rivière. Le tueur a dû appuyer une échelle contre la muraille et jeter son fardeau par-dessus bord. Il doit avoir du jus pour se hisser à cette hauteur avec un

34. Occitan sanguetà : sang de volaille.

tel poids sur les épaules. Si cette théorie est vérifiée, elle sous-entend que la victime a été frappée hors de l'abbaye. Il fait part de ses soupçons à Cassou et sollicite son aide :

— Pouvez-vous analyser les empreintes de chaussures en bas de ce mur ? Nous en avons repéré une première près du caveau. Ça vaut le coup de les confronter.

— J'envoie de suite un collègue faire des clichés et éventuellement des moulages.

Stan poursuit son interrogatoire auprès du technicien. Les conclusions et relevés scientifiques sont des outils indiscutables. On ne badine pas avec eux. C'est positif ou négatif. Il n'y a pas de juste milieu.

— De quoi est-il décédé ? Strangulation, coup de feu, arme blanche, objet contondant ? Nous demeurons sur notre faim pour Clotilde Forestier et l'avocat. L'état de décomposition de leurs cadavres n'a pas permis de préciser la cause effective de la mort. La décapitation n'a été qu'un phénomène postérieur. Un bonus.

— Dans ce cas d'espèce, la victime a été violemment frappée au niveau du rachis cervical. Les attaches sont rompues, rendues à l'état de bouillie. L'étude approfondie des os suturaux de la tête confirmera mon hypothèse. Il y aura certainement des séquelles d'hémorragie cérébrale.

— Il a donc été assommé sèchement avec l'intention de faire mal, très mal. Il est tombé dans le coma ?

— C'est probable. Un coup asséné avec violence provoque une commotion plus ou moins grave.

— Rien d'autre sur l'identité, par exemple ?

— Là aussi du nouveau. Le criminel nous a fait un

précieux cadeau, il ne nous laisse pas nous morfondre dans des ténèbres insondables. L'identité du mort n'a pas été dissimulée. Les papiers personnels étaient tout bonnement dans la poche arrière du survêt.

— On peut les examiner ?

— Avec des gants aseptisés, bien entendu.

Le technicien ouvre une valise médicale et en extrait une pochette zippée.

— À vous de faire, dit-il en la tendant au policier. Je termine mon boulot. Le substitut va se pointer d'une minute à l'autre et nous avons ordre de dégager la place au plus vite. L'abbaye est un lieu touristique prisé en cette saison, alors on nous a sommés de détaler dès nos bordereaux remplis.

Cassou leur lance un clin d'œil complice. Il est rare dans une carrière de réaliser des constats de criminalistique dans des lieux de culte. Frère Cadfael est une fiction romanesque ! Aussi, les enquêtes ressemblent parfois à des intrusions blasphématoires. Le concept de sanctuaire est censé exclure l'idée de Mal et pourtant ?

— Robert Maynadier, épèle Mortier. Retraité, domicilié à Lagrasse, allée des Mûriers, né le 23 mars 1950. Permis de conduire, de chasse. Carte de donneur de sang.

— Il n'en donnera plus désormais, on l'a trop saigné, glisse Grégorio.

— L'enquête de voisinage nous en apprendra davantage. Le maire devrait également nous éclairer sur les faits et gestes de la victime. Dans un village d'environ cinq cents habitants, rien ne passe inaperçu.

Ils déambulent dans les allées gravillonnées, puis se réfugient à l'ombre du clocher-tour fort de ses quarante mètres. Ils y échangent quelques impressions sommaires avant l'arrivée de l'abbé. Ce dernier, haut perché et sec, le visage émacié, vient à leur rencontre à grandes enjambées. Sa robe d'un blanc crémeux tranchant avec la grisaille des murs flotte comme une voile de cotre. Il s'adresse à eux, le regard illuminé par un sourire ardent. Le verbe se répand ample, onctueux :

— Messieurs, je suis à vous pour aborder les circonstances désastreuses de ce drame frappant de plein fouet notre abbaye.

— Nous n'allons pas vous accaparer, minaude Debusse. Vous avez d'autres tâches à remplir dans cette immense maison. Nous désirons savoir comment le corps a été découvert et par qui.

Le policier s'est gardé de l'appeler mon Père. Cette privauté l'aurait mis mal à l'aise. L'abbé récite un laïus déjà mis au point :

— C'est le frère jardinier François-Marie qui est tombé dessus ce matin très tôt juste après laudes. Il aime se promener ici, dans son petit paradis. Il m'a aussitôt prévenu et j'ai de suite fait téléphoner à la gendarmerie du bourg. Ces messieurs nous ont rejoints environ une demi-heure après.

— Aucune personne ne s'est introduite sur ce site ?

— Nous n'avons touché à rien. La scène est telle que notre jardinier l'a trouvée. J'ai affecté frère Jérôme à la surveillance des lieux et j'ai interdit l'accès à toutes les personnes sous notre contrôle. Nous avons été contraints d'interrompre les visites jusqu'à votre feu vert.

— Est-ce que vous connaissiez la victime en tant que fidèle ?

— Pour ma part, je ne l'ai jamais croisée dans l'abbaye et encore moins lors de nos offices réguliers. Ce serait un habitant du village, m'a-t-on dit, un certain Maynadier.

— Très bien, vous pouvez reprendre vos activités. Le jardinier sera entendu ultérieurement par notre équipe.

Le prêtre s'éloigne, soulagé. Il ne les bénit quand même pas. La police ne l'a pas retenu outre mesure. En fait, il sait pertinemment qu'on ne le convoquera plus dans l'immédiat. Nul n'a besoin de lui. Ni les enquêteurs, ni le défunt qui partira vers la morgue en convoi spécial en ayant échappé à l'extrême onction. L'Au-delà lui pardonnera.

Le substitut Jacques Térébin fait son apparition. Il arpente le terre-plein en arborant un air méditatif, quasi mystique. Il est vrai qu'il y a un aspect rigoriste, voire austère chez ce magistrat. Il apprécie la robe qui n'est pas si éloignée de la bure. Il salue les policiers d'un hochement de menton :

— Bonjour messieurs. Dites donc cette affaire de coupeurs de têtes stagne au point mort ! Nous remplirons bientôt le Palais de ces trophées pour en faire un musée de l'homme ! L'assassin court toujours et il court vite. Un sprinter que l'on ne rattrape pas.

Les policiers connaissent l'humour cuisant et vaseux de Térébin. Pour lui, les cas les plus complexes doivent se résoudre comme un rébus, comme un jeu de société entre deux tasses de thé. Il n'est pas le seul d'ailleurs à raisonner ainsi. Les lecteurs de presse sont aussi intransigeants. Ils voudraient que la solution soit fournie au terme de l'article, en une flamboyante chute. L'attente, les délais leur sont insupportables. Les inspecteurs le laissent donc divaguer à sa guise. Mortier compte bien profiter de sa présence :

— Le juge d'instruction a-t-il reçu des documents, des résultats de nos instances parisiennes ?

— Ça se dit. Madame le juge Lebel y a fait référence, hier au cours d'un brainstorming. Elle vous les communiquera dans la journée.

— Vous n'en connaissez pas la teneur par hasard ?

— Elle a évoqué une lettre de l'intéressée, très ancienne. Il vous reviendra d'en tirer profit.

Stan se frotte virtuellement les mains. Il pressent que l'enquête va rebondir. La dernière victime du tueur est identifiée. Ils ont du solide sur la table et n'auront pas à se coltiner des battues à la campagne. Il évoque les empreintes de chaussures en phase de contrôle. Térébin balaie la trouvaille d'une formule lapidaire :

— Excellent, ces reproductions serviront de preuves lorsque vous aurez arrêté leur propriétaire, jusque-là elles encombreront nos réserves.

Le policier encaisse le coup. Que faire contre la mauvaise foi ? Les gens de l'abbaye en savent quelque chose. Il rentre sa rage et s'excuse auprès de son vis-à-vis :

— Nous sommes dans la nécessité de vous quitter

pour cause de rendez-vous avec le maire du village.

— Mais je vous accompagne sur-le-champ ! s'insurge le magistrat qui ne souhaite pas demeurer dans ce jardin écrasé par le calimàs[35].

On fait contre mauvaise fortune bon cœur et le quatuor se retire des bâtiments religieux. La mairie n'est pas bien loin, sur la rive droite du village. Térébin n'a pas emprunté le véhicule de service, trop mesquin. Il est venu avec sa voiture personnelle, un coupé sport allemand. Le crime paie. Après une courte marche, ils parviennent à la maison communale. Debusse joue les ambassadeurs en mairie. Hélas, le premier magistrat a déserté les bureaux. L'alibi ? Une réunion à la communauté de communes de la région lézignanaise. Rien que ça ! Aucun élu de disponible pour l'instant. Qu'on se débatte dans le marigot de culs-bénits sans eux ! Un responsable administratif arrive accompagné d'un homme âgé, affublé d'un polo quasiment mité. C'est évident, cette intrusion bouleverse ses plans. Il a donc trouvé une parade honorable :

— Vous allez utiliser la salle du conseil, elle est rénovée et spacieuse. Monsieur Carayol pourra vous renseigner aussi bien que le maire. C'est un Lagrassien de longue date et vous apprécierez son franc-parler.

Le groupe repart à la queue leu leu vers la pièce la plus vaste du bâtiment. Leur hôte, un individu rougeaud aux sourcils embroussaillés, aux yeux perçants, n'y va pas par quatre chemins :

35. Occitan : grosse chaleur.

— Je le savais que cette congrégation, que cette secte nous amènerait des problèmes ! Et je sais de quoi je parle. J'étais conseiller municipal lors de leur arrivée en 2004. Nous n'avons pas pu faire échouer la vente.

Constantin se dit que 1905 est encore dans la mémoire de l'ancien élu. Aucun d'entre eux n'ose apporter la contradiction ou de la nuance. La bile est une sécrétion qui doit s'épancher et qui se tarit seule.

— Alors dites-moi, entre nous, le Maynadier, c'est un ensoutané qui l'a tué ? C'est bien dans leur vénérable maison qu'on l'a exécuté, notre pauvre citoyen. Un pur bouffeur de curetons, celui-là ! Un bon vivant rabelaisien qui ne laissait pas au vin le temps de déposer. La lie ? Il l'aurait ingurgitée ! Un brave gars comme lui, finir ses jours en terre sainte !

— Pour en revenir à des choses moins polémiques, se permet Térébin, pourrait-on avoir de plus amples détails sur l'existence de monsieur Maynadier ? Sur sa biographie, quoi.

L'autre écarquille les yeux comme frappé d'incrédulité. Cet échalas cloué sur une chaise appartient-il bien au genre humain ? Il ne lui plaît pas ce type hautain avec son nez de blaireau. Il est de la race des gens de l'abbaye et lui répond d'un ton aigre :

— Il était natif du village. Il est venu passer sa retraite ici aux sources.

— Il n'avait donc pas son activité initiale à Lagrasse ?

— Il avait ouvert un magasin d'armes, une armurerie à Narbonne, près de la rue des Nourrices, en plein centre-ville. Il était assez renommé pour la qualité de ses produits. On s'y approvisionnait de très loin.

— Un armurier, répète songeur le substitut. Tiens ! Un métier devenu rare dans la région.

— Pas comme jadis au temps de la liberté ! La chasse était alors un sport local, familial, avant la peste écologiste.

Térébin manque de s'étrangler. Sa tension artérielle fait du yoyo. La verve exubérante du témoin l'indispose. Il hait les épanchements rustiques. Courir les champs avec une cartouchière autour de la ceinture ? C'est le retour à la barbarie !

Debusse prend le relais avant les étincelles :

— Lui connaissiez-vous des ennemis, des conflits avec des voisins ?

— Quelques accrochages oraux, des différends politiques, comme tout un chacun, des broutilles sans conséquence. Rien de répréhensible.

— Vous avez parlé d'un commerce florissant à Narbonne, au cours de quelles années ?

— C'n'est pas compliqué. Il l'a inauguré en 1981, année de l'élection de Mitterrand. Il est revenu s'installer définitivement à Lagrasse vers 2012. Il n'aura pas trop profité de sa retraite.

— Toujours pas de scandale, d'affaire litigieuse dans le cadre commercial ?

— Je n'en ai pas ouï dire. Je n'ai rien appris dans les journaux non plus.

— Il n'était pas marié ?

— Non, il était encore vert de ce côté-là. Un sacré gaillard qui aimait trousser les donzelles en solitude, un épicurien dans toute l'acception du terme.

Le représentant du Ministère public perd son calme. Pour lui, ces qualités vantées par cet olibrius sont d'horribles déviances indéfendables. Comment peut-on endiguer le crime avec des autorités faisant l'apologie des plaisirs bachiques et du sexe débridé ? Il comprend pourquoi l'installation des chanoines a gêné certains excités, mais il oublie aussi dans son indignation qu'il se trouve à l'intersection des crus des Corbières et du Minervois.

Térébin entend bien filer. Ils confèreront ailleurs de la victime. Hors de la vue et de la jactance de ce citoyen philosophe. « Ah ! Que le Siècle des Lumières a fait du mal », pense le magistrat qui se rangerait presque dans la noblesse de robe. Les policiers remercient leur interlocuteur qui au final a donné une image colorée et vivante du… mort. Toutefois, avant de franchir la porte de la pièce, Constantin le prend en aparté :

— Je voudrais vous poser une question qui peut vous paraître bizarre, mais très importante pour la suite de l'enquête.

— Allez-y, dit l'autre en abaissant la voix. Je suis là pour ça.

— Ce Maynadier appartenait-il à la franc-maçonnerie ?

Le bonhomme fait un pas en arrière et le dévisage sans vergogne. On sent qu'il en proie à des scrupules intérieurs. Il se contente de répliquer :

— Pourquoi ? vous en êtes ?

— Non, mais les deux victimes précédentes en faisaient partie.

— Maynadier n'était pas un frère, croyez-moi, affirme son informateur plus adouci. Nous aurions bien voulu !

L'inspecteur est désappointé, lui qui avait déjà dressé une théorie criminelle autour de l'institution, le voilà terrassé par cette ultime révélation. Les hypothèses les plus machiavéliques s'effondrent les unes après les autres, comme des régiments de dominos. D'abord, Martini devenu un simple porteur de valises, un simple convoyeur de fonds dont l'interrogatoire lui a redonné un certificat de virginité et qui est ainsi disculpé des assassinats. De toute façon, il n'aurait pas pu exercer ses talents sur le compte de Maynadier puisqu'il était embastillé à Narbonne. On peut donc le rayer définitivement de la courte liste des suspects.

Ensuite, le scénario spectaculaire d'une vengeance entre partisans ou ennemis de la franc-maçonnerie est plus ou moins écarté puisque l'armurier n'avait rien à voir avec ces sociétés. Bien sûr, les symboles ésotériques jalonnent l'enquête. Il y a de quoi en perdre la… tête ! Pourtant, il est impossible d'occulter le fait que l'avocat et Clotilde Forestier étaient membres de ces fraternités. Cela reviendrait à nier une réalité. On pourrait aussi aller jusqu'à refuser l'idée que la tragédie de Lagrasse porte la griffe du même auteur. Le lieutenant peine à rassembler ses pensées, son esprit s'embrouille ici, dans les ruelles étroites du village. Il y réfléchira plus tard, plus sereinement.

Térébin lui aussi n'est pas d'un enthousiasme renversant :

— Encore un personnage soi-disant sans histoires qu'on élimine dans un modeste bourg de l'arrière-pays. Comme maître Descot ! Des gens irréprochables ou des dissimulateurs ? Nous vérifierons si ce bon vivant n'a pas d'antécédent fâcheux. À écouter les glapissements de notre témoin, c'était presque un saint laïc, et pourtant, on l'a bel et bien fait passer de vie à trépas. L'auteur des crimes adore les mises en scène, les complications. Il a une imagination féconde. Sectionner les corps et les déménager comme sur un damier géant ! J'ai hâte de le connaître, cet allumé !

Debusse ajoute son grain de sel :

— Vous excluez toute culpabilité d'un membre de l'abbaye ?

— Comment ? tonne le substitut en le foudroyant du regard.

— Ou d'un de ses clients. Les chanoines font appel à des entreprises, des prestataires. Ils hébergent à l'occasion. Tout ce va-et-vient n'est pas à enlever du champ de nos hypothèses.

— La gendarmerie locale me semblait plus apte à effectuer ces interrogatoires, mais la juge d'instruction a exclu cette procédure. Elle a réclamé l'intervention exclusive de vos services, alors si ça vous chante, vous vous chargerez de questionner la communauté religieuse sur ses mœurs et coutumes. Pour ma part, j'estime cette démarche parfaitement inutile et vexatoire.

— Nous aviserons, en conclut Franck imperturbable.

Térébin adopte l'air pincé de ceux ne souffrant pas d'être malmenés par des inférieurs. Il salue et s'en retourne vers son véhicule. Les policiers en font autant.

Le village sort de sa léthargie. Des attroupements se forment sur le boulevard extérieur sous les arbres. Les plus avertis rapportent les événements. C'est un « *banquet* » sordide qui frappe l'abbaye. Quelques journalistes sont attablés aux terrasses de café et recueillent des interviews inspirés. Les touristes étrangers défilent en colonnes désordonnées vers le sanctuaire.

Chapitre 10

Le retour vers Narbonne est mené tambour battant. Les enquêteurs ne sont pas très loquaces. Chacun rumine dans son coin. Le ciel a l'air de s'assombrir pour le profane, c'est le noir complet sans étoiles. On compile des crânes et aucune lumière, aucune solution tangible ne pointe à l'horizon. Pourtant, ce n'est qu'une apparence, qu'une enveloppe, car c'est sans compter sur l'esprit déductif des professionnels. Ils remuent les indices, rejouent les actes successifs, reconstituent les chronologies sans les étaler, dans le silence.

Constantin est le premier à se torturer la ciboule. Il croyait à une cabale franc-maçonne. Ça aurait tant défrayé la chronique un bon roman populaire avec les enfants de la Veuve comme protagonistes ! Le public en aurait fait des gorges chaudes, car il est friand des bruits d'arcanes. On aurait eu droit aux reportages d'archives sur les maîtres de ceci et de cela, sur la provocation d'un libre penseur s'incrustant dans une abbaye. Les extrêmes auraient piaffé comme en 1934. Ce montage exemplaire vacille. L'assassin s'amuse avec ces symboles connus de tous pour les égarer.

Les triangles isocèles des tombes wisigothes rappelleraient la lettre grecque Delta, source de lumière, voire la trilogie, naissance, vie et mort. Au milieu du symbole du triangle manquait l'œil, or le tueur sanguinaire a énucléé maître Descot. Il l'a froidement éborgné. Cet œil représentait-il l'omniscience de Dieu propre aux sociétés dites secrètes ? Ou un accident fortuit lors de la décapitation ? Comme cette omniprésence du chiffre 3 : trois corps, trois têtes, trois villages ! L'imagination s'envole dès qu'on aborde des interprétations hermétiques. La réalité se transforme. Chaque manifestation devient occasion de mystère, de cryptages, de codes secrets. Grégorio s'en repent pour le moment. Il s'est peut-être laissé abuser par le manège du criminel et s'est trop fié aux signes, aux clignotants extérieurs. La magie de la tablette numérique l'a galvanisé à son insu. Il doit se défaire de ce réflexe s'il veut dénouer les blocages de cette affaire.

Et pourtant, ses raisonnements font un lamentable surplace. C'est un martèlement répétitif, une impasse. Clotilde Forestier et l'avocat sont des francs-maçons payant une cotisation. Ce mot terre-à-terre heurte la conscience critique du policier. Cotisation convient pour un club de loisirs. C'est un terme différent, plus noble pour les trésoreries de loges. Il se jette sur son portable, mais il doit faire preuve de patience. Le réseau ne passe pas. Temps mort. Enfin, il voyage sur Internet. Capitation, c'est ça, c'est le mot magique. Un impôt par tête. Par tête ! Un ancien impôt basé sur la personne. Est-ce que notre trancheur d'occiputs s'est servi de cette définition ? Là aussi, le doute s'insinue.

Ces supputations se faufilent depuis plusieurs jours dans les neurones des uns et des autres. Mais quid sur le mobile ? Pourquoi aligner un avocat, un armurier et une journaliste d'investigation ? Ces trois personnages se connaissaient-ils ou s'étaient-ils connus ? Ventini et les siens ont été prévenus et ratissent à nouveau les dossiers de Descot pour vérifier si le nom de Maynadier n'émerge pas de son abondante paperasse. Les brigades narbonnaises en font autant chez l'armurier.

Mortier a déjà contacté l'épouse Rolande pour qu'elle fasse préparer les documents le plus rapidement possible. Elle a déjà annoncé que le nom de Maynadier lui était inconnu et qu'en outre son mari n'était pas un nemrod confirmé. Peu importe, l'équipe carcassonnaise épluchera à nouveau les courriers.

Les inspecteurs arrivent enfin au commissariat. Il est quatorze heures et ils ont le ventre vide et un ventre vide ne réfléchit plus. Il gargouille, il se délite. Ils décident de pousser jusqu'aux Barques pour prendre une légère collation. Ils savent qu'à leur retour, il y aura une grand'messe avec Labresseau. Mais avant cela, ils se paient un bon gueuleton à faire frémir la caste des diététiciens. L'ambiance se détend, s'humanise.

Ils se repassent le film de la matinée, s'esclaffe des saillies pleines de piquant du citoyen de Lagrasse et dressent un bilan mitigé de l'entrevue très sommaire, voire bâclée, avec l'abbé. Ils anticipent déjà une seconde visite dans le village. Ils auront l'opportunité d'y rencontrer le maire. À l'abbaye, ils ont peut-être été un peu trop polis, un peu trop impressionnés, comme s'ils empiétaient sur un territoire en dehors de leur ressort. Franck en accord avec Da Silva enverra une équipe sur place pour s'assurer qu'ils n'ont rien laissé échapper d'important.

Ils se dirigent en nombre vers les bureaux. Constantin s'octroie quelques minutes en solitaire pour appeler Rita. La main lui démange quand il saisit l'appareil. Il craint d'être un peu sec, décalé. Il ne sait plus comment on parle aux femmes qu'on fréquente de près. Il est tellement déformé par son métier, par ses exigences qu'il a peur de manquer de souplesse, de tendresse.

Tous les deux en fait redoutent ce coup de téléphone du lendemain. Ils ont revu et corrigé leur soirée, leur première soirée. Ils ont inventorié les ratés, les excès, les vaines retenues. Ils sont à la fois déroutés de leur audace et mécontents de leur timidité. Mais y a-t-il une conduite médiane dans le domaine des passions naissantes ? Il faut se jeter à l'eau sans bouée de sauvetage et nager.

— Allô !

— C'est toi Constantin ? Ça boom ?

— Ça peut aller. Le lever n'était pas très brillant. Je ne supporte plus les nuits blanches.

— Ah ! le vieillard ! Je me moque, mais je me suis regardée dans la glace et ce n'est pas terrible.

— Les ravages du temps !

— Goujat !

— Et alors cette vision ?

— Des corbeilles sous les yeux. L'œil vitreux.

— L'alcool tue lentement mais sûrement. Tu as trop goûté au muscat de la Cave. Nous avons bavardé des heures et un verre par-ci, un autre par-là…

-Tu exagères. Dis-moi, j'ai vu sur Internet qu'on avait trouvé un nouveau cadavre à Lagrasse. On t'a envoyé sur le coup ?

— Exact. Tu pourras dire à ton mari, et crois-moi, ça me coûte drôlement d'employer ce mot, que nous avons pincé le fameux Martini. Ce Martini qu'il avait vu sans le voir tout en le voyant.

— Laisse-le là où il est. Bravo pour la prise de choix ! Il a avoué ?

— Bien sûr, qu'est-ce que tu crois ? Une fois dans la nasse, ils parlent tous.

— Tu dois être délivré d'un sacré poids.

— Je blague. Il a avoué qu'il était innocent et hélas, c'est vérifié !

— J'ai une question sur le bout de la langue.

— Vas-y, je suis seul.

— Tu ne regrettes pas notre petite sauterie d'hier soir ? Je ne t'ai pas un peu mis devant la chose accomplie ? Je ne t'ai pas bousculé ?

Elle a fait une sorte d'examen de conscience depuis la nuit. Elle estime avoir été très entreprenante, d'avoir forcé la dose envers Constantin. Ne l'a-t-elle pas entraîné malgré lui ? Bien sûr, on peut toujours considérer qu'il était consentant, et que le plaisir physique qu'il a ressenti, efface les façons désagréables de Rita. Mais ce n'est pas ce qu'elle désire. Faire prendre du plaisir est facile. On joue, ça n'engage à rien. On fait taire ses instincts, on les mate. Elle a éprouvé un brin de repentir. Il n'y a que lui pour dissiper cet imperceptible remords qui lui sèche la bouche. Elle en mourrait de honte si elle apparaissait comme une femme facile, une cougar en puissance.

— Moi ? Regretter ? tu rêves. Je prends de suite un abonnement pour d'autres soirées de ce genre.

— Pour le sentiment ou l'épiderme ?

— Ça te turlupine tant que cela, Rita ? s'exprime-t-il avec douceur. Ne te fais pas de mouron pour ça. De toute façon, ta réputation est foutue ! Te compromettre avec un flicard, il n'y a rien de pire, voyons !

Elle rit, d'un rire sincère qu'amplifie l'appareil téléphonique. La voix s'infiltre et jaillit dans ses tympans comme un élixir de longue vie. Il fond sous la coulée tiède. Il a envie de se lâcher, de lui dire qu'il meurt d'envie de l'aimer, de s'accrocher à elle comme un naufragé. L'idée d'en faire trop, d'être humilié par cette profusion de bons sentiments, le fait reculer. Dans ses conceptions, il faut toujours agir avec mesure, avec maîtrise. L'aventure ratée avec Catherine l'a échaudé. Salement. Et désormais, il joue la montre. Il veut être sûr de lui et ne pas se laisser emporter par des impulsions sensuelles.

Rita admet ses appréhensions qu'elle attribue à de la fragilité. Rassurée, elle le quitte en l'invitant à passer chez elle, le soir, après le boulot :

— Il n'y aura pas de garde-chiourme à la réception ?

s'empresse-t-il de répliquer goguenard.

— Viens avec un pyjama et ne t'occupe pas des garde-chiourmes.

— Je t'embrasse. À ce soir.

***

Labresseau est sur le pied de guerre. Il se doit de rentabiliser son déplacement. Martini a été de nouveau passé à la moulinette, à un tir croisé de questions ininterrompues, mais il n'a pas sourcillé et s'en tient à sa première version, il n'est qu'un vulgaire percepteur de fonds pour des arriérés dus à la Compagnie. Son avocat a débarqué de Bruxelles et s'est empressé d'exiger son retour au bercail.

— On ne maintient pas quelqu'un en garde à vue parce qu'il est trouvé avec une valise d'économies ! a-t-il tonitrué dans les couloirs du commissariat.

Da Silva lui a rappelé qu'on n'était pas dans un prétoire et que les éclats oratoires n'avaient aucun effet sur la procédure de détention. Maître Peeters a aussitôt rabaissé son caquet.

Le chef du SRPJ fait face à son équipe. Il a perdu de sa morgue. L'enquête de terrain, observée de Montpellier avec une longue vue, s'avère bien plus complexe qu'il n'y paraissait. Les hommes ont pourtant raclé jusqu'à la couenne tout ce qu'ils avaient sous la main. Il se lance dans la mêlée :

— Nous héritons d'un troisième cadavre, une victime qui vient comme un cheveu sur la soupe. Loin de Narbonne, de Gruissan et de Carcassonne. Ce Maynadier a-t-il partie liée avec Forestier et Descot ? Le procédé de crime est analogue, ça c'est indéniable. On décolle la tête. Ça en devient une banalité dans le pays ! Quelqu'un a-t-il une idée, une orientation nouvelle pour les investigations ?

Mortier amorce la discussion :

— C'est vrai que pour le moment, ça coince. On n'a aucun indice pour notre petit dernier, ce Maynadier. Seulement, il possédait un commerce à Narbonne et y était implanté depuis très longtemps. On peut le considérer comme appartenant au même feuilleton.

— Quelle corrélation avec l'avocat et la journaliste ? Nous avons sommairement consulté les fichiers et l'armurier n'a jamais eu affaire avec la justice, il était clean.

— Les bons délinquants le sont toujours.

— Toujours aussi sceptique, Stan !

— Réaliste. Camoufler son vrai visage a toujours été d'une facilité déconcertante dans un monde individualiste.

— Philosophe avec ça ! Il n'avait sûrement rien à voir la Belgium Company.

— Non, il ne les fournissait pas en armes ! Je vais être tranchant, patron, abandonnez cette piste sans issue. Nos Belges donnent dans l'escroquerie ou le racket, je ne sais pas, mais ils ne sont pas du tout impliqués dans ces trois assassinats.

— Pourtant, ils étaient visés par Descot et par la journaliste.

— Un concours de circonstances, rien de plus. Il est

d'ailleurs là le hic de cette affaire. La multiplicité des hypothèses. Il n'y a pas de boulevard, rien qu'un labyrinthe. Alors, gardez-vous des extrapolations rapides. Pour moi, Martini et consorts, c'est du passé, c'est de la friandise pour les brigades financières.

Labresseau reste songeur. Il n'aime pas s'en remettre aux conclusions des laboratoires. Cela signifie qu'il n'y a plus de place pour la déduction des hommes. Seuls les examens approfondis des plaquettes, des cellules apportent des solutions irréfutables. Un peu comme chez votre médecin de quartier qui est suspendu aux comptes rendus des analystes. Il doit bien y avoir une faille, une issue dans ce dédale. Son portable vibre. Il y jette un coup d'œil furtif et se met à prendre connaissance d'un message. Son visage jusqu'alors figé et contrarié, se métamorphose comme sous l'effet de la grâce :

— Enfin, quelque chose de positif. Les empreintes récoltées au cimetière et au jardin de Lagrasse proviennent des mêmes chaussures.

— C'est un modèle courant ? interroge Constantin méfiant.

— Je poursuis ma lecture. Ça serait un modèle américain, du style ranger. Du costaud quoi ! La marque figurait entre les crampons de la semelle. Un modèle des années 80 qui se vendait jadis dans les magasins de stocks de l'armée U.S.

— Ils indiquent la taille ?

— Quarante-quatre.

— L'individu n'est donc pas un nabot.

— Il serait même du type baroudeur car ce ne sont pas des ballerines, ces pompes pour brise-fer ! On avance dans la description du tueur.

Debusse va plus loin encore :

— Ce n'est pas un type tout jeune, ni très moderne. Plutôt conservateur. Les acheteurs actuels se chaussent dans les supermarchés du sport, en basket ou en groles de randonnée sur mesure.

Le Directeur part en conjectures :

— Pourquoi pas un ex-militaire ? Les amateurs qui se promènent en plein été avec de grosses bottines ne courent pas les rues, ni les allées des monastères.

— Tout à fait, remarque Grégorio. Ils courent plutôt la garrigue. Les chasseurs aussi se servent de ces accoutrements.

Son interlocuteur comprend qu'il déraille :

— De toute façon, nous n'allons pas passer en revue tous les possesseurs de rangers du département. Contentons-nous de ce renseignement de grande valeur. Quant aux références surréalistes à la franc-maçonnerie, je suppose que ça n'a mené nulle part.

— Nous ne l'invalidons pas totalement, ce serait négliger l'histoire personnelle des victimes.

Le commissaire Da Silva fait une entrée furtive dans la salle et tend un document au chef du SRPJ :

— Un fax émanant du bureau du juge d'instruction, il vient d'arriver tout chaud.

— Vous l'avez lu ?

— D'un bref coup d'œil. C'est une lettre intime de

Clotilde Forestier. Faites-en bon usage.

Le Directeur se jette dessus comme un morfal et la dévore des yeux comme s'il s'agissait d'un chèque gagnant du Loto. Ses mains se crispent sur le document imprimé qui s'avère une pièce à conviction de premier ordre. Il n'en a pas la clé de lecture, c'est certain, mais n'en démord pas : cette missive fera rebondir l'enquête.

— Faites circuler ce courrier, j'espère qu'il vous inspirera.

Le fax est déchiffré avec attention par chacun des policiers. Mortier n'a pas l'air de faire tilt, ni Debusse d'ailleurs. Ces deux-là estiment que leur supérieur en fait beaucoup pour un chiffon de papier périmé et dénué de précisions. Constantin lui prend son temps. Il dissèque. La personne ayant rédigé, et l'on présume que c'est Clotilde, a écrit les choses suivantes :

Toulouse, 28 janvier 88,

Cher D... (Illisible)

Je préfère que nous cessions de nous voir.

Tu fais fausse route. Je ne t'aime pas du tout.

Clo.

Cette missive incomplète le rend perplexe. Quel est ce D. ? Descot ? Ou Daniel, ou Dominique, etc. La date qui y figure l'interpelle : 1988. Si ses souvenirs sont exacts, Clotilde n'avait que vingt et un ans. Elle aurait donc envoyé ce mot de Toulouse. Y côtoyait-elle un béguin malheureux ? Un amoureux transi ? Bon ! Il n'y a rien d'extraordinaire pour une jeune fille de son âge, au sortir de l'adolescence que de rembarrer un prétendant. L'affaire remonte à plus de vingt-huit ans. Un bail. Comment savoir si cette brouille a connu des suites jusqu'à aujourd'hui, si elle s'est perpétuée ? Il classe les indices dans un coin de sa mémoire. Il faut décanter pour ne pas déchanter. L'inspecteur devra à un moment ou à un autre jeter tout en vrac sur la table, éparpiller les ébauches et procéder à un tri rigoureux. Ce n'est que par une sévère catharsis qu'il éliminera les scories encombrant son esprit et affaiblissant sa lucidité. Sa mémoire sature pour l'instant et ne peut distinguer l'essentiel du secondaire. Il faut la purifier, épurer.

Labresseau prend acte et enjoint les lieutenants à rédiger leurs rapports respectifs à l'intention du juge d'instruction Madame Lebel. Cette dernière s'épouvante de leur lenteur et les presse de réussir. Le procureur également. Il a tancé son adjoint Térébin en lui disant de moins folâtrer. Bref, l'éternelle partie de ping-pong agite les couloirs du Palais. C'est à celui ou à celle qui brandira le premier la tête du coupable et qui bénéficiera des honneurs et flatteries des médias et de la Chancellerie. La justice a besoin de succès. Les journalistes ont entrepris une campagne sur l'insécurité et l'opinion y adhère. On réclame la réintroduction de la peine de mort dans certains sondages.

« Trois cadavres, c'est deux de trop », a cru bon d'énoncer un expert sur une chaîne de télévision locale. Aussi, madame Lebel bombarde-t-elle Da Silva et Labresseau de mails comminatoires. Elle les harcèle. Derrière elle, les maires de Carcassonne, de Narbonne et de Gruissan qui voudraient que la « plaisanterie » cesse au plus vite. Ils en ont assez des chroniques sur l'Aude mystérieuse. L'époque de Rennes-le-Château est remplacée par celle de Gruissan et ses châteaux de sable. Le comble du mauvais goût est atteint avec ce titre d'un grand quotidien de Paris : *La femme-tronc de la Clape* ! L'atmosphère devient irrespirable, d'abord parce que le vent marin refuse de laisser la place au cers, ensuite parce que la police ne donne aucun signe prometteur au public, aucune bouffée d'espoir.

Constantin s'en fiche des états d'âme des magistrats. On ne peut pas aller plus vite que la musique, surtout lorsque c'est un lento. L'allegro se réserve pour les phases finales du match et non pour les périodes d'indécision. Il se sauve vers son cher bureau et s'installe dans son fauteuil. Il touille cet indescriptible fouillis d'informations tombées par bribes successives. Plusieurs fils conducteurs relient les trois morts : la technique d'assassinat, cet acharnement morbide et baroque à disperser les corps. Quelle signification littérale ou figurée attribuer à ce modus operandi ? Faut-il y voir des références aux rites des obédiences franc-maçonnes ? Grégorio s'est penché sur les codes et comportements observés, sur les langages allégoriques. Exemple concret : Clotilde déposée au nord et Descot repêché au sud. Or dans une loge, l'apprenti prend place au nord et le compagnon au sud, ce qui correspondait au statut des deux morts. Le tueur est-il au courant de ces pratiques ? Agit-il par pur instinct ou par malignité savante ?

Pour l'instant, le policier tente d'établir des recoupements logiques, entendons-nous, logiques pour un esprit dévarié[36] ! Il a engrangé les données chronologiques de la lettre de madame Forestier. Pourquoi l'avait-elle conservée depuis le temps ? Et si elle l'avait conservée, c'est qu'elle ne l'avait pas fait parvenir à son destinataire. Qu'en conclure ? L'avait-elle averti de vive voix de son éviction ? Il essaie de se glisser dans la peau d'un jeune homme de cette époque. Apparemment, il était mordu de la future journaliste et il l'importunait. Elle use à son égard d'un ton cassant, sans ambages. C'est une sommation : « *que nous cessions de nous voir !* » Ils se voyaient donc de près.

Comment a réagi le prétendant effacé ? A-t-il obtempéré ? A-t-il insisté ? Constantin en a presque la nausée. Cet épisode lui rappelle tant ses errements après le décès de Catherine. Il avait plongé dans une dépression soudaine qu'il avait eu bien du mal à vaincre, lui, le dur à cuire, *The Man of steel* du commissariat. Jusqu'où peut aller un individu plus faible, plus sensible ? Jusqu'au suicide ? Jusqu'à se faire violence contre lui-même ? Ou jusqu'au meurtre de l'être aimé, de celle qui vous délaisse ?

Pourquoi veut-il creuser dans cette direction ? Parce que depuis le début, l'idée d'une vengeance trottine dans sa tête. Une vengeance issue d'un passé lointain ou d'un passé récent contre le couple Forestier-Descot. Mayna-

36. De l'occitan desvariar : chambouler, perturber.

dier est un intrus dans son raisonnement, une anomalie du meurtrier.

La ville de Toulouse est citée en exergue. Qu'y faisait donc Clotilde ? Descot résidait-il dans la même ville ? L'enquêteur fait un effort intense de mémoire. Il revoit le diplôme accroché au mur du cabinet de l'avocat. Faculté des Sciences sociales de Toulouse. Année 1989. Licence de droit privé. Voilà ! Il est là le lien. Mais alors D. cet inconnu était-il Descot ? Non. D. est nécessairement un prénom, or Descot se prénomme Jacques. Pourtant, ils vivaient tous les deux à Toulouse et durant les mêmes années. Ce n'est heureusement là qu'un constat partiel.

Il n'hésite pas une seule seconde et appelle ipso facto les correspondants de Paris. Da Silva lui a confié le numéro direct du service responsable du dossier Forestier. La sonnerie donne à vide un bon bout de temps. Il craint le pire. Une voix féminine finit par répondre, essoufflée. Il s'explique :

— Pouvez-vous me donner des précisions sur les études supérieures de la victime ? Quelle faculté a-t-elle fréquentée ? Son adresse personnelle d'étudiante ?

— Patientez.

Il se sent survolté comme le chercheur d'or qui voit luire des pépites dans le sable qu'il vient d'extraire du lit de la rivière. La voix retentit dans l'appareil :

— Elle a poursuivi des études au Mirail à Toulouse, puis à l'Institut d'Études Politiques, rue des Puits-Creusés. Elle a obtenu une licence en sociologie et le diplôme de l'IEP.

— En quelle année, s'il vous plaît ?

— 1989.

— Vous avez son adresse d'alors ?

— Rue des Blanchers, près du Pont Saint-Pierre, toujours à Toulouse.

— Je vous remercie.

Il raccroche. Le vent tourne dans la bonne direction. Un parfum enivrant de reprise, de rebond, balaie les odeurs fétides des jours derniers. La vérité tient dans ce postulat : ils étaient étudiants sous les mêmes cieux et Constantin sait, en bon juriste, que les bâtiments de la Faculté de Droit sont voisins de ceux de l'Institut. Ils ont eu mille occasions de se rencontrer entre ces murs, lors de cours communs. Le policier n'est plus là dans le domaine de la pure spéculation onirique. Reste le cas de ce mystérieux D… ? Lui aussi gravitait-il dans le milieu estudiantin ? L'original de la lettre a été plié, maltraité et l'intégralité du prénom a été rendue illisible. Un graphologue serait en peine de le reconstituer. De toute manière, une expertise prendrait trop de temps. Non, le policier est placé sur orbite, il rejette toute idée de ralentissement.

Seulement, l'éventualité que ces deux pigeons auraient pu s'aimer d'amour tendre dans les amphis toulousains ne lui fournit pas un nom de coupable, loin s'en faut. Il manque la clef de voûte assemblant les trois victimes comme trois arcs. Sans éluder le tueur, l'initié qui détient l'explication suprême. Constantin accuse le coup, comme un choc derrière la nuque. Trop gamberger à vitesse sidérale l'assomme. C'est ainsi à chaque fois. On s'emballe, on frise l'euphorie quand on soulève un nouveau lièvre et puis on se refroidit parce que le gibier se terre et résiste, que le sort s'acharne, parce que la réalité s'obstine à garder ses secrets.

La lettre de Clotilde peut avoir causé une réaction catastrophique chez son destinataire, cet énigmatique D. Comment l'apprendre ? L'épisode date tant et de surcroît, il n'a a priori qu'une résonance privée. Pourquoi pas publique ? L'hypothèse mérite une incursion dans les journaux de cette année-là. Mais lesquels ? C'est le brouillard, une brume épaisse, dense comme un mur de gouttelettes gelées. Constantin se lance à l'aveuglette en choisissant d'attaquer par *La Dépêche du Midi*, en contactant d'abord l'antenne narbonnaise du quotidien. Rien à faire, les archives de la Ville rose sont stockées au siège toulousain. Une virée s'impose.

Il avertit dans la foulée Labresseau de son petit périple. Celui-ci n'éprouve pas le même vertige. Il admet le bien-fondé des déductions en cascade, mais pour lui l'existence d'une liaison entre Clotilde Forestier et Jacques Descot n'apportera rien. L'assassinat de Robert Maynadier n'a fait que brouiller les pistes et élargir les perspectives. L'identité de ce D. est plus captivante. Constantin est conscient des limites de ses conclusions et de leur fragilité. Il les compare cependant au grès qui est solide bien que constitué de sable en concrétion. Pour lui, le décès de Maynadier n'est pas étranger à celui des deux précédentes victimes. Il se trompait en le classant comme un crime de diversion. Il affine : l'armurier n'est pas un familier des deux premiers morts, non, mais il a tacitement partie liée avec elles pour des événements encore méconnus. Des événements gravissimes, dramatiques qui se sont gravés dans les mémoires. Les rubriques de la Dépêche toulousaine recèlent la réponse. Le policier est prêt à miser sur la réussite de son plan.

Avant de s'embarquer pour la ville du Capitole, il consulte Internet et surfe sur le site de la Bibliothèque Nationale de France à savoir Gallica. En vain. Les productions du journal ne sont pas toutes numérisées ou lisibles. En conséquence, il arrête un rendez-vous avec le service des archives du quotidien de Midi-Pyrénées. Ça sera pour le lendemain matin. Il se dit qu'une recherche de cette sorte risque de l'accaparer un certain temps et qu'il vaudrait mieux s'y adonner en duo. Le voyage paraîtra moins pénible et l'investigation plus rapide. Il sort du bureau à la recherche de Debusse.

Ce dernier est tapi dans un recoin de pièce destinée au stockage de meubles en partance pour la déchetterie. Le bâtiment est plein à craquer, et rares sont les salles disponibles et aménagées pour un travail élaboré. Constantin lui expose son projet en deux mots. La réponse de son collègue fuse sans appel :

— On part quand ?

— Demain aux aurores, nous sommes attendus pour neuf heures. Ne te réjouis pas trop tôt. N'oublie pas que nous aurons au pis aller plus de trois cents exemplaires à parcourir, et cela pour la seule Haute-Garonne !

— Pourquoi ? nous allons nous taper d'autres départements ?

— Qui sait ?

— Nous ne nous attaquons qu'à l'année 1988, j'espère ?

— Oui, jusqu'à nouvel ordre.

— Ça me semble suffisant, non ?

— L'imprévu, mon cher.

L'heure est bien avancée et les hommes ont roulé leur bosse jusque tard dans la soirée de la veille. Ils doivent récupérer pour rester lucide. Mortier et son chef s'en retournent à Montpellier. Ils vont solder des affaires courantes et passer au crible l'ensemble des pièces du dossier. Le Docteur Feuillard leur communiquera les derniers résultats d'analyses. Le criminel a laissé des traces biologiques sur le site de Lagrasse. Bref, ils quittent Narbonne et ne reviendront que le surlendemain sauf incident majeur. Tout le monde prie pour que le tueur leur accorde la trêve de Dieu.

Debusse et Grégorio se rapatrient vers les chalets de Gruissan. La fin de l'après-midi est bien entamée. Le soleil pique encore et l'air ambiant ventile mal les poumons. La canicule dure depuis plus d'une semaine et sature l'atmosphère en l'immobilisant. Aussi l'automobile roule-t-elle les vitres ouvertes. Seule la vue des flots turquoise aux reflets scintillants fait oublier le déplaisir de la touffeur.

Leur chalet mérite un bon courant d'air. Constantin ouvre les fenêtres et en bloque les espagnolettes. Debusse s'est précipité sous la douche et on l'entend fredonner d'un bien-être retrouvé. Il se sent prêt pour fendre la mer et aller boire l'apéro à Alger. Constantin a besoin d'une pause réparatrice. Les idées tourbillonnent en lui et finissent par l'épuiser. Il s'allonge en équilibre instable sur les transats historiques et ferme les paupières. Il entend à peine son compagnon dégringoler les marches de l'escalier qu'il sombre par étapes successives dans un engourdissement complet et irréversible.

***

Ils se sont levés tôt en faisant le minimum de barouf. Il en va ainsi chez les habitants des chalets. Le bruit est un ennemi. Du coup, ils n'ont pas bu de café se promettant de faire une halte sur l'autoroute. L'inspecteur narbonnais ne s'est même pas rasé faute de matériel. Qui lui reprochera cette fantaisie en une époque où les joues glabres deviennent un délit ? Il a passé la nuit à dormir à poings fermés contre Rita. On aurait dit qu'il payait pour une immense lassitude accumulée depuis des mois. Il avait eu l'impression délicieuse de se régénérer à ses côtés. Elle attendait sans doute plus d'entrain, plus de lascivité, mais il n'en pouvait plus. Le boulot l'avait laminé nerveusement. Elle avait compris cet abattement et l'avait quasiment veillé, en silence, collée contre lui pour le gratifier de caresses affectueuses.

Debusse a pris le volant. Il adore la mécanique. Ils ont couvert le trajet à allure constante pour arriver dans les délais au siège du journal et franchissent le seuil de l'immeuble à la minute près. Pour l'instant, ils patientent dans un hall aux murs d'un blanc grisâtre. Les archives sont entreposées dans l'entresol. Une charmante secrétaire aux cheveux poivre et sel, aux lobes d'oreilles décorées de roues de VTT en or, a écouté leurs désidératas. Elle leur présente ses solutions :

— Vous avez le choix entre le visionnage des microfiches ou l'examen du format papier lui-même ?

Les policiers optent pour le support papier.

— Je vous les fais amener par un magasinier en les ventilant mois par mois.

— Très bien, approuve Constantin. Je me charge des mois impairs.

Elle s'en retourne vers des salles interdites au public.

— Pourvu que nous n'ayons pas à feuilleter une année pour des prunes, prévient Franck.

— Allons ! Comptons sur le facteur chance !

Un employé arrive avec un chariot et dépose les exemplaires sur une longue table. Les policiers le remercient et se partagent le programme :

— Dis-moi, ça sera trop fastidieux de piocher ligne à ligne dans des centaines de journaux, se permet Debusse pragmatique.

— À mon avis, seule la chronique des faits divers doit nous préoccuper.

— Les rubriques nécrologiques aussi ?

— Pourquoi pas ?

— Je ne sais pas si un suicide ou un malaise vagal est relaté dans un article.

— Les incidents sur la voie publique sont transmis à la presse, elle en fait ce qu'elle veut en fonction de la pagination. Tu as peut-être raison, cependant le jeu en vaut la chandelle, et c'est quand même plus valorisant que de se morfondre dans les ruelles du village de Lagrasse à faire parler des témoins récalcitrants craignant l'excommunication.

— Et si on s'y mettait ?

Chacun s'empare de son classeur et commence à décortiquer les titres et les entrefilets couvrant les pages des quotidiens. L'entreprise est délicate, car ils ne savent pas vraiment ce qu'ils cherchent. Un fait-divers scandaleux, un drame bouleversant, un canular grotesque ? Au début, ils font défiler les feuilles avec minutie, pensant débusquer la rubrique miraculeuse qui mettrait fin à leur travail de fourmi. Et puis, le temps passe, les heures s'allongent et rien ne jaillit du fatras de papier imprimé qui noircit les doigts. Chacun a survolé son semestre sans succès.

— On n'en viendra donc jamais à bout de cette affaire de cons ! braille Franck franchement découragé.

— Calmos hombre ! Nous venons de nous farcir la Haute-Garonne.

— C'est-à-dire ?

— Comme nous le savons, un rédacteur en chef trie les infos selon la place libre. Il se peut qu'il ait mis de côté celle qui nous intéresse faute de disponibilité ce jour-là.

— Alors comment rattraper sa supposée défaillance ?

— Le destin des trois victimes a gravité dans le département de l'Aude. Je parierais que le criminel y a son refuge aussi, alors pourquoi ne pas consulter l'édition de l'Aude ?

— Puisque nous y sommes, fais-nous envoyer le matos !

Le magasinier fait grise mine. Il se voyait déjà libéré des deux inspecteurs et se félicite qu'ils ne remontent pas à l'époque des frères Sarraut ! Il repart donc en quête des numéros audois. Dès qu'il les confie à Constantin et à Franck, ceux-ci sautent dessus comme des loups affamés. Ils ont une bonne heure pour déblayer le terrain. Les locaux ferment leurs portes à midi. On fera une légère exception pour eux en leur concédant un quart d'heure supplémentaire. Grégorio annonce la couleur :

— Contentons-nous d'examiner le premier trimestre à fond, caractère par caractère. La lettre de Clotilde est datée de janvier. Si ce D… s'est manifesté, il a dû nécessairement le faire durant les journées suivantes. Ça ne se rumine pas ce genre d'acte, c'est du spontané.

Ils se penchent à nouveau sur les journaux étalés devant eux. Debusse a sorti un stylo qu'il fait courir d'article en article. Rien ne doit passer au travers de leur contrôle. Constantin lui s'est procuré une loupe auprès de la secrétaire et la lentille se promène en va-et-vient incessants à la surface des pages imprimées.

Le souffle des enquêteurs colle à leurs émotions et leur joue des tours à chaque fois qu'ils croient toucher au but. Il est soudainement coupé, broyé et puis face à l'échec, il se distend, il se reconstruit.

Franck arrête subitement le défilé de son roller. Une chaleur lui grimpe brusquement aux joues. Il n'en croit pas ses yeux. Son collègue relève la tête :

— Tu as vu quelque chose ?

— Je n'ose te le dire.

— Je jette un coup d'œil en même temps que toi.

Il s'avance et étudie la rubrique figurant en bas de la page ville de Narbonne datée du 24 mars 1988. Elle est libellée ainsi :

Nous apprenons par notre agence de Toulouse que notre concitoyen Denis T. s'est donné la mort à proximité de la faculté de Droit où il était maître-assistant. Nous présentons nos condoléances à la famille qui comprendra notre discrétion.

Le lieutenant s'affale sur la chaise. Auraient-ils enfin mis la main sur le personnage cité dans la lettre de Clotilde ? Sur le premier maillon d'une chaîne qui devrait se dérouler sans obstacle ? Il préfère s'abstenir de tout triomphalisme. Ils ont seulement découvert le prénom et la ville de séjour. C'est déjà beaucoup. À présent, reste à coller un nom patronymique à ce Denis. Les services de l'état civil narbonnais n'auront pas de difficulté majeure pour identifier le suicidé. L'opération n'est pas bouclée pour autant. Encore faudra-t-il intégrer ce nouvel acteur posthume dans l'équation contemporaine, car jusqu'à nouvel ordre, ce n'est pas lui qui a trucidé les victimes. N'en déplaise aux spirites.

Grégorio tente d'obtenir la mairie, mais c'est peine perdue. C'est l'heure de la pause-déjeuner. Pour eux aussi d'ailleurs. La fébrilité les conduirait à se priver de repas et à foncer à bride abattue, c'est-à-dire à moteur ronflant, vers l'hôtel de ville. Ils n'en font rien et s'attablent dans le premier troquet qu'ils repèrent place Wilson. Ils s'assoient en terrasse et commandent un menu frugal, du style moules-frites, arrosé d'une bière belge qui fait dire à Debusse :

— À la santé du sieur Martini !

Les deux lieutenants avalent plus qu'ils ne mâchent et vident les lieux une demi-heure plus tard. Ils réintègrent leur véhicule et traversent assez aisément la capitale régionale. À quatorze heures, ils atteignent l'autoroute A61 qui les ramène à Narbonne. Constantin n'a qu'une hâte, apprendre qui est derrière l'initiale T. L'enquête est devenue un véritable jeu alphabétique. Un scrabble morbide. D et puis T en sont les pions. Le premier cas vient d'être résolu à force de persévérance et c'est Denis qui l'a emporté ! Les services de la mairie détiennent le sort du second.

Il piaffe d'impatience le long du chemin. Il a entre les mains l'aboutissement de l'enquête, du moins le croit-il. L'intuition fait aussi partie des réussites de la raison. Il essaie de ne pas succomber à l'illusion, mais il n'y a rien à faire. L'espoir lancinant lui infeste l'esprit. Il n'aura de cesse que lorsqu'il franchira les portes de l'état civil. Debusse interrompt ses méditations rocambolesques :

— Dis-moi, l'identité de ce suicidé nous apporte quoi ?

— C'est long à t'expliquer. Je considère que ces drames ont a priori cinq acteurs.

— Cinq acteurs ? C'est déjà une belle troupe ! Et le tueur là-dedans ?

— Ce n'est pas un vrai criminel.

— Avec trois morts à son actif ? C'est déjà pas mal ! Qu'entends-tu par là ?

— Il l'est devenu par accident et non par destination. Je suis parti de cette simple supposition : un événement extraordinaire l'a obligé à tuer, ou plus précisément à se venger.

— Il y a mis le temps depuis 1988 ! S'il s'agit bien de cette tragédie !

— Nous en saurons davantage quand nous détiendrons tous les paramètres de l'affaire. La célèbre formule la vengeance est un plat qui se mange froid n'est pas à exclure.

— Ici, ça serait plutôt du congelé.

— Les scrupules, qui sait ?

— Il y a tant de vengeurs potentiels dans le cas d'un suicide. La haine se nourrit du cadavre. Les parents, les amis, les amants, le panel est extrêmement étendu.

— Ne nous dispersons pas et concentrons-nous sur les proches.

— Encore vivants ! Car si l'on décompte bien, les parents avoisinent les quatre-vingts balais. Faut pas trop s'attarder, sinon ils seront dans la boîte en sapin.

— Alors, appuie sur le champignon !

Ils dépassent Carcassonne en accordant une pensée pour Descot, mort dans des circonstances terribles, un avocat brillant et encore plein d'avenir. « Qui a eu tort de mêler son destin à celui de Clotilde », imagine Grégorio toujours aussi sagace. Auraient-ils involontairement conduit Denis à son geste irréparable ? C'est une explication qui lui convient, qui colle et il est prêt à s'agenouiller dans la chapelle des Pénitents blancs à Narbonne si sa démonstration est battue en brèche par la vérité.

Ils abordent enfin la sortie Croix-Sud. Le centre-ville leur tend les bras. Debusse contourne les boulevards jusqu'aux Barques et continue jusqu'au commissariat. À peine a-t-il coupé le contact que son collègue bondit de la voiture et part en direction de la place de l'Hôtel de ville. Ce dernier allonge le pas sur le Cours de la République. C'est insolite cette silhouette filant comme une fusée au beau milieu d'une foule qui musarde, qui rôdaille sans but précis. Il arrive hors d'haleine au seuil de la mairie. Il commence par reprendre son souffle et court droit au bureau de l'état civil.

L'employée, une jeune femme dodue aux cheveux d'un rouge incandescent, assise derrière son chevalet d'aluminium brossé, le regarde d'un air effaré. Le khôl de ses paupières se craquèle. Lui a les pommettes en feu et une sueur fluide lui dégouline en cascade du front. Il sent un coulis pervers lui chatouiller le creux du dos. Le choc thermique avec la climatisation ? Il présente d'emblée sa carte pour couper court à toute réflexion impertinente :

— Vous souhaitez consulter un fichier déterminé ? lui demande son interlocutrice dont la jupe a subi des restrictions de tissu.

— Oui, nous connaissons le prénom du défunt et la date approximative du décès.

— Mais vous ignorez le nom de famille, c'est *cela* ? appuie-t-elle d'un ton d'exténuée.

Il se dit qu'il a affaire à une perle rare dans le métier et acquiesce :

— Le prénom est Denis et la date se situe aux environs du 20 mars 1988.

— Je vais essayer sur notre base informatique et à défaut j'irai vérifier aux archives.

Le slalom sur le site ne s'éternise pas bien longtemps. Au bout de trois minutes, il obtient son précieux renseignement. La voix aiguë détaille, spartiate :

— Je n'ai qu'un Denis Terramare décédé le 19 mars 1988.

Il est électrisé.

— Avait-il des parents ? Sont-ils encore en vie ?

— Je regarde.

Les doigts ont la danse de Saint-Guy sur le clavier :

— Non, ils sont morts respectivement en 1999 et 2015.

Cette nouvelle le dérange. Les témoins directs ont disparu. Il relance son interlocutrice qui le fixe comme un zombie :

— Un frère, une sœur ?

— Un frère oui.

— Son prénom, s'il vous plaît ?

— Bernard.

— Avez vous son domicile actuel ?

— L'adresse n'a pas été réactualisée, c'est sans doute celle des parents.

— Qui était ?

— 44, rue de l'Hermine à Narbonne.

— Bravo pour votre rapidité.

— Je vous en prie. Nous sommes là pour ça, se gargarise la secrétaire aux anges.

Le policier sort passablement content. La vamp lui a confié une photocopie de l'acte de naissance du suicidé. Naissance et mort, un trajet édulcoré pour ce Denis. Il n'a plus qu'à se pointer dans le quartier de la Mayolle et vérifier si le Bernard Terramare y crèche encore. Il réintègre l'hôtel de police et mobilise à nouveau Debusse qui s'épanchait auprès de Da Silva sur les derniers rebondissements de l'affaire. Un vrai roman picaresque.

L'équipée redémarre donc et ils ne perdent pas de temps en palabres. La terre promise n'est pas aux antipodes, mais à quelques centaines de mètres de leur QG. Ils investissent le quartier des villas et s'engouffrent dans la rue de l'Hermine qui se termine en placette sans issue. Le numéro 44 est une chimère. Il n'existe pas. Les inspecteurs en sont abasourdis. Leur rêve s'envole. Erreur de transcription à l'état civil ? Falsification volontaire ? 1988 ne date pas des registres paroissiaux !

— On questionne le voisinage, voilà tout ! en déduit Debusse exalté.

Ils frappent aux portes, mais celles-ci ne s'ouvrent guère. Les résidents sont partis en vacances ou travaillent à cette heure pleine de la journée. Les présents n'ont jamais entendu parler d'une famille Terramare. Les policiers chutent de haut et ça fait mal aux fessiers.

— Laissons tomber pour aujourd'hui, regrette Grégorio. On va refaire le chemin à l'envers pour voir où ça cloche.

— Okay, on rentre.

Au commissariat, Constantin se lance dans un ménage sévère. Il trie le surplus, *désherbe* les tiroirs et les étagères de son antre. Il fait le siège des secrétaires pour centraliser tous les documents en leur possession sur les meurtres qui l'intéressent. Les pièces entreposées sont rares. La gendarmerie n'a rien envoyé de ses relevés et conclusions. Il téléphone pour qu'on les lui fasse parvenir en urgence. L'antenne de Conques-sur-Orbiel lui promet de faire le nécessaire dans l'heure qui suit. À Gruissan, le brigadier Neumann tient déjà un dossier exhaustif à sa disposition. Il lui suffit de l'emporter pour examen.

À Montpellier, Mortier est mis au courant des progrès de l'enquête. Il les félicite chaleureusement. Labresseau est sur un petit nuage. Il doute de la réussite de cette démarche pseudo-psychologique, de cette méthode de l'imbrication des causes, seulement son rôle est d'encourager ses subalternes. On le paie aussi pour motiver ses troupes ! Il s'engage à rapatrier des éléments du dossier sur Narbonne. Entre-temps, Térébin, averti probablement par Da Silva, a piaffé au téléphone. Il voulait s'entretenir avec lui. Constantin n'a rien dévoilé d'essentiel. Il est demeuré évasif, hésitant sur la qualité de ses trouvailles. Il s'entretiendra avec le substitut quand il aura acquis des certitudes inébranlables.

Vers dix-huit heures, Debusse et lui quittent le camp. Ils en ont plein les bottes. Ils se démènent depuis l'aube et là la coupe est pleine. Le coffre de la voiture est rempli de dossiers lourds de duplicatas. Les lieutenants peuvent repartir vers les chalets.

***

Rita gazouille à ses côtés. Elle se sent bien, en sécurité. Ils se régalent avec une pizza Regina, confortablement installés sur le salon de la terrasse. À l'horizon, les derniers feux du soleil déclinent et s'immergent dans les eaux. Des gosses se poursuivent en bicyclette entre les chalets en poussant des cris d'orfraie. Un chien malheureux donne de la voix pour partager sa détresse. L'ambiance incline au farniente, et pourtant notre policier est préoccupé. Ses neurones chahutent depuis la veille et il est dans l'incapacité de les calmer. Le bout du tunnel est à portée, et ce n'est pas de la voyance, non, pas du tout, mais le fruit d'une dialectique impitoyable.

Il a décidé d'associer Rita à l'apothéose, enfin, il l'escompte ardemment. Elle n'est pas rebutée par une soirée consacrée aux énigmes criminelles. Ce n'est pas sa tasse de thé, cependant elle se plie à la discipline tout en considérant cette épreuve comme un jeu de société ludique. Il a vidé le coffre du véhicule, a effectué un tri sommaire dans la masse de gribouillis, puis il a découpé de petits carrés de papier pour y inscrire le nom des protagonistes s'étant succédé tout au long de l'enquête. On est à l'heure fatidique du bilan, de la reddition des comptes.

Cet étalage de confettis ressemble à un arbre généalogique. Rita s'amuse de cette pyramide :

— Pourquoi ne pas avoir dessiné un cercle avec le tueur en emplacement central, tel un soleil avec des rayons ?

— Désolé, ma chère. Au centre, ça serait mieux d'y planter Denis, le suicidé. C'est le point de départ de l'hécatombe fatale.

Elle égrène son refrain « féministe » :

— Ou Clotilde, la femme convoitée ?

— Il y a une bombe initiale et le tueur est celui qui a allumé la mèche.

— Denis est la bombe !

— Pour le moment, les acteurs principaux sont Denis, mortibus en 1988, Jacques Descot et Clotilde Forestier occis cette année. C'est autour d'eux que gravite la solution des crimes.

— Et Maynadier, tu le mets à part ?

— Oui, parfaitement. Il est plus âgé et n'a pas eu de relation immédiate avec le quartier des facultés toulousaines. C'est un électron libre, une victime collatérale.

— Il était bien armurier, n'est-ce pas ?

— Tout à fait, qu'est-ce que ça change ?

— Denis s'est suicidé de quelle façon ?

Constantin en reste bouche bée. À vrai dire, il est incapable de répondre. La presse n'y a pas fait sciemment allusion, les registres de l'état civil encore moins.

— Tu me prends au dépourvu !

— Je suis là pour ça, pour te seconder.

Il tique. Elle le regarde avec de l'espièglerie dans les yeux et avale une gorgée de muscat. Il est obligé de s'incliner :

— Il va me falloir retrouver les comptes rendus des services de police et de la morgue de Toulouse pour rassasier ta curiosité. Pour l'instant, ça demeure un nouveau mystère à élucider, mais j'en prends note, ma petite futée.

Pendant une bonne demi-heure, ils échangent sur les mobiles, les profils, les indices accumulés depuis la découverte de Clotilde Forestier. L'entreprise est aride, éprouvante. Vers minuit, ils sont sur le point d'abandonner. Leur esprit perd de son discernement. Constantin trépigne sur place de fébrilité car il ne veut pas lui gâcher la soirée. Il lui exprime son désenchantement :

— Je croyais détenir assez d'éléments pour conclure, pour me débarrasser de cette affaire abominable et là je cale à ras de la solution. Pourtant, la vérité réside dans ces fiches, j'en suis convaincu. Le tueur a accompli son œuvre.

Rita compatit. Elle devine que son compagnon s'est beaucoup investi dans cette chasse impitoyable, une chasse qui dépasse de loin le cadre de Gruissan et du littoral. Le crime s'est exporté vers l'intérieur comme une traînée de poudre. Constantin est déçu car il ne supporte pas d'être l'esclave des événements. Il préfère la proue à la poupe. C'est un être cynique qui les provoque, qui les malmène pour les faire craquer, pour les humilier. Il est submergé par le défi. Elle ose glisser une remarque sur la méthode :

— Tu t'acharnes trop sur les acteurs principaux, pourquoi ce choix ? Il n'aboutit pas. Les témoins qui se faufilent le long de l'enquête sont eux aussi d'une énorme importance, eux aussi sont à leur façon des acteurs des drames. On ne peut diminuer leur rôle. Sont-ils tous clairs ? Leur pedigree est-il irréprochable ? Sont-ils complices ? Qu'en dis-tu ?

— Tu as raison, je ne me suis pas trop appesanti sur eux. Je les traite comme des personnages secondaires, des reflets. Pour certains, j'ai pris leur propos pour argent comptant. Seulement, il y en a un sacré nombre à passer à la moulinette !

— Combien selon toi ?

— Au moins une dizaine… sans compter ceux que nous allons ajouter à la liste ! Bien, ne nous décourageons pas, reprenons au début.

— Il était une fois…

Elle l'embrasse sans complexe. Il sera toujours temps de s'attaquer aux biographies d'inconnus.

Chapitre final

Pajot rechigne un peu à prêter une salle au SRPJ. Après tout, ils ont déjà un chalet à leur disposition et ceci à titre gracieux. Il a d'ailleurs été de bonne composition en leur allouant cette bicoque. Il aurait pu la repeindre, lui donner un semblant de neuf et récolter un loyer correct avec d'autres occupants. Gruissan est si prisée depuis qu'il préside à ses destinées, et les caisses municipales sont d'un tel appétit ! Un vrai tonneau des Danaïdes. Tout ce qui traîne est bon pour les renflouer. Bon, passons, il s'est montré beau joueur. Qu'on ne compte plus sur lui pour qu'il recommence ! La prochaine fois, que Dieu et le Diable fassent alliance pour que ça ne se produise plus sur ses terres ! Si un crime est commis sur la commune, c'est gravé, il ne procurera plus de locaux à la police.

Certains électeurs lui reprochent déjà cette bienveillance qui attirerait les tragédies comme une bande attrape-mouches. Pourtant là, face à l'insistance du substitut, il a accepté de leur délivrer une salle au rez-de-chaussée. Ils ont convoqué un citoyen du village sous l'égide du maire qui a fini par donner son aval en tant qu'officier de police. Ils lui ont promis de faire vite. Le premier magistrat n'en est pas moins inquiet de la tournure des événements. S'il a bien compris, le coupable des crimes qui ont émaillé la chronique pourrait être une de ses ouailles. Certainement un étranger à la presqu'île, espère-t-il en douce. Le contraire serait une hérésie démoniaque. Enfin, qu'on embastille le tueur une bonne fois pour toutes et qu'on n'en discute plus dans les chaumières ! Le trouble a assez duré. Place aux festivités.

Constantin se lève pour accueillir le visiteur. C'est lui qui s'est proposé pour l'interroger. D'autres policiers sont postés dans des pièces adjacentes, prêts à intervenir. Son invité fait un instant l'étonné, puis il se ravise. Il comprend dans le regard terne de Grégorio que son ignoble manège est dévoilé. La comédie prend fin. Il a l'air d'être soulagé comme si on le débarrassait d'un poids au-dessus de ses forces. Il s'assied avec maladresse sur un fauteuil pivotant. Les épaules retombent, anéanties par sa longue suite de méfaits. L'impact des crimes atteint le corps. Par contre, il a la conscience paisible de l'artisan qui avait une mission à accomplir et qui s'est montré à la hauteur de la tâche. Le « décapiteur » modèle.

— Je me présente : je suis le lieutenant Grégorio de Narbonne.

— Ah ! C'est pour voir la police que Pajot m'a convoqué à l'hôtel de ville ? Drôle de façons !

— Vous préfériez un fourgon cellulaire à votre domicile, devant les vôtres ?

— À un moment ou à un autre.

Il se tait. C'est tout ce qu'il lui reste à faire, se taire, se cantonner dans un mutisme de résistance, se livrer le moins possible. Il n'aime pas déblatérer. Il agit lui.

— Dans le village, on vous connaît sous le prénom de Placide. En réalité, vous vous prénommez Bernard, n'est-ce pas ? Bernard Terramare et vous êtes Narbonnais de naissance. Une sage-femme habitant rue de l'Hermine vous a sorti des limbes.

Le policier a reçu cette information en début de matinée par le truchement de Da Silva. Le commissaire a passé au crible la moitié du quartier de la Mayolle à une heure où les braves gens sont encore chez eux.

— Oui, c'est vrai. Vous n'allez pas m'envoyer en prison pour avoir un second prénom ? Placide n'est qu'un prénom d'usage.

— Pourquoi Placide ? C'est un peu vieillot, non ? Rapport avec la notion de placidité, peut-être ? poursuit l'enquêteur impassible.

— Oui, il y a de ça ! Ma mère me taxait toujours de ce qualificatif. J'étais un garçon serein.

— Serein ou renfermé ?

— Ce sont des synonymes, non ?

— Vous étiez instituteur avant la retraite ?

— Oui. J'ai bourlingué dans le département et même dans l'Hérault.

— Vous devinez pourquoi vous êtes ici ? Nullement pour votre carrière de pédagogue.

— Pas du tout.

— C'est bien vous qui aviez découvert le corps d'une femme dans la Clape ?

— C'est pour cette malheureuse ?, mais j'ai déjà déposé à la gendarmerie. On ne va pas m'enquiquiner avec cette affaire durant des mois, quand même ! J'ai fait mon devoir. Neumann a fait son rapport, je présume.

— Vous étiez avec des amis ce jour-là ?

— Des connaissances de ma femme Babette.

— Je pense que cette découverte ne doit rien au hasard.

— Expliquez-vous, je ne vous suis pas.

— Ne jouez pas au plus fin, vous avez parfaitement saisi. Vous les avez menés exprès jusqu'à cet endroit où vous aviez déposé le corps mutilé de madame Forestier, où vous vous en étiez délesté.

— Comme vous y allez ! Et pourquoi les aurais-je baladés ?

— Vous vouliez absolument des témoins au-dessus de tout soupçon et… naïfs. Une aubaine ces marcheurs d'occasion.

Le témoin s'insurge. Il n'a pas l'habitude de recevoir des leçons :

— Vous êtes affabulateur ou policier ? Excusez-moi, mais c'est tellement aberrant cette supposition que j'en perds le sens de la politesse !

Le policier n'y va pas de main morte. Rita et lui ont étudié de près les curriculums et ils ont détecté des carences troublantes chez Terramare :

— Je vais éclairer votre lanterne puisque vous niez. Vous

aviez un frère jumeau, jusque-là je ne me trompe pas ?

La phrase a percuté de plein fouet Placide qui en est affecté, apeuré comme une proie emmêlée dans des filets d'oiseleur. Ainsi ce petit inspecteur en tee-shirt fané, ce minable pion, a percé un des secrets de famille les mieux gardés. Quelles ordures ces flics ! Ils fouilleraient jusque dans les déchetteries. Ils ne respectent rien, même pas les morts.

— Qui ne dit mot consent, continue le lieutenant propulsé sur ses rails. Sa date de naissance est décalée d'un jour avec la vôtre, pour des raisons d'horaires sans doute. La sage-femme ou quelqu'un d'autre s'est rendu à deux reprises en mairie pour les déclarations. Il n'en demeure pas moins que Denis était un jumeau. Vous entérinez ?

— Bon et alors ?

— Je narre brièvement le destin de votre frère sans remonter au temps des biberons. À un moment donné de son existence, il s'est entiché de Clotilde Forestier qui l'a repoussé sans ménagement. Il a très mal ressenti ce refus ou cet affront selon son appréciation, et cela l'a conduit au suicide. D'autres raisons l'ont probablement poussé à cet acte. Vous êtes d'accord avec cette version raccourcie des faits ?

— Je vous écoute et je n'arrive pas à associer ce drame du passé avec les crimes actuels.

— Je vais établir ce lien, rassurez-vous. Vous n'avez pas accepté que votre frère soit rabroué de cette manière. Selon vous, il ne le méritait pas.

Constantin sait que ses arguments peuvent être balayés d'un revers de manche. Alors, il joue son va-tout, il pilonne :

— Elle lui a préféré Descot, un étudiant intelligent, très prometteur. On nous rapporté qu'ils s'étaient aimés passionnément.

— Quelle est la langue de pie qui a bien pu vous raconter de telles sornettes. Ah ! le Descot !, mais c'était un minus, un attardé à côté de Denis qui, à vingt-deux ans, était déjà assistant en fac ! Votre bourrin d'avocat provincial ramait lui en bachotant. On vous a menti, inspecteur. Des médisants !

Il fulmine, il hoquète de fureur. Il est distancé le Placide, envoyé aux pelotes, c'est Bernard Terramare qui se déchaîne. Sa voix cogne contre les murs. La gorge vrombit. Debusse passe la tête dans l'encoignure. Son collègue lui fait signe qu'il n'y a rien à craindre. Il *drive* la situation. D'ailleurs, il enfonce le clou sans pitié. La bête écumante est à sa portée :

— Vous êtes cuit, monsieur Placide. Vous êtes l'assassin que la PJ cherche depuis des semaines.

— Vous n'avez rien contre moi, du bluff, des théories de fumée, ça oui ! Je n'ai rien à me reprocher.

— Nous n'accusons jamais sans preuve, vous devriez le savoir. Nous avons moulé l'empreinte de chaussures de marche sur les lieux du crime à Lagrasse. Il nous reste à les confronter aux vôtres. Des prélèvements d'ADN réalisés sur le même site vous incriminent. J'ai les tests des laboratoires sous la main. Voulez-vous les consulter ? Direz-vous que la science se trompe ? Vous êtes pris dans la nasse, c'en est fini pour vous !

Terramare se décompose. Ainsi, ils possèdent des preuves matérielles, des échantillons qui le trahissent ! Comment a-t-il pu se laisser surprendre, lui si précautionneux, si attentif ! Il échouerait le jour du sacre ? Il s'est efforcé de les entraîner sur le terrain des symboles pour les fourvoyer. Il a sorti l'artillerie lourde, celle des Loges, celle des codes initiatiques. Il a multiplié les clins d'œil appuyés sur ce monde à part depuis qu'il avait appris que Forestier et Descot en faisaient partie grâce à un ami dignitaire. Non la bête n'est pas achevée, elle rue encore contre ses poursuivants :

— Je ne connaissais pas Maynadier.

— Votre frère, lui, le connaissait. Cet armurier était un fieffé conservateur. On a retrouvé ses livres de compte depuis l'ouverture de sa boutique, depuis 1981.

— Tant mieux pour lui.

— En 1987, votre propre frère lui a acheté une arme de poing de type Beretta. Or, nous avons reçu le rapport d'autopsie de l'Institut de Toulouse. C'est bien avec cette arme qu'il s'est fait sauter la cervelle, et vous savez dans quel endroit ? rue des Blanchers, sous le balcon de Clotilde.

— Arrêtez ! explose littéralement Terramare, ne revenons pas sur ce crime !

— Quel crime ? martèle Constantin. Parlez, macarèl ! Assez de contorsions ! Passez aux aveux.

Placide est au bord de la congestion. Les veines saillent sur son front écarlate. Il se délivre en soupirant :

— Je suis à bout. Ces règlements de comptes m'ont usé. Vous allez être content de résoudre cette affaire qui vous échappait. Il vous a fait douter le Placide, avec ses gros rangers ! Voilà, c'est vrai, c'est moi qui ai nettoyé le monde de ces vermines. Seulement, j'ai agi pour de bonnes raisons. Descot, l'as de la tchatche, avait ensorcelé Clotilde, oui, je maintiens le mot. Il l'avait envoûtée et ravie à Denis. Et c'était une manœuvre abjecte ! Ça ne se fait pas entre copains, car ils étaient copains d'enfance, sachez-le. Ils avaient partagé la passion du rugby.

Mon frère était un être très sensible, au mental très vulnérable. Il n'avait pas la carapace pour endurer et n'a pas supporté l'échec sentimental. Alors, il a pesé le pour et le contre, il s'est enfoncé dans le traumatisme et il a choisi de disparaître. À cause de ce couple maudit qui, au final, s'est défait au bout de quelques mois. J'appelle ces gens des criminels par inconséquence.

Le policier enregistre cette explication débitée en un souffle, en un torrent de mots brûlants :

— Pourquoi avoir attendu si longtemps pour agir ?

— J'ai fait durer jusqu'au décès de mes parents. Ils avaient assez souffert pour ne pas leur infliger de nouveaux malheurs.

— Comme votre arrestation par exemple ? Donc, vous mijotez cette vengeance absurde depuis 2015.

— Non, depuis la mort de Denis. Il m'avait confié ses pensées intimes, ses douleurs. Je suis passé à l'action cette année, la voie était libre. Il n'est jamais trop tard pour réparer des torts.

— Et votre propre famille ? Vous allez la détruire.

— Ils s'en tireront. J'avais une épine dans le cœur depuis des années qui m'empêchait de vivre. Elle me hantait. Ma femme en avait conscience. Il y avait un écran entre nous. J'ai mis du temps pour me décider mais une fois la machine en marche je suis allé jusqu'au bout.

L'inspecteur consigne ces révélations intimes. Il veut en savoir davantage :

— Il reste bien des invraisemblances dans vos déclarations.

— Lesquelles ?

— Comment avez-vous retrouvé la trace de madame Forestier ici à Gruissan ?

— Le Ciel m'a aidé.

— Comment ça ? Le Ciel n'existe pas !

— Plus prosaïquement, c'est ma fille aînée.

— Comment ?

— Elle est secrétaire à l'agence Pujol.

Un goût de café exécrable remonte dans la gorge du policier.

— Elle vous a parlé de ce reporter ?

— Au détour d'une conversation. Elle avait repéré que je possédais des ouvrages signés Forestier. Elle a fait le rapprochement. La jeunesse ne traîne pas !

— Votre fille est une observatrice avisée.

— Bref, j'ai donc appris qu'elle travaillait sur Gruissan. Vous voyez, la criminelle s'est jetée dans le piège. Elle est venue jusqu'à moi, cela m'a fait moins de trajet.

— C'est-à-dire qu'elle a précipité sa fin.

— C'est possible.

— Et ça a été le début de votre série de meurtres surtout !

— Exactement.

Le lieutenant désire d'autres précisions :

— Pourquoi décapiter les victimes ? Leur mort ne vous suffisait pas ? Il vous fallait y ajouter du sensationnel ?

— La justification est tout ce qu'il y a de rationnel. Le coup de revolver a fait éclater la tête du pauvre Denis. C'était affreux. Il l'a presque décrochée, aussi je leur ai rendu la pareille.

— Pourquoi, à Gruissan, avez-vous jeté une partie des corps dans l'eau des lagunes et l'autre dans une nécropole ?

— Une référence à mon nom de famille, une sorte de signature.

— Terramare ? Terre et mer.

— Comme ce pays. Le nez dans les flots et les reins adossés à la Clape.

— Et cet œil arraché de l'orbite de maître Descot ?

— Il faut tout vous enseigner ! C'est l'œil de Dieu, voyons, cet œil qui perfore la conscience des maudits, à qui rien n'échappe.

— Pourquoi le modeste bourg de Lagrasse ?

— J'ai voulu donner une leçon aux chanoines.

— Rien que ça ! s'exclame l'inspecteur outré.

— Oui, en leur faisant cadeau d'un cadavre encombrant, je leur ai démontré que leur palais de prière n'était pas en dehors du monde des hommes et de leurs péchés.

Le policier est profondément écœuré par cette impudence, cette abominable prétention. Assassiner un innocent pour infliger des leçons illusoires aux obscurs anachorètes d'une abbaye ! Opérer sans remords une implacable vengeance pour des faits presque trentenaires en y ajoutant par-ci par-là une pincée de rébus, de jeu de piste, pour titiller les enquêteurs ! Le vrai délire d'un dément… placide.

— Vous êtes en état d'arrestation, monsieur Terramare, énonce-t-il d'une voix caverneuse.

Son vis-à-vis demeure stoïque. Son seul regret sera d'être privé de ces randonnées dans la Clape.

— C'est dans l'ordre des choses. L'âme de Denis peut désormais reposer en paix. Les démons ont été punis.

Constantin remet l'individu aux agents de Da Silva. Pajot suit la prise en charge du coupable du haut de l'escalier. Il le dévale pour venir aux nouvelles :

— C'est lui le tueur en série ? fait-il au comble de la nervosité à l'adresse de Grégorio.

— En effet, c'est bien lui. Il avoué.

— Il a donné des raisons ?

— Une sombre histoire de vengeance, répond le policier peu enclin à communiquer.

— Vous nous soulagez, exulte l'élu.

— Ah ! Tant mieux.

— Ce n'est pas un Gruissanais !

Le lieutenant sourit. Les victimes passent au second plan. C'est ainsi. *The show must go on* ! Il s'en sort bien. L'honneur du village est sauf. La vie quotidienne va reprendre le dessus avec son lot de querelles de clocher et de frictions politiques. Toute cette exubérance de vitalité qui rattache l'être humain à ses semblables et lui fait oublier l'incertitude chaotique de son destin.

Debusse accourt pour le congratuler :

— Tu as mené cet interrogatoire avec maestria. Dis-moi, tu l'as scotché avec les résultats d'ADN et ceux des empreintes de chaussures ! Ils ont fait fissa aux labos.

— Sache que la fiction doit toujours précéder la réalité, lui répond son partenaire on ne peut plus évasif.

Puis, il s'isole dans un recoin du hall de la mairie pour appeler Rita. Il meurt d'envie d'entendre la mélodie de sa voix et de lui faire part du dénouement du face-à-face. Placide, les yeux noyés de larmes, le croise, encadré par des hommes en uniforme.

Carcassonne, le 29 mai 2016.

T.D.O Éditions, SARL

Composition, mise en page : TDO Éditions

ISBN : 978-2-36652-167-2

Dépôt légal juin 2016 - réimpression août 2017

Sur les presses de l'imprimerie

Présence Graphique